JUNHUI RONGYAO
——SUZHOU SHI TUIYI JUNREN、JUNSAO FENGCAI ZHENGWEN HUOJIANG ZUOPIN XUAN

军徽荣耀

——宿州市退役军人、军嫂风采征文获奖作品选

刘楚仁 主编

时代出版传媒股份有限公司
安徽文艺出版社

图书在版编目（CIP）数据

军徽荣耀：宿州市退役军人、军嫂风采征文获奖作品选/刘楚仁主编.--合肥：安徽文艺出版社,2021.7
ISBN 978-7-5396-7222-9

Ⅰ.①军… Ⅱ.①刘… Ⅲ.①中国文学－当代文学－作品综合集 Ⅳ.①I217.1

中国版本图书馆CIP数据核字(2021)第117565号

出 版 人：段晓静
责任编辑：姚 衎　　　　　装帧设计：张诚鑫

....

出版发行：时代出版传媒股份有限公司　www.press-mart.com
　　　　　安徽文艺出版社　　www.awpub.com
地　　址：合肥市翡翠路1118号　邮政编码：230071
营 销 部：(0551)63533889
印　　制：合肥创新印务有限公司　(0551)64456946

....

开本：710×1010　1/16　印张：17.75　字数：320千字
版次：2021年7月第1版
印次：2021年7月第1次印刷
定价：55.00元

....

（如发现印装质量问题，影响阅读，请与出版社联系调换）
版权所有，侵权必究

序

刘楚仁

退伍不褪色,军徽心中留。

我们伟大的党缔造了伟大的军队,伟大的军队培养出伟大的精神。中国军人这一称谓自诞生之日,就和牺牲奉献联系在了一起。从八一南昌起义起,中国军队历经了第一次国内革命战争、抗日战争、解放战争、抗美援朝战争、对越自卫反击战等无数次的战争,中国军人前后90余载所锻造出的爱国主义精神、革命英雄主义精神、革命乐观主义精神已深深植根于每一位军人的心底。无论何时何地,在这群人身上总能体现出一种有别于普通人的精神气质,这就是军人的忠诚和担当精神。在人民遇到困难时,他们总能挺身而出,救民于危难之间,获得了广泛的好评。广大退役军人,回到家乡后陆续进入各行各业,他们发扬部队优良传统,退役不褪色,有的成为行业领跑者与骨干力量,有的立足岗位默默奉献,在家乡的建设中发挥了巨大的作用。如今,退役军人已成为社会主义现代化建设中的一股不可或缺的力量,弘扬当代军人的奉献精神已成为时代的主旋律。

宿州市是开展"双拥"工作最早的地区之一,政府有着较多的工作经验,人民拥有深厚的"双拥"情节。自1992年首次参加"全国双拥模范城"争创工作以来,宿州市已连续八届蝉联"全国双拥模范城"荣誉称号。荣誉称号的获得,离不开市委市政府的领导,离不开市退役军人事务局等有关职能部门的努力工作,更离不开宿州广大退伍军人的无私奉献。退伍军人代表人物之一李士杰先生致富不忘家乡,多年来致力于宿州文化事业发展,为家乡建设做出了巨大的贡献,还有杨念恩、吴化东、夏雷、绳惠展等也是我市退役军人中的杰出代表,在各自领域做出了优秀成绩。

2019年1月18日,为了更好地为广大退役军人服务,保障退役军人的权益,调动广大退役军人的积极性,宿州市退役军人事务局正式挂牌,各乡镇级退役军人服务站也随之成立,使"双拥"工作深入基层。在随后开展的全市范围内退役军人普查工作中,发现了一批有影响力的英雄人物,如李忠秀、王於昌等,随即开展对英雄故事的发掘报道工作,引起了中央、省、市及媒体的高度重视,报道之后,在全国范围内引起了很大的反响!

为庆祝中国人民解放军建军93周年,更好地发掘、展现宿州市退役军人、军嫂的事迹风采,激励全市各领域的退役军人、军嫂为城市发展做出更多贡献,在全市营造关心国防和军队建设,关爱退役军人、军嫂的浓厚氛围,推动宿州市的"双拥"工作,2020年7月初,宿州市"双拥"办、宿州市委宣传部、宿州市妇女联合会、宿州市作家协会、安徽省物资能源有限公司联合举办了"决胜全面小康,决战脱贫攻坚——退役军人、军嫂风采主题征文活动"。此次活动共征集到全省范围内的文学爱好者来稿一千余篇,题材为报告文学、散文、诗歌、人物通讯四大类,文章内容涵盖了宿州市各个年代退役军人、军嫂的不同事迹,既有隐姓埋名六十余载的老英雄李忠秀、王於昌,也有扎根基层的社区书记邱德义,还有默默支持丈夫献身国防的好军嫂刘玉琢等。文中所述人物均来自生活,他们用平凡的人生与默默奉献展现了新时期退役军人、军嫂的良好形象,对于展示宿州多年来"双拥"工作成果起到了重要作用。宿州市委高度重视此次活动,于"八一"前夕举行了隆重的颁奖仪式,市委副书记、宣传部部长余向东等市领导来到现场为获奖者颁奖。

为了更好地将军人精神传承,展示宿州市多年来"双拥"工作所取得的成就及在多年来"双拥"工作中做出奉献的个人,特将部分获奖作品结集成册,出版发行,不足之处,恳请读者批评指正。

是为序。

2020年10月

(刘楚仁系安徽省作家协会副主席、宿州市作家协会主席)

001
序

报告文学

003
桂振岭:初心

013
张　超:"小巷总理"的初心情怀

020
龙　峰:一诺千钧八万里　不破楼兰誓不还

026
杜艾洲:"解老转"扶贫记

036
孙　梅:军嫂,最美女人花

044
高西梅:寸心寸晖千草绿　一念一慈万花红

052
谢金陵:树高千尺不忘根　水流万里总思源

063
牛士中:军绿色在平凡岁月里亮丽

073
段香转:我手写我心

080
马香俊：从贫困中走来的扶贫人张良林

086
尹传慧：风雨无阻"双拥"路

092
苗春蕾：爱是一种担当

096
付若泉：军心依旧，不负韶华不负梦

100
沈　时：桑榆辉映霞满天

104
王同宝：平凡中伟大的付出

110
程大康：退役军人的扶贫之路

114
王　磊：洪水不退　绝不收兵

118
曹　杰：英雄的光芒照耀小康路

散　文

125
黄　伟：爱上"蓝精灵"

128
田　醒：乘风破浪的军嫂

131
卜献华:心有清泉

137
蔡　坤:我用一切报答爱

141
郑莉莉:最爱那一抹国防绿

144
杨　飞:你好,老兵同志

148
路庆丰:最可爱的人

150
王婉婉:滴水无澜

153
周　恒:行走在村中的一支笔

157
李　健:脱贫路上军号嘹亮

161
赵金泉:军休赞歌

164
李　斌:父母的爱情

167
朱二男:军人背后的那个"她"

170
闵连娟:我当军嫂的这些年

173
朱西岭:老兵

176
陈冉冉:男人背后的女人

180
孟八六:平凡岗位中的不平凡

183
陈伟伟:于平凡中铸就浩然正气

186
窦永贺:老郭的三轮车

188
潘广兰:岁月静好

191
刘玲梅:小张庄的一盏灯

195
胡　杰:我的超能量母亲

诗　歌

201
李永立:本色(组诗)

208
卜献华:人物素描

220
李坤龙:褪下军装后军魂仍在一个劲地生长

222

彭流萍:麦子(外一首)

229

李录峰:多彩的霞

233

牛士中:凌晨,军号依然在心头萦绕

239

王爱荷:军嫂一家人

242

李长坤:军嫂

244

杜文瑜:热血情歌

247

李 梅:闪光的军魂

249

苌凤玲:守墓人

252

万 方:军嫂的肩膀

255

高 晗:热血军魂,脱贫尖兵

258

周宗谋:退役军人华兴苏　扶贫路上爱心驻

261

张 静:小帅,你是一个兵

266
刘　丹：乘风破浪的逆行者

269
祝晓光：我们是退役军人

271
杨　光：一个老兵的担当精神

274
张珂春：老兵的家

报告文学

初　心
——记特级战斗英雄李忠秀
桂振岭

　　1945年，春，鲁西南平原，龟山和熊耳山的山坡上几棵老槐树倔强地挺立着，在战火之后显得格外挺拔。山脚下小村里的几棵老树在春雨之后，吐出嫩绿的新芽，几只麻雀在树间嬉戏着。

　　两个穿灰布军装的人的到来打破了山村清晨的宁静，原来他们是八路军兵站的工作人员，来这里征兵宣传。大伙儿纷纷围拢过来，叽叽喳喳问这问那。认真听取完政策后，村里的几个后生相互鼓励着在名册上按下了鲜红的指印。16岁的李忠秀也在同村伙伴的邀请下一起参了军。

　　峄县县城的东南小村里的一处农家院，是三区区部，李忠秀入伍快一个月了，由于年龄小，区长安排他每天在炊事班洗洗菜刷刷碗。这天一大早，区里要派人把征粮征物工作通知单送到各村，可是区通讯员出去执行任务尚未归队。"派谁去呢？"区长在屋里来回踱步想了许久。这时，李忠秀来到区长面前："区长，请让我去送信吧。"区长看着一脸坚毅的李忠秀，惊喜地问道："区内的村有七十二个，务必在一天内送到，不能出错，你能按时完成任务吗？"

　　"您放心，我从小就在这一带放牛，很熟悉地方，保证完成任务。"说完，李忠秀敬了一个不太标准的军礼，便出门来到隔壁。由于不识字，为了防止送错，他请区文书帮忙按照村子的远近顺序把信排好，方便挨个村子送，出门时文书又是一番叮咛。

　　区里唯一的马被通讯员骑走了，李忠秀送信只能徒步。这是一个十分艰巨的任务，既然接下来，就一定要完成，李忠秀暗下决心，送信路线已在他脑海里形成。他跑到厨房拿了两张煎饼和两根葱揣到兜里，出门而去。

　　离区部最近的是马场村，满头大汗的李忠秀匆匆推开了村部大门。"通知……区里的通知。"他气喘吁吁地说道。正好附近几个村的负责人都在此开会，李忠秀发完马场村，转身向李庄方向跑去。就这样，一个上午他送了三十多个村庄。已过晌午，在去往赵家庄的路上，李忠秀一边走，一边吃着煎饼，碰到山泉，他就趴到泉边一阵痛饮后接着赶路。紧赶慢赶，等他完成任务已是半夜了，困乏的他歪在打谷场边睡着了。第二天布谷鸟的叫声惊醒了沉睡着的李忠秀,他揉了揉惺忪的双眼,赶紧跑步回区里复命。随后两天各村按要求把物资送到了指定地点,李忠秀因此受到区里的表扬。

从此以后,李忠秀多了一个工作——送信。但凡有重要信件,区里总派他送往。他每次也都出色地完成任务。有一次送信归来途中,天色已晚,李忠秀路过张庄时,发现村口有两个人鬼鬼祟祟在嘀咕着。不容多想,他从庄稼地里绕进了村子,向村民兵队报信。村民兵队队长立即带人悄悄围了上去将两人抓获,经过审讯得知,峄县保安团准备偷袭村公所,这两人是来侦察地形的。由于李忠秀的警惕性,张庄民兵避免了损失,他因此受到通报表扬。从那以后,他被正式任命为县大队通讯员。在担任通讯员期间,李忠秀胆大心细,多次圆满完成上级交给的任务,在战火中逐渐成长为一名优秀的八路军战士。

1946年7月,峄县县大队被编入华东野战军第七兵团×军×师×团。这时李忠秀已是一名老兵了。他在平时集训过程中乐于助人,手把手帮助新同志提高训练水平。班里有一名新战士手榴弹投掷距离始终不合格,李忠秀得知后,利用每天训练间隙,给这名战士补课,反复讲解投弹要领和技巧。经过一周的强化训练,这名战士投弹成绩终于达到优良。李忠秀所在班训练成绩名列连队前列,他也因此受到肯定。经过整训,全团整体战斗力有了很大提升。

1947年2月,上级命令李忠秀所在排去曹县杨楼镇伏击一伙征粮的敌军,谁知情报有误,他们刚一进村,就被敌人包围了,战斗很激烈,敌人越来越多。这时排长命令李忠秀带着一名小战士撤退,李忠秀深知在这个时候多一个人多一份力,刚开始不愿意离开,这时排长拉下脸,命令道:"你们必须突围出去,把情况向上级汇报,这是党交给你们的光荣任务。"李忠秀这才含泪答应。排长随即率领战士们在村口架起机枪射向敌人,边打边冲。在全排的掩护下,李忠秀带着小战士突出重围,跑到连里汇报了情况。连长立即带着全连前去救援。当他们赶到杨楼时,排长和战士们全部倒在了血泊中,他们含着泪把战友的遗体就近掩埋好后,连长带着大家庄严地向烈士敬了一个军礼。那一次战斗对李忠秀触动很大,每当闭上眼他就会想起战友们昔日的音容笑貌,这是他永远难以忘怀的痛。他压抑住满腔的怒火,决心在以后的战斗中英勇杀敌。

1947年5月,孟良崮,解放军以优势兵力把敌整编74师团团包围,一场惨烈的厮杀即将展开。在战役打响前,李忠秀向连队递交了入党申请书,决心以实际行动接受党组织的考验。李忠秀和战友小王负责保障指挥部到前沿一公里的通信线路。第一天的战斗异常激烈,指挥部接到的呼叫声此起彼伏,外面弹如雨下,李忠秀像一支满弦的箭,时刻等待着出击。"喂,三团,三团。"突然,三团联系中断。没等命令下来,李忠秀背上线盘和挎包,和战友小王冒着弹雨冲了出去。当他来到山脚,刚发现一处被炸断的线路时,突然飞来一块弹片擦破了他的额头,瞬时血流如注,但想到前方浴血奋战的战友,他没有丝毫的恐惧,反而更加坚定了完成任务的决心。他用袖子擦了擦伤口,接通线路后继续前进。当他们巡查到一个小山包时,战友小王突然被流弹击中,当场牺牲。李忠秀含泪把小王遗体转移到路边草丛中简单掩盖后,继续向前搜索被炸线路。经过4个昼夜的激烈战斗,敌军被全歼。战壕内,鲜红的党旗下,李忠秀与其他战友一起庄重地举起了右拳,兑现了他战前的承诺,连长田绍光、指导员刘德灵见证了这一光荣的时刻,这一年他刚满18岁。由于李忠秀在此次战役中勇敢出色地完成了部队的通信保障任务,战后他被×纵×师×团×营记三等功一次。

1948年,部队受命转战河南,此时的李忠秀已是华野×纵×师×团×营×连×班班长了。6月,豫东战役打响。30分钟的炮火准备后,×连作为×团突击队率先从西门突入开封城内。当部队前进到金龙殿北侧的围墙时,一条很深的堑壕后面,一个三角碉堡封锁着围墙外侧周边100多米范围内的开阔地,强大的火力网阻挡了战士们前进的道路。×营绕到围墙东北角,准备晚上偷袭敌人,扫清前进道路上的障碍。李忠秀主动请缨,在他的带动下,另一名战友决定配合他去炸碉堡。他们提前把30斤的炸药包绑在爆破杆上,再将一块布条系在导火索上。晚上9时许,他们悄悄出发,爬过开阔地,跳进了堑壕,一抬头就看见了敌人碉堡里的机枪枪管。李忠秀仔细观察地形,堑壕足足有3米深,李忠秀在战友的帮助下才勉强爬上壕沟,把炸药包悄悄推到碉堡边上,刚想跳下来,却发现拉导火索的布条短了。眼看部队进攻的时间到了,来不及多想,他迅速解下腰带系在布条上,在跳进壕沟的瞬间,右手拉下了皮带。随着"轰隆"一声巨响,敌人的碉堡被炸毁了。他们爬上壕沟,准备向前冲锋时,残敌疯狂地向他们扫射,他们迅速躲闪,随手扔了一颗手榴弹后,立刻抬枪还击,敌人的机枪哑巴了。这时冲锋号响了,被炸得晕头转向的敌军举起了双手。这时,一阵钻心的痛使李忠秀一头倒在地上,他被战友抬进了野战医院。经检查,李忠秀左小腿有一个贯穿性弹孔,原来在向前冲锋的过程中,李忠秀的腿被子弹击中,他竟然毫无察觉。还好是贯穿性弹孔,没有伤到骨头,经过治疗,他很快归队。由于李忠秀在这次战斗中表现英勇,战后×师党委给他记特等功一次,并号召全师官兵向他学习。

在开封简单休整一周后,团里接到命令立即开拔。大军浩浩荡荡直奔山东。李忠秀挂着拐,艰难地行进在队伍中间,有些显眼。尽管枪和背包被副班长背着,但他走起来仍十分吃力。本来连里安排他在驻地养伤,但在他的极力争取下,连长最终同意他归队,临出发前排长还特意为他做了一根榆木拐杖。这时团长路过队伍,看到他后,跳下战马:"小李,你过来,骑上它。"

李忠秀一脸坚强:"我受的是小伤,已经快好了,能跟上队伍,您要指挥全团战斗,我咋能骑您的马呢?"

团长说:"为了解放开封,你连命都不要了,我还不能舍了马?"

"不用,我能走,谢谢首长关心。"无论团长咋说,李忠秀就是不愿意骑。

这时团长火了:"你要是不骑马,就留在后方医院养伤吧,养好伤再归队。"

"可别,我这一去住院,出来可就没仗打了,我服从您的命令就是。"

李忠秀这才极不情愿地骑上团长的战马,要回自己的枪,还顺便把副班长的子弹带背在了自己身上。部队趁着夜色一路向东北急行而去。

1948年9月济南战役打响前,纵队决定由×师×团负责攻打济南街城西的机场,情报上说该地区由敌96军吴化文部的一个团负责防守。经过抵近侦察,发现敌人在机场周围的簸箕山、小米山上修建了大小碉堡、地堡几十个,这是部队进攻的最大的障碍。1948年9月16日傍晚时分,济南战役正式打响,×纵一个刚刚组建的炮兵连配合打机场,在事先侦察标注好的诸元上开始拔点行动。四门在上次战役中缴获的美式榴弹炮发出震耳欲聋的吼声,眼看着敌人的碉堡一个个被清除,李忠秀很兴奋,几个月前,他们还只能靠着炸药包、手榴弹为部队开路。持续半个小时的炮火一结束,他就带着全班背着爆破器材向山上摸去,他们×班作为尖刀班,负责清除残存的敌人暗堡。

黑黑的山路因下起了小雨而显得格外泥泞,李忠秀艰难地摸索前行。突然残余的一个地堡里,敌人机枪疯狂地射击,压得他们无法前进。战友立刻架起机枪掩护,李忠秀借着火光看清了前面地堡的位置,抱着炸药包左躲右闪,艰难地从一个弹坑跳到另一个弹坑。在距离地堡20多米处,李忠秀猛地朝地堡方向扔了颗手榴弹,趁敌人机枪哑火的瞬间,他猛地向前跃起,突然脚下一滑,被树桩绊倒在地,右手摔脱臼了,疼痛瞬间传遍整个手臂。他咬了咬牙,慢慢爬起,用上衣擦了擦炸药包上的泥,用左手抱着炸药包向地堡一点点爬了过去。随着一声巨响,地堡被炸飞了,部队前进的道路通畅了。战士们都铆足了劲向前冲,经过1个多小时的战斗,全歼机场一个营的守军,攻下了机场,为解放济南城扫清了外围道路。敌96军军长吴化文慑于解放军强大的战斗力,于拂晓率部投诚。济南城西南门户大开,解放军进抵济南城下。对济南的进攻是从夜里开始的,0点一到,我军万炮齐发,敌人的阵地顿时火光冲天。冲锋号吹响了,解放军潮水般冲向城墙,所到之处,敌人一击即溃。

李忠秀用绷带绑住右胳膊,忍着痛,左手端起枪随着后续部队顺着被炸塌的城墙口子往前冲。从济南火车站打到电话局,敌人闻风而逃。当攻击到正义中学时,敌军依仗着学校的高墙深巷,负隅抵抗,一挺重机枪给攻城部队带来很大压力。这时张排长带着一门刚刚缴获的迫击炮前来支援,问道:"谁会使用这家伙?听说威力可大了,就是炮弹少了些,可要省着用。"

"我来试试。"李忠秀说罢,依照以前见过的样子把炮架好,将炮弹放了进去。"嘭"的一声,炮弹打到距敌人火力点不远的地上,打偏了,敌人的机枪手吓了一跳,停顿了一下又开始扫射起来。李忠秀定了定神,重新调整了炮口方向,"嘭"的一声,又一发炮弹打了过去,正中敌人火力点。敌人的机枪彻底哑巴了。这时冲锋号再次吹响,敌人四处逃窜,李忠秀扛着迫击炮,带领全班战士用火力封锁住敌人外逃的道路。这时一发迫击炮弹飞来,在李忠秀身边爆炸,他的左腿再次被击中,弹片揳进肉里,鲜血顿时染红了裤脚,他倒在了进攻的路上,至今在他的腿上还留有受伤的痕迹。经过七八天的激烈战斗,1948年9月24日,济南全城解放。由于在战斗中勇敢顽强,只身炸毁地堡一座、火力点一个,抓获敌人多名,李忠秀再次被×纵×师党委记特等功一次,并被任命为突击排排长。在三个月之内,只身炸毁敌人两座碉堡,打死打伤三十多名敌人,这在那个武器落后的年代,堪称传奇了。李忠秀的事迹深深地鼓舞着周围的战友在以后的战斗中更加奋勇前进。

1950年初,华野×纵×师被整编为中国人民解放军×军×师,奉命移防到浙江宁波,准备肃清沿海岛屿残余的国民党军队。李忠秀所部进驻宁波市镇海大碶,先期进行了几周的海训,为渡海登岛作战做准备。他们侦察时发现部队将要攻打的海岛被敌人用蒺藜铁丝网围得严严实实,在网后敌人用机枪组成一道严密的火力网。如何快速除掉铁丝网,减少攻岛部队伤亡,成为摆在夺岛部队面前的一个难题。团长决定开会发扬民主,会上李忠秀提出:"可以用长竹竿将炸药绑好,再加一个钩子,离岸较近时,将炸药挂到铁丝网上再引爆炸药,这样可以避免人员伤亡。"这一方法在预演中取得了非常好的效果,上级决定在攻岛部队里推广。部队还认真总结金门战役失利的因素,拟订了详细的作战计划。经过充分的准备,1949年8月,解放军开始陆续对舟山群岛展开逐个争夺,此方法在此后的战斗中起到很大作用,有效地减少了夺岛部队的伤亡。1950年7月夺岛作战胜利结束,福建沿海诸岛大部分已解放,全军士气空前高涨。在随后的表彰会上,李忠秀被×军×师×团党委记二等功一次。

1951年8月,李忠秀被选派到浙江省第十三步兵学校学习军事知识课,被任命为×大队×中队×分队副队长。在校期间,他刻苦训练军事技能,加强专业技能的学习,积极学习多种新式武器的操作规程,逐渐成为全队的武器操作标兵。1952年5月,组织上又选派他进入浙江军区速成学校二班参加文化学习。由于自己以前没有文化,所以学习起来有些吃力,但他深知机会难得,在校期间常常利用课余时间向教员请教,一来二去,便和教员成了好朋友,教员也乐意帮助他。通过3个月的努力,他的成绩有了显著提高。在这3个月的学习生活中,他逐渐养成了在看书时记录下自己的观点的习惯,这一习惯在他今后的人生中起到了很大的作用,九十多岁高龄的李老至今还保持着良好的学习习惯。1953年6月,由于出色的表现,他被学校党委记三等功一次。李忠秀结业后,被分到浙江省军区警卫营×连×排任排长。担任排长期间,他多次较好地完成警卫任务,受到上级领导的表扬。8年的军旅生涯,使李忠秀从一个农村放牛娃成长为一名无产阶级战斗英雄。

对李忠秀来说,部队生活只是个起点,他将以更加饱满的热情投入地方的生产建设,为国家的社会主义现代化建设贡献更多的光和热。1954年3月,李忠秀服从组织安排光荣复员,回到了峄县老家,在县城武装部负责民兵训练工作。凭着扎实的功底,只用了一年时间,他就把峄县民兵的素质提高到战斗部队的标准。

无论在哪里工作,李忠秀始终保持一名共产党员的模范带头作用。一年后,李忠秀通过招工进入中煤七十一处前身山家林煤矿基本建设处的甘林矿,当了一名掘进工。甘林矿有着25度的大坡度斜井,在这种坡度上别说干活,就连走路都成问题。当时没有先进的技术设备,只有部分风镐、风钻,仅用于打炮眼,岩石掘进都是靠人工刨。井壁很多渗水都汇集到迎头(掘进施工面),最大涌水量达10立方米/小时。当时的排水系统落后,马力全开也排不完渗水,工作面就是一个水帘洞,工人们长期站在污浊的泥水里放炮、打眼、出矸、支护,许多人得了皮肤病。

面对恶劣的工作环境,很多人选择了离开,李忠秀凭着一股倔劲坚持留了下来,因为他知道自己是一名共产党员,在工作中始终要严格要求自己,拿出在部队的那种劲头,带头干工作。每天他总是第一个下井,第一个拿起风镐干活,最后一个下班,给其他职工树立了榜样。工友们一开始觉得这个新来的大个子能干是为了表现自己,当看到他长期坚持下来时,都被他的精神感动了。慢慢地,在他的带动下,留下来的工人干活也积极起来。随着进尺的加快,巷道顺利通过了含水层,随着条件的改善,许多离开的工人又回来了。

当年为了赶进尺,矿上经常组织地面后勤人员参加一线突击劳动。李忠秀是一线工人,本不在突击组人员编组之列,但是他积极要求利用休息时间参加突击劳动,最多一个月参加5次,那可是他的全部休班数。全项目部上下团结一心,奋勇拼搏,边探边掘,创下了煤炭巷道月进尺129米的纪录。这在当时落后的生产条件下,显得弥足珍贵。

1958年7月,李忠秀随建井处来到山东藤县的官桥地区,参与魏庄煤矿的斜井工程施工。魏庄煤矿地处偏远地区,缺电,还缺乏矿建工程机械设备,技术力量薄弱,当时并不具备生产条件。但是当时处于"大跃进"时期,全处工人在"誓保安全创高产"的口号鼓舞下,以"十分指标、十二分措施、二十四分干劲"的战斗姿态,克服困难,采用土法上马,掀起了生产高潮。设备的卸车、运输、安装全靠人工,无论什么工作,只要李忠秀在现场,他总是抢着干。由于他善于思考,每当井下遇到问题,队里总会找他出主意。一个月后魏庄主井出现了涌水,经过研究,队里决定采取人力泵分级排水的办法解决涌水的问题。操纵人力泵可是个体力活,别的泵都是两人一组,李忠秀却独自一人压泵排水。在一次连续10多个小时的排水后,水排完了,李忠秀却累倒了。

在那个年代,掘进施工中经常会遇到这样那样的问题,其中雷管短缺就是很大的难题,为此矿上想尽各种方法仍难以解决。当时供应的主要是即发雷管,只能一炮一响,达不到预期效果,影响了施工进度。针对这一情况,工区召开技术工座谈会,大家发扬民主,献计献策。得知李忠秀在部队有一定爆破经验,领导决定让他寻找解决办法。他经过多次试验,终于成功改进为断发雷管。这种雷管一次装药起发,分批爆破,将爆破时间由2小时缩短为半小时,大大节省了放炮时间,提高了爆破效率,掘进速度同时也提高了4倍以上。这种方法很快在主副井推广,并上报至上级主管部门,周围的兄弟单位闻讯后纷纷前来学习取经。

遗憾的是,在一次为兄弟单位演示爆破的过程中,雷管突然失控爆炸,弹片不幸造成李忠秀的左眼失明,左手的拇、食、中三指均被炸断,现场的工友连忙将他送医院救治,经抢救还是未能保住左眼,3根手指也做了切除处理。

李忠秀在医院仅仅待了一周,出院后闲不住的他主动找领导要求安排工作。组织上考虑到他的实际情况,决定派他到魏庄煤矿井口当记录员,负责物资的进出。他做事很认真,没有一丝懈怠。有一次他刚刚到家吃晚饭,得知井下急着用料,立刻放下碗筷,冒着大雪来到井口做记录,等忙完回到家,饭都结冰了。队长事后得知此事,笑着对他说:"老李,你可以让别人替你记,吃完饭再补也不晚啊。"他却说:"这就是我的工作。"由于李忠秀认真负责,处领导提拔他当材料组支部书记、副队长。

1965年,李忠秀随先遣组去贵州水城,开启了长达8年的大三线建设生活。到达贵州后,他先是被安排在水城老鹰山筹备处砖厂担任保卫工作组组长。除干好本职工作外,他还经常帮助工人装卸物资。经过1年多的筹备,基地建设已见成效,生产生活区错落有致。建井处大部队进驻矿区,李忠秀被调到总务科,负责管理工区内12个食堂的副食仓库。刚开始,单位没有汽车,他和同事老张每天天不亮就拉着板车去十几里外的镇上买菜。拉回仓库后,老张负责记账,李忠秀负责发放给各食堂。有一次下大雪,他们回来晚了,领菜员都回食堂了,他俩就拉着车子给食堂一一送去。由于食堂比较分散,且路不好走,送完最后一批菜,工人都陆续下班吃饭了。后来条件有所改善,处里给副食仓库配了一辆货车,从此李忠秀又多了一样活,每天买完菜分配好后,他拿着抹布去擦拭汽车。由李忠秀管理的食堂菜品多年来从未出现过差错,他的敬业精神受到领导和广大职工的交口称赞。

李忠秀负责食堂副食品供应多年,却从未在食堂吃过一顿免费的饭。他每个月50多元工资,扣除给老婆养家的30元、给父母的10元,自己仅剩十几元。为了省钱,他几乎不吃肉,专门吃素菜。有时打菜员偷偷给他加几块肉,他饭后总是把差额补上。他说:"我是共产党员,不能占公家便宜。"

1973年,两淮煤炭基地建设开始了,中煤七十一处奉调来皖,参与两淮煤炭基地建设。李忠秀随单位来宿后被安排管理五工区的家属楼,这时房屋已基本建好,徐州的一家企业正在安装门窗,他每天陪着安装人员一起验收。凭借管理之便,他本可以分到好些的住房,但他从未向组织要求过分房,一家5口人仍旧挤在简易房里。直到第二年春,一位同事调走,他才算"捡"到一套50多平方米的"二手房"。两室一厅,女儿一间,自己和妻子一间,两个儿子只好睡客厅,这一住就是30多年,这个情况一直持续到儿女们都成了家。李老与老伴至今还住在这套50多平方米的小房子里。

李忠秀乐于助人,大家亲切地称他"老李"。谁家的锁具坏了,总是来找他帮忙联系修锁。由于维修人员住在徐州,来回时间长不说,还耽误事,于是他跟着技术员学习修锁,掌握了锁具的简单修理技能。老李还自费去徐州买了有关书籍和锁具的配件,开始了为同事修锁的服务。他修锁不但分文不取,自己还搭上配件钱,数十年间他累计修锁千次以上,足迹几乎遍布中煤七十一处东西家属院的角角落落。后来处里推行罐装煤气,由老李负责,有些老工人无力搬运煤气罐,老李又承担了义务送气的任务。妻子劝他,退休了,也该歇歇了。他说只要他能干得动就要坚持,这项任务他一直坚持到退休后多年,直到各家都安装管道煤气,老李才"失业"。这么多年来,在中煤七十一处东苑小区,一提起老李,许多人都竖起大拇指。大家只知道家属区有一个热心老兵,却鲜有人了解老兵背后的故事,直到笔者日前采访，这个老人的英雄事迹才逐渐传开。

随着老鹰山矿区的生活条件慢慢地有所改观，在领导的建议下，1975年，李忠秀发电报让妻子吴敬美带着孩子来到矿上一起生活。接站的那一天，领导让李忠秀买菜时用汽车顺道接回他的家人，他却说别耽误大家伙中午吃饭，买完菜就让车先走了。当他急匆匆来到水城火车站时，妻子刚好下车。望着在站台上发呆的孩子，李忠秀百感交集，他抱起小儿子，提起包，带着家人步行回到矿上。

项目部领导特批一间房子给他们家，在领导的联系下，孩子们陆续在不远的镇子学校上了学。虽然生活很苦，孩子们却很开心，每天放学后就跟着母亲去山里砍柴、捡煤块、挖野菜。有一次，项目部来了辆送菜的汽车，卸车时掉下不少碎粉条，家属们纷纷上前捡拾，吴敬美也带着孩子来捡。晚上吴敬美特意做了道萝卜粉条，孩子们静静地坐在饭桌前等着父亲下班一起吃饭。李忠秀看到粉条后脸色一变，得知情况后，说："撒到地上的东西也是公家的，不能拿。"

"别人都去捡了，又不是我一个人去捡的。"妻子坚持道。

"别人可以捡拾，我是党员，党员的家人不能捡。"李忠秀坚持把碎粉条送回了食堂。

李忠秀经常下班后和孩子们聊天，教育孩子们感恩国家、感恩党、感恩社会，好好学习，做一个有益于社会的人。孩子们聚精会神地听着，不时地点着头，从不插话，在他们看来父亲就是自己的一片天。在李忠秀的教导下，孩子们都很优秀。随着中煤七十一处奉调来到安徽，3个孩子先后在宿州完成学业后，分别被下派到基层锻炼。在谈到父亲时，小儿子不无感叹地说，这么多年，只知道父亲当过兵，却从未听父亲提起过部队的事情，没想到父亲还是一个战斗英雄。感谢父亲，感谢生长在这样一个英雄的家庭。没有父亲当年的谆谆教诲，就没有他们今天的成就。

李忠秀是一个从战火里走出来的共产党员，无论是炮火纷飞的战争岁月，还是生产建设时期，他都以实际行动表现出对党的无限忠诚。在两淮煤炭基地建设期间，他曾连续多年被矿建集团和中煤七十一处党委评为优秀共产党员、单位先进工作者。

1990年李忠秀退休回到家中，过起了平淡规律的生活。他每天仍坚持学习。虽至老年，仍笔耕不辍。笔者到老英雄家采访时，老人正戴着老花镜读一本社会主义理论的书，一台老式缝纫机成了他的书桌，上面整齐码放着一摞泛黄的书。看到笔者到来，老人放下了手中的书，和笔者攀谈起来。只见书上许多空白部分密密麻麻地记录着读书心得,歪歪扭扭的字体后隐藏着一颗忠诚正直的心。

从浴血奋战的战场到矿井建设的战场,年代在变,岗位在变,李忠秀忠诚于党和人民的初心却始终未变,他的英雄精神与事迹必将感召万千后人。英雄无言,碧水为证,心中永远向党,忠贞不渝,这就是李忠秀,一位从硝烟里走出来的特级战斗英雄。

"小巷总理"的初心情怀
——记"安徽省优秀共产党员"、最美退役军人邱德义

张 超

2020年6月30日,安徽省庆祝建党99周年暨疫情防控中涌现的优秀共产党员和先进党组织表彰会议在合肥隆重召开。站在领奖台上,作为埇桥区唯一一名"安徽省优秀共产党员"称号的获得者,作为一名来自社区的基层工作者,领奖后的邱德义格外激动。担任社区书记四年来,他多次受到市、区表彰,此次又荣获"安徽省优秀共产党员"称号,回想多年来的心路历程,他感慨万千。

邱德义,1980年1月出生,当他怀揣着梦想走进军营时,他是同届兵里年龄最小的一个。别看他年龄小,做事却很认真。他委婉谢绝了战友们的照顾,积极训练,在部队考核中,连年取得优异的成绩。从军四载,他获两次嘉奖,三次被评为优秀士兵。1998年1月,他光荣地加入了中国共产党。按照他的话来说,四年的部队生活,锻造了他吃苦耐劳、勇于担当的品格,为今后的人生指明了方向。

1998年12月邱德义退伍返乡后,先后开过出租车、干过餐馆、做过工程,在此过程中,他始终保持一名共产党员的本色,对党忠诚,初心不改。2013年,邱德义参加了社区选举并成为社区工作者,他脚踏实地,任劳任怨地工作。2017年1月,三里湾街道党工委安排他到凤池社区担任党委书记,从此他开启了"小巷总理"的工作征程。

基层党务工作者,一头连着政府,一头连着百姓,主要职责就是为人民服务。在凤池社区工作,邱德义始终把群众当亲人,把群众的事当家事,发现问题及时处理,解决了辖区脏乱差、停车难、出行难等问题,辖区面貌焕然一新,受到社区居民的交口称赞。在文明创建考核中,凤池社区成绩突出,名列前茅,成为城市精神文明创建样板社区。

砥砺初心,理论学习有收获

上面千条线,下面一根针。社区工作纷繁复杂,任务重压力大,是众人瞩目的"焦点",千针万线般的工作齐聚而来。邱德义要求社区工作人员不能只做"广播

站",还要做"播种机",在宣传落实党的政策的同时,要多一些担当和责任,和群众打成一片,了解群众需求,明确工作目标,实实在在地干出一番成绩。遇到困难要及时解决,不推诿、不回避;热情面对群众的诉求,有责任感、使命感,遇事认真分析梳理,为民排忧解难,随时接受群众的监督、批评。

邱德义在繁忙的工作中一直坚持学习,不断强化自身建设,以党章为信仰,以党旗为方向,巩固提升思想政治素质,在党员干部队伍里做标杆,争当学习排头兵。在"强培训、遍走访、亮承诺、抓落实、树典型"活动中,他积极参加区委举办的村(社区)"两委"正职干部集中轮训班,和街道举办的新一届社区"两委"干部任职培训班,被宿州市委组织部推荐参加省委党校"安徽省村和社区党组织书记示范培训班",不断提升自身理论素养和业务知识水平,自学考取了"助理社会工作师"职称。作为社区一把手,他积极发挥表率作用,团结带领社区"两委"班子,利用社区党员活动室定期开展集中学习,并利用远程教育平台开展党员远程教育培训。他亲自授课,引导社区党员群众深入学习宣传贯彻习近平新时代中国特色社会主义思想,党的十九大精神和党的最新理论、方针、政策,确保党员干部群众整体素质过硬。通过培训,社区"两委"干部综合素质显著提升,下辖各党支部党内生活严肃,社区党组织战斗力显著增强。

践行使命,为民服务解难题

"社区居民最需要什么?社区干部该干什么?"这是邱德义思考最多的课题。在纷繁复杂的社区工作中,邱德义始终带着感情,带着担当、责任,积极搭建党群干群连心桥,深入群众访贫问苦,帮助群众解决困难,被居民亲切地称为"小巷总理"。他爱走访,本着"六必访、六必谈"原则,把辖区居民户跑了个遍。他随身携带民情笔记本,把居民的心声一一记下,做到"有事必须记,处理要及时,反馈有回声",为的就是让群众放心。

涉及群众生活利益的每件事,邱德义都认认真真对待,他公开向党员群众做出承诺,一项一项兑现。在"强培训、遍走访、亮承诺、抓落实、树典型"活动中,他走访党员和群众2800人次,征集意见、建议21条并逐一落实,不断提升党建引领基层社会治理水平;积极参与创建全国文明城市,粉刷农科苑A区、B区、C区和农林小区外墙26000平方米,粉刷楼道10000平方米,清理小区楼道300余处、"僵尸"车100余辆,在小区里种植草皮4000余平方米,修剪树木300余棵,规划汽车车位315个,搭建非机动车车棚50余处并设置充电桩,安装居民健身器材3处;在驻地单位争取到资金10万元,疏通农林宿舍和农科院宿舍下水道1000多米,改装封闭式车棚5处;他牵头对农科路两侧支巷、小区进行改造提升和美化亮化,创造一个文明、和谐、美丽的生活环境。如今,邱德义带领居民共同治理、倾心打造的和谐苑、六尺巷、幸福里、仁和巷、农科路等已成为城市里亮丽的风景线。

辖区内凤池小区、农林小区、农科苑小区等老旧小区,普遍存在脏、乱、差的现象;楼道破旧,晚上无楼道灯照明,居民晚上要摸黑上楼;小区内无路灯,给小区居民晚上出行造成极大的安全隐患。为此,邱德义召开专题会议研究解决方案,多方筹措资金,给各小区安装路灯40盏,安装楼道灯650盏,彻底解决居民夜晚出行问题,得到居民们的赞扬。同时,协调筹措资金在各小区设立微型消防站20处,安放干粉灭火器96个,新修建车棚和安装充电桩50余处,彻底消除了安全隐患,群众反响热烈。

当前,我国经济又快又好地发展,拆迁工作是每个城市面临的难题。如何做到使政府放心、让群众满意,这在很大程度上检验着一名社区工作者的能力与水平。2017年4月,三里湾街道浍水路南棚户区改造、房屋征收工作正式开始,邱德义走街串巷,每天七点准时到单位,安排好社区工作后,他积极深入居民家中了解情况,向居民宣传政策,消除征迁户的思想顾虑,争取理解和支持,化解社会矛盾,一直忙到晚上八九点钟。春节期间,邱德义依然马不停蹄地继续走访,了解居民家庭情况,为有困难的群众家庭及时提供帮助,带着慰问品去看望特困家庭。用他妻子的话说:"自从当了社区书记,他把家当成旅馆啦。"

为了方便沟通,在走访调查的基础上,他建立了一个居民微信群,每天在群里宣传政策,解答群众遇到的问题,深入群众开展对话,居民认可了这位"村支书",也愿意给他交底。征迁居民遇到问题,第一反应就是"找邱书记",因为在他们看来邱书记是自家人,邱书记总有办法。居民喜欢这位"小巷总理",因为他总是穿梭在小巷中不停地忙碌工作,帮大家解决大事小事……扎实的事前宣传思想工作和一线办公,使凤池社区按时圆满完成了1700多户30多万平方米的房屋征收工作。在拆迁过程中,邱德义别出心裁地组织居民搬家前和老房子照一张全家福;带领居民收集拆迁区域的旧门牌、路牌,给居民留下老三里湾的历史记忆,待回迁后在新的安置区设置场地纪念。

针对不同类型的搬迁家庭,他因户施策。拆迁户秦大姐,刚刚大学毕业的女儿因事故成了植物人,了解情况后,邱德义首先从她家庭的实际情况入手,积极联系,想办法为她争取低楼层的住房,解决她女儿不能上下楼的实际困难,并主动联系"蓝天救援队"帮助她搬家,搬家后定期上门回访解决秦大姐生活中的各种困难。事后秦大姐逢人就说:"邱书记不仅是一个书记,他更像我自己的亲弟弟。"

拆迁工作结束后,邱德义对拆迁户说,他将在凤池社区等着将来回迁的"家人们"。现在,部分居民已经回迁,搬进了装修一新的浍水路拆迁安置的"浍淮苑"小区,住进新房的居民快步迈入小康社会,脸上洋溢着满满的幸福、满足。

2018年4月,宿州市创建全国文明城市工作启动。凤池小区是建于20世纪80年代的老旧小区,长期管理缺位、违章搭建、通道堵塞、基础设施破损老化,这次被列入改造小区的名单。邱德义先带领小区居民代表去已完成改造的东昌小区和正在改造的纺织路小区参观,回来立即召开居民大会,多方听取居民的意见和建议。6月份市政府启动运粮河黑臭水体整治项目,对凤池小区沿河的70多户房屋进行了征收,其中有部分房屋是2008年前形成的违章建筑,按照现行的征收政策都给予了补偿,但老旧小区改造对拆除2008年前的违建房屋没有任何补偿政策,相同条件的房屋不能享受同样的补偿,这让广大居民不能理解,难以接受,老旧小区改造一度停滞。在这种情况下,邱德义带领社区干部挨家挨户地做居民的思想工作,动之以情,晓之以理,宣传政策,向居民描述小区改造后的蓝图;换位思考,帮助解决生活中的现实困难,用真心和真情感化居民。功夫不负有心人,他们终于得到了所有居民的理解和支持,拆违工作得以顺利推进。

凤池小区的违章搭建甚至达到了三层楼的高度,而且违章建筑和主体楼连在了一起,违章建筑最大的一户达到了80平方米。有一次,下着雨,天快黑了,拆除一个二层违章建筑的时候把居民楼二楼的整个阳台厨房都带了下来,情况十分危险。这户居民只有一个80多岁的老太太在家,邱德义当机立断,连夜调集工程机械排除安全隐患,安抚老人,送上热气腾腾的饭菜,老人家始终没有一句怨言。忙到凌晨的他浑身湿透,饭也没顾得上吃,但想到居民这么支持配合社区的工作,再苦再累也值了。在改造凤池小区过程中,拆除违章建筑的总面积达到了2600平方米,涉及居民100多户,没有引起一起投诉、信访,邱德义的努力得到了回报。现在,改造一新的凤池小区路通了、灯亮了、变美了,居民生活舒心了,他们纷纷支持社区工作,主动参与创建文明城市的各项活动。

为了集民智、聚民心,邱德义摸索组建了各个小区的"邻里微信群",宣传各种政策,解决各种问题。在刚建群的时候,不同类型的居民提出形形色色的问题和种种诉求。他换位思考,处处为居民着想,一件一件地耐心解答、解决,90%以上的问题在社区层面及时处理,剩下的问题协调化解、上报街道,给居民解释清楚,做到了大事小事有人管、有人答,保持和社区居民24小时畅通联系,凤池社区的居民不再拨打市长热线投诉问题。"居民有求必应,社区党组织一呼百应"的"两应工作法"在社区展开。基本做到小事不出社区,大事不出街道,矛盾不上报。

自从在社区工作后,邱德义同志就没有了休息日。白天处理社区业务,晚上还要入户走访。社区基础设施薄弱,创建文明城市工作任务繁重,他坚持信念,永不退缩,始终保持军人的旺盛斗志和良好的精神品质,打造出了文明创建"样板路"——农科路,周边市、区纷纷组织人马前来学习取经。他面向党员群众做出了"'两委干部'齐带头、志愿服务常态化"的承诺,在他的带领和号召下,凤池社区"萤火虫"志愿服务队不断招募和发展志愿者,活动期间注册志愿者突破800人,累计开展活动3500多次,5万余小时,服务居民群众达6万人次。他充分发挥党员干部的先锋模范作用,引导社区"两委"干部拉升标杆,创先争优,凤池社区各项工作特别是文明创建工作始终走在宿州市城市社区前列,他带领社区干部群众在小社区做出了大文章,展现了退伍不褪色、退役不退志的军人风采。

决胜小康,干事创业显担当

2020年初,一场突如其来的疫情席卷全国。大年初一,万家团圆,邱德义接到疫情防控紧急通知。"疫情就是命令,防控就是责任",他迅速提前返岗,坐镇指挥,实地解决问题,迅速提供保障。

他是冲锋在防疫一线的"排头兵"。"战斗的号角已经吹响,我是党委书记我带头!"在邱德义的带领下,社区党员干部冲锋在前,充分发挥党员带头模范作用。凤池社区仅用2天时间,完成了辖区22个小区的摸排登记工作,共排查出武汉返乡人员16户45人(包括接触到的家人),列为重点管理人员。邱德义号召辖区96名在职党员协助社区、物业对各小区实行封闭式管理。每名共产党员包保一个单元、一个楼栋,合力防控,共同作战,当好群众健康的"守门人"。

明知征途有艰险,越是艰险越向前。为做好管控工作,社区各疫情防控点分三班实行24小时值班登记,劝阻居民外出。夜班最难熬,尤其是到了下半夜,气温低,值班条件简陋,值守人员又不能打瞌睡,万一出现半点疏忽出了问题,那就"功亏一篑"了。看到连日来辛苦劳累的同志,多日没有回家的邱德义说:"我是退伍军人,我身体好,你们回去吧,夜班我来顶着。"退伍不褪色,离军不离党,面对疫情,他敢于吃苦,勇于冲锋,充分彰显了退伍军人的勇于担当的精神风貌。

他是最美逆行者。对于自己的父母而言,他不是一个"合格"的儿子,对于自己的孩子而言,他不是一个"合格"的父亲。邱德义的爱人是市内某大型医药连锁药房的店长,疫情防控工作开展以来,他和爱人将孩子送到姐姐家中,各自坚守岗位。多日来,爱人早出晚归,而他更是多日没有回家,更谈不上"关心"孩子了,孩子总是哭着说:"爸爸不要家了,爸爸不爱我了。"听到这话,邱德义总带着一丝愧疚。但是,他对社区群众却格外"用心"和"贴心"。疫情期间,消毒的医用酒精成了紧俏货,为满足防疫消毒需要,邱德义争取到一批75%医用消毒酒精。他发动党员志愿者、红色物业对辖区内主要街巷、各居民小区、垃圾箱周边、小区楼道等每天进行三次消毒,并在辖区各个小区门口设置酒精免费发放点。按照每户1升的标准进行发放,为居民免费发放医用消毒酒精600多升。

"邱书记,家里的面没有了""书记,我妈的降压药快吃完了,还是老牌子",网格居民邻里群里总是有人"艾特"他。"封闭不封情、隔离不隔爱",为解决因疫情而带来的不便,邱德义组织党员志愿者、党员突击队通过网格居民邻里群,提供点单式服务,一站式送达,为辖区居民代购生活必需品。"邱书记,疫情结束我们可以去兼职跑腿了。"志愿者们打趣地说道。疫情就是命令,生命重于泰山,作为一名退伍军人,邱德义吃苦耐劳,甘愿奉献,带头打赢了一场无声的战"疫"。

现在的凤池社区道路整齐、环境优美,居民幸福。邱德义脚踏实地,埋头苦干,表现突出,近年来连续被各级党委表彰。2016年,他被三里湾街道党工委评为"先进社区工作者";2018年,被评为宿州市第二届"十佳社区工作者"。邱德义在凤池社区成立的"萤火虫"志愿服务队,2018、2019年连续被评为安徽省"十佳"学雷锋志愿服务优秀典型,凤池社区被评为安徽省"十佳志愿服务社区"。2019年,邱德义被宿州市双拥办评为"最美退役军人"。因为他废寝忘食地辛勤工作和无私奉献,2020年6月,邱德义被授予"安徽省优秀共产党员"荣誉称号。近期,组织又安排他挂职三里湾街道担任党工委委员锻炼。

如今,面对众多荣誉和光环,他依旧谦虚、低调、实干,他动情地说:"咱是土生土长的宿州人,趁年轻要为家乡多做点有益的事,带领咱们的居民一起创造美好生活,共同实现小康社会。"他把社区当成自己的家,社区的居民已经把他当作自己的亲人,他深知,社区虽小却是党和人民群众之间的纽带,他愿意为社区无私奉献、不负韶华。他坚定信仰和忠实践行习近平新时代中国特色社会主义思想,统筹社区疫情防控和经济社会发展等各项工作。他是践行初心使命、勇于担当作为的榜样,充分展示了共产党人的政治本色和良好形象。

作为最美退伍军人,邱德义始终以新时代优秀共产党员为榜样,坚定信念、对党忠诚,牢固树立"四个意识"、坚定"四个自信"、做到"两个维护"。他牢记根本宗旨,饱含公仆情怀,全力保障人民群众生命安全和身体健康;他视疫情为命令,把战"疫"当责任,勇于担当,能打胜仗;他以挺身而出诠释初心使命,用苦干实干打赢脱贫攻坚战。荣誉面前,邱德义没有自满,他秉承军人的优秀品质,脚踏实地为人民服务,体现"小巷总理"的情怀与担当。

一诺千钧八万里　不破楼兰誓不还
——写在驻村扶贫三周年之际
龙　峰

三年三个"万里长征"的距离，就这样在日新月异的一个偏远小乡村中，一晃而过。2017年4月，我被组织选派为泗县黑塔镇三葛村党总支第一书记、驻村扶贫工作队队长，一个和我原来的生活毫无瓜葛的全新称呼——"扶贫队长"，便开始和我接下来的工作如影随形。在当时全市"众志成城　全力以赴　坚决打赢脱贫攻坚翻身仗"动员大会上，我有幸作为10位扶贫工作队队长的代表之一，从市领导手中接过誓师红旗的画面，依然恍如昨日、历历在目（后来，这面红旗被我带到了村里，现在还悬挂在村扶贫工作室的墙上）。汽车里程表上近四万五千公里的行车里程提醒我，扶贫路上，我已奋战了1200多个日夜。

召必来：忠孝难两全，只待凯歌还

说心里话，当时被选派驻村，自己多少还是有点不情愿的。暂不说农村条件艰苦，扶贫工作任务重、压力大，我从军20载，与家人两地分居多年，转业回到家乡，已届不惑之年。工作家庭刚刚稳定没几年，搬迁到新建的环境优美的新校区上班才两个月，现在又要离家别子到100千米以外的农村工作，况且父亲去世刚刚一年，70多岁的老母亲还没有从哀伤的情绪中完全走出来，需要照顾。当过兵的人都有一个共同的感受，那就是亏欠家庭父母太多。当年入伍时，父母正当中年，转业返乡时，父母已银发满头、身体佝偻，甚至是卧病在床、生活不能自理。男儿有泪不轻弹，但每每念及此，我依然会泪流不止。

但脱贫攻坚这场新时代的"淮海战役"号角已经吹响，作为一名党员，特别是一名军转干部，我深深懂得军令如山、义不容辞。"小孝于家，大孝于国"。此时此刻，昔日军营里"首战用我、用我必胜"的铮铮誓言，又一遍遍回响在耳畔，在全面建成小康社会的路上，为打赢脱贫攻坚战，我别无选择、责无旁贷，唯有收拾行囊，扛责上肩，为破楼兰早还乡。

来必战：党群心连心，上下一家亲

只有扎下根，才能心贴心。虽说我曾在农村生活过，来村之前也有过预想，但真正来到三葛村时，现实还是很"骨感"的。住是勉强安顿下来了，吃饭的问题一时还无法解决，虽说各级领导都很关心，但锅碗瓢盆、柴米油盐、灶具厨房，不是一时半会儿就能弄好的。工作队3人被安排在村部住宿，当时村部周围全是土路，虽然房间是水泥地面，有的还贴了地板砖，但一到下雨天，屋外屋内全是泥巴；厕所是旱厕，苍蝇满天飞，特别是到冬天，三天不打扫，北风呼啸，粪便冻积如山，上个厕所都是很尴尬的事。那时村里穷，没有安排专人打扫，我们工作队3个人当了一年多的义务淘粪工。刚开始，工作队3个人多少都有点不适应。那时我经常鼓励他们，要苦中作乐，在困难中前行、在恶劣环境中生存，方显英雄本色。虽然大家连续吃了二十多天泡面，但工作队的斗志始终高昂。

只有心贴心，才能手牵手。我在部队从事多年政工工作，曾担任过团党委委员、党支部书记；驻村之前，在党校担任办公室党支部书记。所以，我驻村后的第一步工作，就是充分发挥自己对党支部工作制度比较熟悉、长于做思想政治工作的优势，首先从夯实支部班子、强化使命担当、提升凝聚力和战斗力抓起，这为驻村后迅速开展工作、密切融合村"两委"更好发挥战斗堡垒作用，奠定了坚实的组织基础。

我始终以"驻得下、融得进、干得好"来鞭策自己和工作队队员。驻村第二天，按照工作安排，我们工作队3人在村组干部的引领下，就对当时165户建档立卡贫困户开展了紧锣密鼓的入户走访工作。没有调查就没有发言权，只有真正了解村情、摸清户情，才能在工作中做到有的放矢、精准帮扶。用了不到10个工作日，工作队跑遍了全村所有贫困户。通过走访，看到有些贫困户家中的实际情况，真的感到很心酸：有的人家就一间破房子，睡觉、做饭、存放粮食农具都在一起；有的人家连个床板都没有，就在地上铺些柴草垫个破褥子；有的人家房顶漏雨墙体开裂，在屋后顶个大木柱……作为驻村扶贫工作队队长，看到眼前的一切，我深感使命光荣、责任重大、压力倍增，脱贫攻坚的征程上，无论是村里还是我本人，都还有很长的路要走。

通过走访和宣传，村民们听说村里来了扶贫工作队，队长还是副县级干部，经常到村部驻地来反映情况，有时天刚亮就有人来敲门。诚实说，当时村里确实存在处事不公和有些事久拖不解的现象。老百姓的信任和期待，更坚定了我公平办事、为民做主的决心和底气。令我印象深刻的是一位叫毛彩霞的70多岁的老大娘,一个雨后的中午,她满脚泥泞地来到扶贫工作室,诉说了自己的不幸遭遇——丈夫早逝,儿子离婚外出打工杳无音信,丢下一个孙女相依为命,家中房屋破旧,生活极为拮据。我带着工作队和村"两委"干部到家中核实,后来给她申请办理了贫困户和低保救助,进行了危房改造。今年年初疫情期间,我还安排专人,每天把她的小孙女接到村部电子阅览室,在网上学习上课。现在她逢人就说工作队好,党的扶贫政策好。有一天,她把家中好不容易攒下来的50个鸡蛋送到工作队厨房转身就走,说是为了表示对工作队的感谢。鸡蛋我们收下了,那是村民对我们工作队的一份心意,我真的无法拒绝。后来,我让扶贫专干给她送去100元钱。我们扶贫工作队和村"两委"、和群众之间的感情,就这样在点点滴滴的小事当中,开始加深了。

战必胜:撸起袖子加油干,勠力同心拔穷根

脱贫攻坚,把握精准是要义。

精准识别是基础。在前期调查摸底的基础上,驻村工作队和村"两委"经过共同研究,对群众反应比较强烈,确实不符合条件的18户贫困户27人进行了清退,将家庭确实困难需要帮扶的9户26人纳入了建档立卡贫困户。新纳入贫困户葛攀,夫妻二人常年在外打工,父母在家帮助照顾小孩,打理着十来亩责任田,日子过得还算不错。但天有不测风云,几个月前,4岁的女儿突然确诊得了白血病,夫妻俩带着孩子四处求医,无法打工,没有了经济来源,每个月几万块钱的高昂治疗费已经花光了家中所有积蓄。驻村工作队和村"两委"经过走访核实,立即研究从村光伏收益中给他救助5000块钱,同时为他申请办理了贫困户和低保救助。"如果没有这么好的政策,真不知道后面的日子咋过。"这已经成为他逢人就说的一句话。

精准落实是根本。工作队不制定政策,但必须落实好党和政府的扶贫政策。围绕"两不愁三保障",2017年以来,我们为83户贫困户进行了危房改造;每年为所有贫困户代缴养老和医疗保险;免费签约家庭医生;教育资助、五保和低保救助每月按时打卡发放;光伏收益和特色种养殖补贴每年发放额都在30万元以上;设立公益性岗位、设置爱心超市,增强贫困户的脱贫内生动力;加强技能培训,实施"一户一方案,一人一措施",实现一人就业全家脱贫;建设扶贫工厂,增加村集体收入,带动贫困户增收致富;根据贫困户家庭实际情况,为他们购置衣橱、菜橱、床

铺、餐桌等,改善居家生活条件。通过一系列扶贫政策的落实,驻村工作队和村"两委"渐渐树立了处事公道、担当实干的良好形象,赢得了村民的信任,进一步密切了党群干群关系。2017年,三葛村脱贫63户162人,贫困发生率降至0.76%,顺利实现了"村出列"。

精准补缺是关键。加强"双基"建设,既是"村出列"的硬性要求,也是工作队的职责所在。为了做好水、电、路、网、农田水利等基础设施和基本公共服务建设工作,工作队多次组织召开党员群众大会,摸排项目需求,制订实施计划。2017年以来,通过争取财政投入,对全村电网进行了改造升级;实现了无线网络全覆盖;新建水泥路30余公里,村组道路全部实现硬化;安装太阳能路灯300余盏,村主要道路全覆盖;自来水安装使用率99%;新建600平方米标准化卫生室一个;新建水冲式公厕10个;扩建小学2个、幼儿园2个。这些基本解决了村民看病难、上学难、出行难的问题。总投资380万元的三葛村千亿粮田项目顺利实施,修建桥涵48座、标准水渠10千米,平整生产路5千米,建成高标准农田5000余亩。

功夫不负有心人。经过三年的帮扶,村部的环境也大为改善了。我们新建了240平方米的办公用房,会议室、电子阅览室、党员活动室、残疾人康复室、综治中心、为民服务大厅一应俱全;新建了30平方米的专用厨房,可满足十几个人同时用餐;泥土路变成了沥青路;旱厕变成了50余平方米的水冲式厕所;特别是通过美丽乡村项目建设,修建了5000余平方米的党建文化活动广场,配置了宣传栏、篮球场、羽毛球场、排球场、村民大舞台以及健身器材。广场周围小桥流水、鲜花绿草、亭榭楼阁,晚上灯火通明,环境宜人。

三葛村这三年来由内到外翻天覆地的变化,充分彰显了我们党和政府一切以人民为中心的发展理念,村民的满意度、幸福感、获得感也得到了极大提升。看到他们紧锁的眉头渐渐舒展,作为一个奋斗在一线的扶贫人,我真的发自内心感到高兴和自豪。

从脱贫到振兴:坚决打好永不谢幕的"接续战"

收官之年如何实现从脱贫攻坚到乡村振兴的有效衔接、无缝对接?这是驻村工作队和村"两委"立足当前、着眼未来思考的又一重大使命。我们深刻认识到,要想不辱使命,下一步必须要重点抓好产业发展和集体增收。前几年在重点做好"两不愁三保障一安全"工作的同时,我们对发展产业和壮大村集体经济也进行了尝试和探索。2016年以前,三葛村集体经济为零;2017年,占地10亩、投资

120万元的村级光伏电站建成使用后,村集体经济才迈上了5万元台阶;2018年,随着村扶贫工厂建成使用、工作队10万元发展村集体经济专项资金入股分红、大型农机具出租、土地增减挂等,当年村集体经济超过15万元;2019年以来,根据泗县县委县政府打造"四季赏花、四季品果,百果园、花世界、绿泗州"的发展思路,驻村工作队和村"两委"积极争取,流转了400多亩土地,建成了115亩薄壳山核桃扶贫林基地、300多亩的雪桃经济林基地;通过大吴自然庄庭院经济项目,栽种雪桃和红叶石楠8千余株。预计这些项目,明年就可开始逐渐为村民和村集体经济带来效益。

今年4月份,驻村工作队经过协调,又为三葛村争取到了大米加工厂建设项目,总投资近300万元。三葛村位于奎濉河北岸,水稻种植历史悠久,稻谷品质好,于2010年在国家工商总局注册了"界牌贡苑"大米商标。近年来,水稻种植作为村里的特色产业,每年种植面积都在4000亩以上,带动了20多户贫困户脱贫致富。大米加工厂建设项目已启动招标程序,预计建成以后,不但可以为村集体每年带来20万元的经济收入,还能带动更多本村和周边村民增收致富。按照规划,如果村里再建设一个秸秆收储中心,等所有项目产生效益后,村集体经济就能迈上50万元台阶了。利民之事,丝发必兴;富民之愿,春山可望。在驻村扶贫最后的日子里,我愿竭尽所能、倾尽所有,让所有的梦想都开花,所有的愿望都实现。

回望三年多的扶贫之路,确实吃了很多苦,流了不少汗,但也做了很多事。2017年,三葛村驻村扶贫工作队被泗县县委县政府授予"先进驻村工作队"称号;2018年,被县委县政府授予"脱贫攻坚奉献奖"。2018、2019年,县委县政府先后授予我"脱贫攻坚先进个人"和"脱贫攻坚贡献奖";2017—2019年,我连续3年在年终考核中被评为"优秀"等级。成绩的取得是驻村扶贫工作队、村"两委"以及全村党员群众共同努力的结果,我深知,无论是远和驻村第一书记黄文秀,还是近和身边的"全国脱贫攻坚贡献奖"获得者曾翙翔等先进典型相比,我还差得很远。

脱贫攻坚这场新时代的"淮海战役",已经到了扛旗冲顶、总攻决战的时刻。作为党员,我唯有不忘初心、牢记使命,永葆共产党员的先进性本色;作为一名老兵,我更应该冲锋在前、攻城拔寨、不打折扣,全面落实好脱贫攻坚的各项部署要求。就像史翔书记在全市脱贫攻坚推进大会上的讲话那样:"面对全市脱贫攻坚取得的硬核成绩,面对党和人民交给我们的光荣任务,面对60多万贫困人口的全面脱贫,大家一定会感到,以往所有的付出、所有的汗水、所有的牺牲,都是值得的,都是会被历史所铭记的!"

习近平总书记的殷切期盼和谆谆教导,始终鼓舞着我永远不忘初心、牢记使命,努力在脱贫攻坚道路上、在乡村振兴征程中,接续奋斗、连战连捷,从一个胜利坚定地走向另一个胜利!

"解老转"扶贫记

杜艾洲

这是一个雨天,丝丝细雨飘洒在大沙河面。

连绵的秋雨,没有江南"人家尽枕河"民俗风情画一般让人流连忘返,却有一个人久久地伫立在大沙河闸桥上,伫立在细雨里面对村庄破落的房屋、斑驳的墙面和一望无际的田野,浮想联翩。

他,解硕宣,一名转业军人。转业前系行政副团级航空机械师,技术八级,空军某飞行试验训练基地装备部党委委员。2013年11月,转业分配到市检察院工作;2014年10月被选派到萧县马井镇担任麻堤口村党总支第一书记,兼任驻村扶贫工作队队长。他是市检察院被派驻扶贫的第一批人选中的一个。

麻堤口村地处萧县西北二十余公里处,东临大沙河,湘西河穿村而过。村民傍河而居,因而,以"堤"字命名的村庄除麻堤口外,还有包堤口等。

古代先民傍河而居,繁衍生息,后以河为生,傍河设市,孕育了一处处独具特色的水乡文化。而麻堤口不一样,是因为河小、水浅,还是因为地薄、人稀?麻堤口村是一个国家级贫困村。

能够一览麻堤口九个自然村村风村貌的最佳地点就是坐落在大沙河上的麻堤口闸。多年来,这是麻堤口一座巍峨的建筑,相对于村庄的土路、田园的阡陌,这座水泥浇筑的大家伙高高矗立在人们视野里。

派驻扶贫的机关干部,大都缺少基层行政村工作经验,对于解硕宣来说,更是如此,他从部队到地方工作都还没有完全适应,就被派驻到农村来了。

解硕宣1989年参军入伍,转眼20多年,几度风雨,几载春秋,生命中的这段军旅岁月培养了他惠及终生的坚韧不拔的信念。

初到麻堤口村时,所谓扶贫工作队只有他一个人,吃住都成问题。解硕宣租住在村里一户闲置的农房里。屋里没有水,要到邻居家借水自己做饭。

"想想那段日子,我真的很伤感。"他说。

"伤感什么?是不是以前在部队做军官习惯了,日常生活有人帮你打理,现在突然一个人下到农村,所有的吃喝拉撒都要自己来,不能适应了?"我问。

老解瞪我一眼,埋怨道:"你怎么能这样想呢?我也是出生在农村,从小在农村长大的,什么苦都吃过,这点苦对我来说算什么?要说苦,最苦的是我三年军校生活。我于1989年入伍,1991年考取空军第一航空学院,三年学历教育,我收获的不仅是从士兵向军官身份的转变,更重要的是勇于吃苦耐劳、不言败、敢担当的意志品质。我伤感的是,改革开放快四十年了,农村竟还没有吃上自来水,还要靠气压井吃水。"

老解宽大黝黑的脸庞,折射出军人特有的威严与庄重,顷刻间,让我仰慕不已。

解硕宣是在金秋十月来到麻堤口村的,上任时,村民正值秋收大忙季节,许多家庭的青壮年劳力外出打工不在家,老人带着孩子,秋收秋种应接不暇。俗话说:精收细打,颗粒归仓,节气不等人啊。老解找到村主任说:"这几天我俩一块出去给村里拦截收割机、播种机吧,帮老百姓抓紧收种。"

老解刚到麻堤口村,按讲,他要做的第一项工作应该是走村入户对村民特别是贫困户开展谈心活动,掌握村情民情,摸清底数。可他没有这样做。他认为,作为村里的第一书记,最紧要的是解决好眼下的秋收秋种工作,解除百姓的燃眉之急。

麻堤口村还是一个以依靠传统种植为主的行政村,村委会没有一分钱的集体积累。在引导百姓秋收秋种过程中,老解发现九个自然村里存在一个共性问题,就是田地里没有生产桥,大型农用机械开不到田地里去。解决的办法就是垫路沟,可是这样不但影响收种效率,还存在安全隐患及雨季的排水阻塞问题。

"去了就是要帮助老百姓干实事,生产桥这事不管不行啊。"老解说这话时,神情里似乎带着一份遗憾。

我问他:"这件事,帮村民解决了吗?"

"直到我任职期满,这事都没有解决好,这是我卸任之前的一块心病。"老解说,"为了这件事,我跑镇、跑县争取项目,结果只建起两座生产桥。镇里领导说,麻堤口村田地集中、土地平整、连片耕地面积大,符合国家高标准农田建设条件,正在积极向上级申报这一项目。"

麻堤口村是国家级扶贫开发贫困村,我相信这一项目最终能够得到落实。老解对连片土地外貌的描述,让我在脑子里勾画出一幅田园风光的图画:秋高气爽,豆田里的豆荚颗粒饱满,沉甸甸地散发着醉人的芳香;成熟的玉米,迫不及待地脱掉了衣裳,炫耀着自己金灿灿的果实;果园里,苹果挂满枝头,风儿穿梭其间,落叶缤纷,如一曲动人的乐章……

最美丽最动人的乡间图画是秋天的田野。我决定在这个秋天里,去麻堤口村看看,看看这片土地,看看这里的百姓,看看派驻在这里的扶贫干部。

九月的一天,比老解到麻堤口村任职的时间节点提前了整整一个月。车子驶入高速公路,驶过马井镇,进入秋色里的村庄、秋风里的田野。田地里有薅花生的群众,这里形同我家乡的沙土地,适宜花生的种植。

路旁车厢里堆满了花生秧子,一颗颗花生像铃铛一样挂在秧子上,地里的年轻女子还在坚持薅最后一抱花生,抱来后塞在车厢里。

"今年的花生收成好吗?"我唐突地问。

"收成好是好,就是今年雨水大,不少成熟花生都沤坏在地里,薅过后还要再刨一遍。"她说着,把一只蛇皮口袋递给我看,蛇皮口袋里有小半袋捡拾的花生,颗颗饱满。

"尝尝吧,这是村委会推荐我们种的新品种,香得很。"说着,她顺手掏出一把递给我。

轻轻剥开花生外壳,睡在红帐子里的花生宝宝,鲜嫩胖胖地呈现在我眼前。看着它,我不禁直流口水,忍不住把它放进嘴里品嚼,真的好吃,一股脆脆的清香味道荡漾在唇齿间。

这是一片怎样的土地,能够孕育出如此的芳香?

我的这一提问让我自己不觉陷于惊讶中。我站立的这片土地就是解硕宣所在的麻堤口村,我脚下这条平整的水泥路,竟然就是麻堤口通向杨土楼自然村的路。

麻堤口村小学设在杨土楼村,这条路是进出学校的唯一通道。五年前,这是一条怎样的路啊?路上的窝一个连一个,磨盘大,没膝深;冬季里一场雪雨,窝里融化的积水一冬都耗不尽,路面泥泞不堪,小学生们在泥泞的道路上跌倒、爬起。

仰头望天空,云还是那片云,天还是那片天,地还是那片地,路却不是那条路了,土地承载了农民丰收的希望。这里的每一位普通劳动者——包括扶贫干部、包扶干部——都像花生一样,朴实无华,不张扬,默默无闻地奉献自己。

五年前,确定麻堤口村为市检察院定点帮扶贫困村后,党组成员、政治部主任卢新琴带队来麻堤口村小学看望。车子停在几里外的地方,几个人扛着书籍、背着书包,脱掉鞋,赤脚走在这条泥泞的土路上。那还是冬季,每个人的脚都被冻得红肿了。

那时麻堤口村的基本公共服务功能建设除一所村小学外,几乎是一张白纸。村主任介绍说:"自从村里来了扶贫工作队,路、桥、水、电、讯等基础设施都发生了天翻地覆的变化。"

"就说路吧。"他说,"以前,我们行政村里只有一条三公里主干道,还是2006年村里'一事一议'修建的,已多年失修;各自然村之间都是土路,被三轮车碾压得坑坑洼洼;每个村子里都没有一条像样的路,平时还好,大家都将就着,遇到了婚丧嫁娶,车子进不了村,孝子上不了坟。"

"再看看现在的情况吧,不但各个自然村之间都修通了水泥路,每个村庄里水泥路四通八达,村民们再也不用大晴天穿着雨靴出门了。"

说话间,村主任手机响了。他笑笑说:"不好意思,我接个电话。"打电话的是一家买梨客户,村主任在电话里讲话既热情、豪爽,又不失买卖场上"拿劲"的风范。他跟买家谈价,说道:"我们村是沙土地,白梨品质好,这点你是知道的。以前没路,车子进不了村,运输不便,你压价情有可原,现在不一样了,水泥路通到梨园地头,车子可以直接开进来,现如今我们的梨子不愁卖,再压价我们就不干了。"

放下电话后,村主任满脸笑容。他说:"我们麻堤口村有一千八百多亩果园,有黄桃,有苹果,有七八十亩白梨。过去就因为没路,水果销售难,水果贩子故意压价,现在是他们找上门来抢着收购,也不敢压价了。"

村子里的路就张扬地显摆在地面上,藏不了,瞒不住,不承认都不行。无论是村里主道,还是辅道,一律是水泥路面,直通各家各户门口。

说到路,自然就说到桥。桥承接路,过路必须通过桥。

麻堤口村有座桥,七八年时间都没有护栏,昔日刻在护栏上的"利民桥"三个字早已随着护栏没了踪影,群众称之为"没桥帮的桥",取而代之桥名。

麻堤口村大人小孩都知道那座没桥帮的桥,外村的人也都知道麻堤口村有座没桥帮的桥。村民外出需要路过麻堤口村时,不忘提醒自己"过那座没桥帮的桥时,千万小心点"。

桥之所以家喻户晓,是因为四五年前,一个外地女人不熟悉路况,过桥时不慎跌入河里淹死了。当然,七八年时间里,骑三轮车、电瓶车、自行车跌入河里的人还有很多,只不过他们比那位外地女人幸运罢了。

麻堤口村的村民仗着熟悉路况小心翼翼地过着这座桥,在胆战心惊中谨慎地度过七八年时间。解硕宣来麻堤口村任第一书记后,他不能容忍这种谨慎过桥法了。初来乍到,村里没有一分钱的集体积累,如何修桥?

解硕宣把困难带到单位,把急需修桥的想法告诉了院领导。那年,是中国"扶贫日"设立的第一年。虽然"扶贫日"已经过去一段时日,但院领导还是带头在市检察院发起了为麻堤口村修桥捐款活动。全体工作人员积极踊跃参加,共计捐款一万多元,解决了为"没桥帮的桥"插上"桥帮"的难题。

老解被感动得热泪盈眶,似乎这次捐款是为他而捐的。是的,就是为他而捐的,为了他的"亲人"——麻堤口村的村民们。

麻堤口村没有自来水,老解和群众一起吃着气压井里的水,一直吃到离开麻堤口村的前一年。不是老解不作为,他从到任那天起,就把这事放在心上,积极跑项目。僧多粥少,即使麻堤口村是全县第一批安装自来水的贫困村,也是等了两年多时间。

村主任的爱人从梨园回来,带来几个自家梨树上结的白梨,弓腰在院子里的水池里清洗。清澈的自来水从水龙头里哗哗流出,从水池出水管流入下水道,进入整修过的村中池塘。此时,我不知道这水是代表了生命的源头,还是代表了"水能载舟"。我发自内心佩服老解滴水穿石般的毅力。

在村主任家,电视里正在播放萧县县域频道的节目。像是故意安排的缘故,节目转向扶贫专题片时,在一阵镜头的画面特写中,屏幕上由远及近闪现出《脚步丈民意 真心为民办事——记萧县马井镇麻堤口村第一书记、扶贫队队长解硕宣》的片子。

我瞪大眼睛注目观看。村主任说:"报道解书记的这个专题片已经放过好几回了,是县电视台专题拍摄的。村里的人都爱看,每次播放,只要是在家的村民再忙再累都会搬个小板凳坐在电视机前聚精会神地看完,生怕小孩子把频道调了。只有放这个节目时,爷爷奶奶才会跟孙子争抢节目看。

"村里老年人在村文化广场聚在一起闲聊时,就爱谈论电视台拍摄的这个片子。他们说:'电视台的人真会拍,拍的和真的一样,没有一点虚假。'"

听了村主任幽默诙谐的话语,我不禁笑了。但村主任一副严肃、认真的神情,他说:"要是在解书记来之前,他们想看还不一定能看到呢。我们村里虽然多年前就通了电,但是电线像蜘蛛网一样胡拉乱扯,裸线暴露不安全,电压也低,三天两头停电。遇到用电高峰期,电压低得连电视也看不了。可这电网改造的事不是说改就能马上改的,解书记听说杨土楼村早几年因电压低、群众无视安全隐患胡乱倒弄电线先后出了两条人命后,连续几天跑供电公司,硬是把人家缠得没办法,把村里原来的一台变压器换成了三台,缓解了电压低的现状。"

离开村主任家,我径直去了村部。麻堤口村的村部自2006年建成后,无水、无电,一处空楼,院落杂草丛生,一片荒芜。出入村部的那条路,就是让为村小学送书的女干警们在寒冬里赤脚蹚过的"水泥"路。

我想看看如今的村部是什么模样。车子沿宽广平整的水泥路行走,停在了转向村部的路口。首先映入我眼帘的是村部楼前文化广场和广场周边的各类健身器材。广场对面正在建造一座高标准公共厕所,虽然公共厕所的外墙还没有粉刷,也不知道将来是用水泥粉墙,还是用洁白的瓷砖,但我能感觉到麻堤口新农村的"三大革命"正在有条不紊地进行中。

没有抬头看门口标牌,我就急于走进了村部楼下的第一间敞门大厅。这也无妨,大厅背景墙上清晰地写着"麻堤口村为民服务全程代理工作站"。六台电脑,是老解从单位申请过来的,如今每台电脑都有自己固定的排位:有残疾人申报,有低保户办理,有受灾统计,有建房申请,有贫困户动态管理。如此等等,各司其职,六台电脑各自在发挥着自己应有的作用。

老解说,带领一个贫困村走上脱贫致富道路,首先要加强村党组织建设,提高致富能力。

麻堤口村原是马井镇出了名的软弱涣散村,村"两委"一班人各忙各的事,各唱各的调,形成不了合力,战斗力十分薄弱。要解决麻堤口村存在的诸多问题,得先从抓党建开始。

抓党建,得先解决村"两委"办公阵地问题,彻底革除老百姓有事到干部家里去办理的状况,把党建工作落实到实际行动上来。为此,老解再次走回单位,向党组织提交了请求给予麻堤口村硬件上支持的报告。单位从并不宽裕的办公经费里拨出十万元,为麻堤口村购置了办公桌、椅子、会议桌等办公设施,安装了电脑、打印机,通上电、连上网,建起了党员活动室、为民服务代理室及农家书屋等。

一位办事的村民说:"我们现在的为民服务全程代理工作站就是从当初解书记领头创办的为民服务代理室演变而来的。村干部在为民服务代理室值班,为群众办事,这一规定,从解书记在这里时就一直延续下来了。"

基层党的建设目标是提高党的领导水平和执政水平,不断提高拒腐防变能力和抵御风险能力。一个党组织如果缺少活力,就无法对其成员产生吸引力,就无法产生归属感、凝聚力和战斗力。

老解联想到任职以来听到群众对个别村干部无视党纪党规行为的反映,表达了自己鲜明的党性立场,坚决拥护和支持县纪委调查,动员党员群众积极向党组织讲真话、讲实话。最终原村书记在低保户及申请建房等方面涉嫌违纪被调查清楚,受到留党察看、撤销村党组织书记处分。这一案例,教育了党员干部,起到了防微杜渐、警钟长鸣的作用。

最高人民检察院开展打击扶贫领域职务犯罪专项行动宣传征稿活动时,市检察院职务犯罪预防处以解硕宣为原型,制作的漫画宣传图集《"解老转"扶贫记》被安徽省人民检察院推荐为优秀宣传文稿参加全国评选大赛并获奖。

在解硕宣任职期间,麻堤口村的扶贫工作已取得明显成效,受到县委嘉奖。村里群众都说:"麻堤口村的变化是'狗不咬'的解书记跑出来的。"

初听此称谓,不解何意;后听群众解释,才知道所谓"狗不咬"是说解硕宣到群众家串门的次数多了,村里的狗都和他混熟了,不咬他了。

的确,解硕宣在麻堤口村任职期间,以善"跑"出了名,村干部把他归纳为"四跑"书记。

一是跑村入户。老解任职后,仅仅半个多月时间,就跑遍九个自然村,深入党员和群众家庭了解情况,倾听群众呼声和意见,撰写《麻堤口村调研工作报告》和《麻堤口村帮扶三年规划》,把自己彻头彻尾地"混"成了麻堤口村的村民。

到任不到一个月,他主持召开麻堤口村第一次全体党员大会,128名党员,实到80多人,没到的几乎全是在外地打工没法赶回来的党员。老谢说:"他们春节回家过年时,我一个不漏地走访了他们。"

党员大会上,解硕宣深入分析麻堤口村目前的村情,提出下一步怎么干、干哪些事的意见建议,供全体党员讨论。在这次党员大会上,又推出了真正贫困的27户,替换掉了原来贫困户里的28户。一位老党员激动地说:"这么多年来,麻堤口村土生土长的村干部里,没有一个有你这个才到任不到一个月时间的村第一书记这么熟悉村里情况了。"

不但要熟悉村情,还要为村民排忧解难。闫庙自然村的吴桂荣右腿腘窝出现囊肿,在萧县某私人医院做了手术。由于手术触动了腿部神经,她整条腿浮肿,卧床三个多月。

对于贫困户吴桂荣老两口来说这真是雪上加霜。老夫妻两人都已七十多岁,身边没有子女,老伴多次跑医院讲理,医院承认是医疗事故,但除了免除手术费外,别的什么责任也不愿再承担。老伴俩种植的葡萄树缺乏管理,当年绝收。

解硕宣了解到这一情况,为贫困群众的正当权益得不到维护而深感伤心难过。他跑县卫计委主任办公室反映情况,当天把县卫计委的同志带来村里核实事实真相。县卫计委核实后对此高度重视,专门成立医疗事故鉴定小组到吴桂荣家进行医疗鉴定。老解周旋在鉴定小组、私人医院与吴桂荣家之间不知跑了多少路,经过反复协商,医院最终接受医疗损害的结果,赔偿一万六千元。之后,医疗鉴定小组专门为吴桂荣制订了治疗方案,指导她康复治疗,同时针对她哮喘、高血压等病情为她办理了慢性病门诊治疗卡,一年为她解决六千多元医疗费。

二是跑遍了马井镇十五个行政村。老解在部队二十多年,对农村状况熟悉不够。他说:"只看麻堤口一个村的村情,会'一叶障目不见泰山',我把马井镇十五个行政村里的村情都熟悉了,才能给麻堤口村排好位、站好队,才能在横向比较中找出麻堤口村的不足,才能精准地制订脱贫措施。"

老解是一个爱学习的人,在扶贫这个问题上,他采用了一种"不地道"的学习方法——"偷"人家的扶贫经验来充实自己,"偷"人家的扶贫措施拿来为己所用。2015年春天,老解在孙庄行政村参观学习时,听村书记说到了薄壳山核桃收益快、效益好,就向人家打探哪儿能买到树苗。那时《宿州市脱贫攻坚政策读本》还没出来,还没有把种植薄壳山核桃作为产业来宣传,但老解走在了前头。

在老解听到薄壳山核桃种植这一信息时,他马上想到官庄村贫困户刘世亮。刘世亮是一名参加过核试验的复员老兵,老谢不是因为他们有过共同的军旅生活经历而偏爱他,而是因为刘世亮和妻子俩年龄大,唯一的儿子智力有缺陷,身边还有九十四岁高龄的老母亲。

在安排给刘世亮危房改造翻盖房子时,老解知道村民为了照顾他,主动把自己家的四亩地都换到他家房子前,便于耕种。于是,老解想:如果鼓励刘世亮把屋前的地都种上薄壳山核桃,既便于老两口看管,也方便照顾家庭,一举两得。他召开村"两委"会,按照扶贫项目管理政策程序,为刘世亮争取四千元财政扶贫资金,鼓励他把屋前四亩地都种上薄壳山核桃。2017年,核桃树第一年挂果收入四千余元。

三是麻堤口村在县里工作的人没有一个没被解硕宣跑去找过。老解每找一个麻堤口村在县里工作的人,第一句话总爱说:"月是家乡圆,水是家乡甜。老家成了国家级贫困村,我们得想法把这帽子给摘掉啊。"

那些在县里工作的人看到自己家乡的第一书记主动找上门来,非常感动,纷纷表示:"有力出力,有人出人,有什么需要出面调停的事,只要你一声召唤,我马上回去。"

老解每次出去都有大小不同的收获,有的人帮助家乡脱贫出谋划策,有的帮助联系项目单位的熟人,打探有什么扶贫好项目。村里在扶贫工作中遇到"难题"和"难缠户"时,老解也都能准确无误地找到他们家在县城里工作的亲朋好友,让这些"脸朝外"的人出面,问题就迎刃而解了。

当然,老解也遇到过尴尬的事。有位家乡人带老解一起去相关单位争取一个修路项目,项目争取来,中标修路的人恰好就是这位家乡人的亲戚。工程不大,起初村里人都没在意;路修好后,发现路基边缘修建不到位。老解不干了,直接找到这位家乡人,唱起黑脸包公。他说:"路修得不合格,如果不翻工,我就坐在县财政局门口盯着,就是不能付工程款。"无奈,这位家乡人只好亲自出面劝解,让工程队按要求翻工重来。工程队长说:"这样一折腾,我不但赚不了钱,还亏钱了。"

老解说:"早知今日,何必当初呢?"

四是跑县里的扶贫项目单位。公共基础设施建设直接影响群众生产生活。麻堤口村没有集体积累,初时全村408户贫困户,贫困人口899人。村干部没有办公地点,党员没有活动场地,群众办事只能到村干部家里,党员不组织活动。初进麻堤口村,老解面临的现状不仅如此,还有电网老化,刮风下雨就停电,农忙用电高峰时多数用电设备不能正常工作;全村95%的道路是土路,晴通雨堵,群众反应强烈。改变麻堤口村公共基础设施现状势在必行。老解没办法,只有利用驻村的宽裕时间,牺牲回家探望的休息日,让麻堤口村在县里工作的人带路引领,找领导,跑机关,争取扶贫项目,帮助解决难题。

用他自己的话说,这几年,县里的财政局、农业农村局、水利局、交通局、扶贫办、卫计委、教体局等一些相关单位的大小领导及相关办事员,几乎没有不认识他的。

老解有一股子拧劲,认准的事锲而不舍。领导接待他,就被他黏上,啥时黏出成效来,他啥时罢休。第一次到交通局时,领导不相信麻堤口村的路况像老解描述的那样,老解硬是黏着把几位局长请到村里实地查看,还当场召开村"两委"会,请交通局领导讲解上级关于乡村修建道路的有关政策。

经过多方协调,麻堤口村争取到了畅通工程和申请扶贫道路的政策支持,争取资金400万元,硬化道路12公里,实现了麻堤口村九个自然村村村相连,群众出行难的问题得到了有效解决。

解硕宣书记跑熟了道路,也跑出了思路。在县扶贫办帮助支持下,经与县国土局协调沟通,麻堤口村的土地性质在国家政策允许的范围内得到更改。麻堤口村成功流转土地10亩,于2016年建成一座210千瓦·时的光伏电站,使50户贫困户家庭年创收3000元至5000元,集体经济创收5万余元。

解硕宣有全行政村每一位在外地务工党员的联络电话,他与这些党员签约了"双培双带,双向带动"先锋工程协议,通过给外地党员交任务、压担子,鼓励在外发展的党员和致富能手把有劳动能力的贫困户通过帮工方式带出去。两年来,带出困难群众30多人,一年就带回资金近百万元。

2015年底麻堤口村提前脱贫246户,贫困户剩162户。解硕宣在任职期间,连续三年被评为市优秀选派干部,荣立个人三等功一次,先后被萧县县委、县政府授予优秀选派干部,被市委、市政府授予"优秀选派干部标兵"称号。

2017年5月,解硕宣任职期满。他离开麻堤口村那天,麻堤口村迎来了春末的一场绵绵细雨,正是午收后的播种时节,这场雨下得太及时了。

解硕宣在雨后的中午,再次走上闸桥,淡淡的阳光穿透薄云,清澈透明的天空呈现一抹彩虹。仰望彩虹,老解突然想起了在部队的一段经历:时间回到2000年,他临危受命,从分队长被直接提升到连续九年不达标的中队,担任中队队长。当时,中队官兵士气低落,纪律涣散,中队还将承担非洲、南亚等一些国家20多名飞行员的培训任务。面对形势和任务,他迎难而上,查原因、找症结、订方案,采取一切可行措施,当年就甩掉了不达标的帽子,并挤入先进中队行列。后来,他率领的中队被空军首长称赞为"特别能吃苦、特别能战斗"的部队。

彩虹慢慢消失,融化在天空,也融化在他心里……

解硕宣回单位后,任机关党委专职副书记。他很清楚,挑起这副担子,承担一份责任,但他对未来工作充满希望,充满自信。

军嫂,最美女人花

孙 梅

有这样一群女子,为了祖国和人民的利益,送夫参军,奋勇支前,自甘寂寞;有这样一群女子,她们虽然不是军人,却将宝贵的青春年华奉献给了神圣的军队事业;有这样一群女子,她们挺起脆弱的腰杆,肩负起养老抚幼的家庭重担。她们有一个共同的名字,那就是"军嫂"。

特殊喜宴

王丹彤,就是千千万万名军嫂中的一员。2017年8月27日中午,一场喜宴正在安徽省砀山县李庄镇天鹅州大酒店举行。现场气氛热烈,人们谈笑风生,然而,觥筹交错的酒席中只见新娘父母殷勤地招待,并没有见到这次婚宴的男主角,那么新郎去了哪里?

其实,这本该是一个婚礼现场,酒店大屏幕上放着两人甜蜜的结婚照,音乐响起,穿着洁白婚纱的新娘站在大红地毯的尽头百花拱门下,而那个帅气的新郎,手捧一束新鲜的玫瑰花自另一端缓缓走来,轻轻牵起漂亮新娘的手,向舞台中央走去,现场响起一片热烈的呐喊和掌声。这是每个女孩子都梦想的婚礼,但是对于现在的王丹彤来说,它成了一场幻想。当她从幻想中回过神来时,看看身边参加喜宴的同学,只好又一次告诉自己,婚礼已经结束,招待好亲朋们是现在最重要的事。

回想早晨化妆时和老公陈双全隔着手机屏幕的相见,王丹彤在一众好友的调侃和祝福声中不好意思地笑了。好朋友在微信朋友圈发出了一段视频:两个应该在婚礼现场的新人,一位在化妆,而另一位却远在千里之外执勤。并配上文字:新娘在化妆,新郎在扛枪,这一幕看哭了很多人。

王丹彤拖着疲惫的身体,独自走进自己的新家,卧室里大幅的结婚照、大红的被褥,床头柜上两盏鲜艳的红灯,都在提醒她,今夜本该是洞房花烛夜,新婚宴尔,人却走了。伤心的泪水像断了线的珠子,不断滑落,她哭了,这是自送走陈双全后的第二次大哭。那泪水里有委屈,有抱怨,但是更多的是担心。

回想 8 月 25 日那个夜晚,当陈双全拉着行李箱头也不回地走进检票口时,丹彤忍了两天的眼泪终于不争气地夺眶而出,她不知道这一别后什么时候才能联系上他,她真想大声对陈双全喊:"你一定要保重,一定要平安回来!"因为,这次之后,她的命运紧紧地和这个男人连成了一体,她成了他的家、他的妻子,她成了一名军嫂。

他们举行了一场仓促的婚礼,在最该恩爱的洞房花烛夜,陈双全拉着他的行李箱急匆匆地消失在她的视线中。她知道陈双全不是不想回头,他是不敢回头,他怕看见她流泪的眼,他怕他也会控制不住自己又冲回来拥抱她,他是一名军人,为了祖国的安危,他唯有放下小家,放下儿女情长。

丹彤还觉得是在做梦,这几天她都像在梦中一样。8 月 24 日下午,丹彤正在超市买东西,陈双全打来电话,电话里的他口气很急:"丹彤,你马上回来一趟,有重要的事要给你说!"当时丹彤并没放在心上,心想什么重要的事,该准备的也基本准备得差不多了,不就结婚那点事吗?看把他激动得。

丹彤推开门,看见双方的父母都坐在沙发上,而陈双全低着头脸色凝重,她的心里咯噔一下,有了不好的预感。果然,爸爸先开口说话了:"丹彤,双全接到紧急任务,明天晚上就要赶回部队。"丹彤一下呆了:"那他明天走了,婚礼咋办?"陈双全见状忙说:"我跟咱爸妈商量了一下,决定明天上午举办婚礼,在我们家,你觉得行吗?"丹彤看了看父母,父母同时点了点头,她望着陈双全焦急的目光,笑了一下说:"好吧,都听你的!"陈双全也笑了:"谢谢,谢谢理解!"而就在这天的早晨,陈双全才发了一条微信:"兄弟们,星期天就要结婚了,兴奋得不行,祝我们新婚快乐吧!"同天晚上他又发一条微信:"由于任务在身,临时决定明天结婚,时间紧迫来不及打电话通知大家了,一场刻骨铭心的婚礼!"

丹彤和父母都明白陈双全的这次任务有危险,万一……然而,既然选择了这个男人,选择了军人,丹彤很清楚,危险是如影随形的,婚礼不能顾及形式,嫁给他义无反顾。

第二天一早,丹彤一个人前往影楼化妆,化好妆后,她又独自一人开着车赶回李庄镇的娘家。因为时间急迫,陈双全临时找来几辆车作为婚车。中午时分,他们在陈双全的老家举行了简单的婚礼,在一拜天地、二拜高堂的古老仪式中,丹彤和陈双全完成了从恋人到夫妻的身份转变。丹彤不仅成了陈双全的妻子,她同时拥有了一个新的称呼——军嫂。其实,嫁给了军人就等于选择了奉献;嫁给了军人,就选择了聚少离多长久的思念;嫁给了军人,就嫁给了责任和义务。

等你无悔

多少寂寞,凝聚成坚定的信念;多少赞扬,变成欣慰和甘甜。她们用柔弱的双肩,撑起军人心中的一方晴空。闪烁的军功章,挂在军人的胸前,却慰藉着军嫂的心田。正因为有了军嫂,军人的理想和豪情才能在辽阔的蓝天下自由放飞。如果说人民军队是长城,那么军嫂就是稳固连接长城的垛口。

王丹彤和陈双全是高中同学,又是同桌。情窦初开的少男少女就像两片春天的新叶,在一日日的共同学习中,渐生情愫,然而,羞涩和腼腆的两个人都没有表露,加上高中紧张的学习,两个人甚至表现为互相厌烦。

高三上学期,学习任务更重了,王丹彤一心向学,考上一个好学校是她那一阶段最大的梦想。自小就有保家卫国思想的陈双全,在冬季征兵中选择穿上梦寐以求的橄榄绿,成为一名军人。人生的分道口,两个年轻人选择了不同的道路。

分别在即,陈双全终于抑制不住自己对丹彤的感情,偷偷告诉丹彤希望在他走的那一天,丹彤可以去人武部送送他,性格爽朗的丹彤立刻就答应了。

寒冬的早上四点多,天地一片黑暗,万物都还沉静在睡梦中。天上飘着纷纷扬扬的大雪,丹彤冒着刺骨的寒风,顶着不断向脸上扑来的鹅毛般的雪花,一步一滑地来到砀山县人武部。

人武部里已经人头攒动,不大的院落里站满形形色色送行的人,离别的伤感满溢着不大的空间,每个人都被裹挟其中。

丹彤没有看见陈双全,不大一会儿,几辆大巴顺次开出院子,丹彤不知道陈双全坐在哪辆车里,黑暗让车中人影模糊。同样的绿军装,差不多的青春脸庞,双全呀,你在哪?哪个才是你呀?丹彤心里七上八下被离愁别绪填满,唯有使劲地对着车辆挥手,她多么希望陈双全能够看到。直到这一刻,她才明白原来自己的心里早就被这个英俊的同桌填满。

来到部队,陈双全心里每天想得最多的就是王丹彤,训练再苦,也无法消减他对丹彤的想念,他决定向丹彤表白。当丹彤接到陈双全自部队打来的电话时,她焦急的心一下得到了平复,简短的问候之后,陈双全说出了自己的爱意,请丹彤接受他。丹彤的心像泡进了蜜罐,一下就甜了起来,她没有任何犹豫地答应了。

和军人谈恋爱不轻松,没有花前月下,没有卿卿我我,不能像正常的男女每天相见、问候;不能一起吃饭、逛街、亲密无间;在感冒发烧的时候没有嘘寒问暖;生日的时候不能一起快乐地聚餐,年轻人的浪漫基本和他们无缘。就连每天的通话也不行,因为当时部队不让用手机,两个年轻人只能靠电话每周或半个月联系一次。相思让等待的心一日日数着时间,度日如年成了最好的写照。

盼望着,盼望着,树叶绿了又黄,时光清浅,岁月在分秒间流逝,两年的军旅生涯即将结束。丹彤的心每天都被幸福溢满,那个深爱的人呀,即将回到自己的身边。她每天数着日子,看天上月升月落,庭前花开花谢。一周,五天,三天,马上就要和那个亲爱的人相见了。

就在即将相见的倒数第二天,陈双全打来电话,声音里有激动,但更多的是歉意:"丹彤,我因成绩突出被留队转为一期士官了。""啊?那很好呀!"丹彤刚开始有些失望,但是想到陈双全的军人梦,还是调整了心情为他高兴。"那你要加油呀!"丹彤又说。"会的,你拭目以待吧,你一定要等着我!"双全高兴地说。"好,等你。"丹彤轻松愉快地答应了双全的请求。但是,她为了这句承诺,一等就是三年,接着又三年,到今年已经是第八个年头。

你献身军营 我后方奉献

当一个女人选择成为一名军嫂的时候,也就意味着她选择了艰辛和孤独,生活中更多是与艰苦相携,寂寞为伴。也正是在这艰苦和孤独中,古往今来的军嫂们演绎了一幕幕支援国防、甘愿奉献的感人故事。

2016年,王丹彤大学毕业后在县残联工作。她和陈双全约定,一期士官期满,如果不能继续留在部队,回来后就结婚,两人不再分离。和双方父母商量后,他们在县城买了房子。然而,优秀的陈双全,被顺利留下过了二期,如今已经是三期士官。

丹彤平时的生活一如既往地按部就班,虽然没有像别的女孩子与伴侣朝夕相伴,但是,心中有爱就不孤单。她一心扑在工作上,在残联工作每天要面对很多残疾人,鉴定室每天都是人满为患,加班更是家常便饭,丹彤从没喊过累,也从不抱怨,脏活累活她都冲在前。她在家是长女,自小就有主见和能力,到了单位她就发挥了这些优点。每天,她下班后拖着疲惫的身体回到家,第二天又生龙活虎地出现在工作岗位上。她主动帮助和顶替怀孕的同事;她下雨天为前来办理事务的残疾人大爷打伞,送他回家。她说这都是太小的事,每个人都能做到,不值得夸赞。

面对新房装修,这个事事有主见的姑娘还真犯了难。那时,陈双全的家人都在合肥,而自己的父母也在相距几十公里之外的李庄镇,身边连个参谋的人都没有。这个貌似柔弱的姑娘从设计方案,到一钉一砖都亲力亲为,累,那是不必说。

有一次,装修的工人急于下班,忘了一袋水泥在楼下,王丹彤硬是一个人把那袋死沉死沉的水泥搬到二楼的家中。邻居们看到了,都惊讶那个平时戴着眼镜的文弱姑娘还有这么大的力气,其实,丹彤搬到屋里后已经累得瘫倒在地上。

每当她累了,急了,看到别的女人可以小鸟依人地在男朋友面前撒娇时,她在心里真的很抱怨陈双全。然而,每当陈双全打来电话询问装修情况的时候,她为了让他安心在军营,都是报喜不报忧。

自从军起,陈双全每年的年休假都是选择避过春节。春节是万家团圆的日子,尤其每个军人家庭,多么盼望他们能在春节回到家过个团圆年,而且,春节回家假期因为有年假还会延长一周。陈双全每次都是把名额让给特别需要的战友,丹彤从没有怨言,她知道还没结婚的战友需要回家谈恋爱,已经结婚的需要看望父母和妻儿。军人的婚姻不易,丹彤曾目睹身边因为长期分居而离婚的军人,她对陈双全说:"咱们的婚姻基础很牢固,啥时候见都行,晚点没啥!"她的理解让陈双全很感动,春节不回家也成了习惯。

嫁给军人就要忍受很多的突发事件,还在谈恋爱的时候丹彤就深有体会。2012年10月1日,丹彤学校放国庆节假,她决定去部队看望陈双全。当她坐了三十多个小时的火车,风尘仆仆地来到陈双全的部队时,已经是夜晚,却被告知,只能在一起两个多小时。陈双全所在的地方十月的天气已经很冷,加上高原反应,王丹彤鼻子出血了。两个小时后,王丹彤一步一回头地离开了陈双全。

2013年春节过后,得知陈双全要休假,丹彤为了给他一个惊喜,决定去部队接陈双全回家休假。她舍不得坐卧铺,买了一张硬座票便坐上西去的火车。随着火车的不断前进,丹彤心里幻想着见面时候的情景,不由得笑了。经过两天的旅途奔波,刚到兰州,正准备转车时,丹彤接到陈双全打来的电话:因为要去外地紧急执行重大演训任务,不能休假了,让她不要来部队,直接坐火车返回。

接到电话的那一刻,王丹彤一下傻了,满心的美好希望,瞬间纷纷凋零,只剩失望。然而,爱他就要理解他,他不是普通人,他是军人,军人以服从命令为天职。她忍住泪水,叮嘱他不要担心自己,好好完成任务,然后含着眼泪一个人坐上了返程的火车。

2018年8月25日是两人结婚一周年的纪念日,陈双全心想这个时间不逢年不过节,部队也不太忙,想给妻子过一个浪漫的一周年纪念日,两人约好好好庆祝一下。然而,7月底,他却给王丹彤发来信息,因为执行重大任务,不能休假回来陪她过结婚纪念日了。对于这种突发事件,丹彤早已习以为常,并没有太放在心上,但是,这一次却不同,陈双全手机上交,将近一个月失去了音讯。他去了哪里?他在干什么？有没有危险？每天王丹彤都在猜测，在提心吊胆中度过。以前也发生过很多次这样失联的事情，却没有这么长的时间。

事情终于出现转机，2018年8月19日22时的央视《晚间新闻》节目里，陈双全手紧握钢枪走在队伍最前列，他挺拔的护旗手身姿，随着节奏铿锵前行，真是帅呆了。"是他，是他，真的是双全！老公！为你自豪，为你骄傲！"丹彤激动地喊了起来。一颗悬了二十多天的心，终于放下了，激动的泪水夺眶而出。事后，王丹彤深情地说，看到他手握钢枪的身姿，真想让自己化作那支钢枪，让他紧紧握在胸前，就这样永永远远陪在他身边。

丹彤对陈双全说得最多的话是："一百句我爱你，抵不过一句我等你。一百句我等你，抵不过我翻山越岭去看你。"她每年都在履行着自己的承诺，那就是去看望双全。她总是选择在冬天，因为冬天部队相对任务不多，陈双全虽然白天要上班，但是到了晚上两个人就可以相见。

丹彤每次去部队探望陈双全都是一次严酷的考验，冬天的军营奇冷，不说路上两天的旅途奔波，单说到了营地，一下火车迎面而来的寒冷，就要将人冻僵。丹彤虽然穿着最厚的羽绒服也还是被冻得浑身打战。营地在海拔两千多米的高原，丹彤的高原反应很强，她头疼，流鼻血，然而，为了那个心爱的人，她都忍了。

2019年冬天，丹彤又如约去看望双全，到了部队不久就出现了全国范围内的新冠疫情，而此刻丹彤发现自己怀孕了，高原反应加上孕期不适，天天将她折磨得难受异常。部队刚开始物资还算丰盛，后来菜品越来越少，医生也因为离得比较远而不能按时产检，她想回家，又怕给部队添麻烦，就这样一直忍到3月份才独自一人坐上回来的火车。

军功章里有你一半

无论在战争年代，还是在和平发展时期，在对敌斗争中夺得的每次胜利，在我军现代化建设中取得的每个成就，无不浸透着军嫂们辛勤的汗水和无怨无悔的泪花。

走进丹彤的家，装饰以白色为主，家里地面、墙面一尘不染，电视机前的大型落地子弹头摆件很是显眼，靠南的位置摆着一排小型子弹头，上面画有梅、兰、竹、菊，绿植郁郁葱葱，展示柜中放着陈双全的透明奖杯，一看就是军人家庭。

丹彤中等身材，扎着黑色的马尾辫，圆圆的脸上戴着眼镜，看起来温温柔柔。她说话的声音不大，但语速很快，给人的第一印象干净利落。挺起的肚子很显眼，原来她已经怀孕八月有余,但是,当她敏捷地躬身从电视机下面的柜子中给我拿出一大沓陈双全的获奖证书、奖章和奖牌的时候,她看上去丝毫不像一个行动迟缓的孕妇。

我们像一对相识多年的老朋友一样说起陈双全,她的笑声爽朗,好像那些困难都成了令她开心的素材。结婚照上的双全穿着绿色军装,英俊潇洒,丹彤身披洁白婚纱依偎在他怀中,两个人满是甜蜜。

茶几上好几个三等功的奖状和奖牌吸引了我,只见大红色实木盒里,深红色丝绒底面上放着一枚枚金黄色的勋章,上面刻着"卫国戍边""和平使命"等等。看着这么多的荣誉证书和奖牌,我由衷地赞叹道:"丹彤,这些军功章里有他的一半也有你的一半!""我没有做什么,真的,我只是做了自己应该做的。"丹彤平静地说。

"相对于那些官兵的奉献,我做得真的太少。"说完,丹彤拿出手机,让我看了几张照片。第一张照片上一碗白米饭里有半碗沙土,她说:"这就是战士们在野外吃的饭。"第二张是陈双全的背影,他脱掉上衣,脖子以上晒得黢黑的皮肤和身上白色皮肤形成鲜明对比,一双脱皮的双手,脱掉皮的白色肉部分和黑色的手皮像两个不相干的事物,它们摆在一起是那么不协调和触目惊心,那一刻我的眼泪差点掉下来。还有一段视频,是夜晚的大风刮倒了帐篷,战士急忙奔跑的身影。而龙卷风的那个视频更是吓人,只见打着旋由远及近的龙卷风卷起的黄沙遮天蔽日,而拍摄的那个人就在跟前,危险无处不在。

"我以前累了、烦了,想他又联系不上他的时候就会发脾气。但是,当我看见这些照片时,我什么气都没有了,他们那么辛苦,受了那么多罪,我在家里受这点苦算什么。"丹彤说,"我最担心的就是联系不上他,他那边环境太差,手机没有信号是常有的事,有时候几天都没有音讯,还有就是突然有任务,手机关机。"

如今已经怀孕八个多月的丹彤,还在坚持上班,她说她要上到孩子出生。现在的她每到夜晚,腿总会抽筋几次,别的孕妇都有老公帮忙揉揉或者按摩一下,很快就会好,而丹彤唯有自己忍受,因为身体不便,自己摸不到小腿,她说疼得厉害的时候,满头都是汗,在深夜里疼哭也是常有的事。

生活中也不总是困难和泪水,2018年8月25日,是个特殊的日子,忙碌的丹彤并没有放在心上,而是像往常一样下班回家。刚到家门口,丹彤就听到有人喊她,原来是楼上开鲜花店的邻居捧着一大束鲜艳的红玫瑰。"今天是你们结婚周年纪念日,你丈夫专门从部队打电话特意给你订的玫瑰。"

原来是陈双全心系妻子,感谢她多年的陪伴和无悔的付出,为了给她一个惊喜,特地从网上查到卖鲜花的电话,电话打过去竟然是楼上的邻居,邻居听说后非常感动,立马应承下来。

抱着满怀的玫瑰花,花香四溢,王丹彤感慨万分,这是他第一次送花,也是她第一次收到这么娇艳欲滴、浓香四溢的99朵玫瑰。爱情就像这鲜花般美好而甜蜜,丈夫志在军营、倾情军营,但心里总是有她,她更明白,美好的爱情又何止卿卿我我、花前月下、朝朝暮暮?

成为军嫂后的日子里,有浪漫,有惊喜,有刻骨铭心的相思,也有独自面对困难的挑战,但是为了让丈夫安心军营,家里的喜庆事、愉快事、开心事,丹彤与他通过手机分享;困难事、操心事、担心事,她都是自己一人承担。

"十五的月亮,照在家乡,照在边关,宁静的夜晚,你也思念,我也思念,我守在婴儿的摇篮边,你巡逻在祖国的边防线。"这首《十五的月亮》很快就会是丹彤和双全的写照,也是所有军人和军嫂的写照。

军嫂,奉献给绿色军营的爱,就像洒向沃野的阳光雨露;军嫂,是温柔的春风、温馨的港湾,让军人穿过暴风雨之后,有一个休息安宁之所;军嫂,抚慰着戍边赤子的牵挂,酿造着边防哨所的香醇,砥砺着国境线上的威严。

女人如花,而军嫂是最美的女人花。她们,在军人面前,不用泪水诉说心中的幽怨,不用呢喃吟唱心中的缠绵,不用悲伤碰撞心中的感叹。这就是一位军嫂对军人的爱。那爱,似一团圣火,淋漓尽致地燃烧,为了军人的责任,甘愿把一切奉献。

军嫂,你们是最美的女人花!

寸心寸晖千草绿　一念一慈万花红

高西梅

霞影,灵璧县高楼镇卓海乡退伍军人夏涛的妻子,高楼镇明德小学教师,2001年从外地嫁到这里。2013年7月,在高楼镇孟山小学任教时,被评为"安徽省最美乡村教师"。

霞影自幼年时,就深受书本、电影中雷锋、邱少云等英雄形象的影响,成年后,从电视新闻中看到了王伟牺牲生命驾机迫降美机的英雄壮举,还有看到在突发的自然灾害中,那些年轻的战士冒着危险不畏艰难险阻冲锋在前的身影,心中莫名地感动,从而深刻体会到,军人是人民在危难时刻的坚强后盾。我们安宁幸福的生活,是伟大的英雄军人,用青春、鲜血、生命捍卫的,霞影内心深处对军人充满敬佩与景仰,非常崇拜那笔挺伟岸的英姿、那吃苦耐劳勇于奉献的品格、那顽强执着勇于担当的责任感、那为国为民不惜牺牲生命的忠诚。所以,在很多可以选择婚嫁的对象中,她义无反顾地选择了退伍军人夏涛,与之结为连理。

婚后,霞影深受丈夫的影响。霞影毕业于农业院校,因为是非师范类毕业的教师,所以刚开始教书时,不知从何做起,和师范毕业的同事快速进入角色相比,她明显感到力不从心。霞影开始焦虑、着急、烦躁,夜不安寝,食不甘味,逐渐产生了畏难情绪。丈夫知道后说:"教书还能比新兵训练还难吗?我们冬练三九、夏练三伏,白天训练夜晚站岗,凌晨紧急集合,野营拉练每人都带着几十斤装备,不准掉队也不能掉队,如果是在战场上,掉队意味着什么?每个军人都知道。你呢,如果是个战士,是个军人,三尺讲台就是你的战位,你会因为小小的困难就退缩吗?你会甘心被淘汰黯然离开热爱的岗位吗?你不是特别佩服军人一往无前的血性吗?"霞影翻眼瞅了瞅丈夫,撇了撇嘴,心里却很以为然。为了搞好教学,霞影以军人为榜样,以丈夫的忠告为鞭策,付出了常人难以想象的艰辛与努力。常言道"台上十分钟,台下十年功",上课前备课,她自己首先熟读课文,要求学生背诵的,严格要求自己倒背如流。为了正确理解课文中的主题思想,她拓展阅读大量的有关文章,上网查询字、词的读音意义,尤其是多音字和歧义词,力求准确定位在此篇课文中的具体用法以及所要表达的思想感情,因此,每篇教案改了一遍又一遍,备课稿总是字斟句酌,仔细推敲,尽量用最精练最妥当的语言,把课文的主题思想准确地传达给学生,并不着痕迹地糅进自己的所思所想,以便更好地启迪学生的思想,引导学生感悟课文优美的语言、诗画的意境、深刻的思想,滋润学生澄澈纯净的心灵,增强学生的理解能力,为学习理解其他学科打下良好的基础。

播下知识的种子,开出智慧的花朵。霞影用满腔热血与不懈努力,换来了学生们心智的成长。她所带的班级,在高楼镇中心学校举行的学科质量检测中,及格率、优秀率名列前茅。她的优秀使她从校内走向校外,走向更广阔的天地。她是高楼镇教育实验课题组的骨干教师、高楼镇教师培训辅导教师、"知行中国"中小学远程教育班主任。她主动加入了"自育自学"实验,积极倡导并践行"引导自学型"课堂的教学模式,多次为全镇教师上研讨课和观摩课,她的"卓越班级"创建为全镇教师起到示范和带头作用。她的"自主作文"的教学模式成为全镇小学语文课的典范。每学期开学后,霞影随时为帮扶的新教师提供推门听课的机会,为全校教师做"上好一堂语文课"的教学示范。长期的课堂实践研究与积淀,使她的课堂逐渐形成了自己的教学风格。"霞老师的课上得真好!"听过霞影课的同事和学生都这样说。

霞影在教学上像军人对待任务那样竭尽全力,在生活上像军队首长关心士兵那样对学生无微不至。"假如我是孩子,假如学生是我的孩子,我该怎么办?"霞影经常这样换位思考,对待学生视如己出。学生病了,她像母亲一样,不厌其烦地嘱咐按时吃药按时打针。在孟山寄宿学校任教时,学生的衣服脏了,她及时为他们换洗;深夜,学生们已进入梦乡,她挨个寝室查看,轻轻地把露在被子外面的小手小脚丫塞进被窝;留守的学生衣服破了,她课后给予缝补,细密的针脚缝进的是对学生的关爱;班里每一个学生的生日,霞影都记得,总会适时送上生日礼物。这些行为,使她像极了连队里的老班长。丈夫有时会笑说:"你若当兵的话,有可能是一个既严厉又慈祥的好班长。"霞影外出学习结束,她会像对待自己的孩子一样,带回学生们喜欢的小礼物小零食,学生们会像一群小燕子,叽叽喳喳欢呼雀跃地围在她的身边,高兴地接过礼物,亲热地大喊:"谢谢霞老师,谢谢霞妈妈!"纯净的感谢自然地流露,每每感动着霞影,让她热泪盈眶,她说:"我爱极了这些孩子!"

霞影在送生日礼物给学生时,看到其他学生眼巴巴渴望羡慕的神情,内心里非常触动,想:新学期每年9月1日开学,到次年8月底为一学年,中间有7、8两个月的暑假。假如我是7、8月份出生的孩子,那么,岂不是要等待一年,才能得到老师的生日礼物?老师的生日礼物比父母的生日礼物更珍贵,因为,那礼物证明老师对我的关注和喜欢,而我的生日那么遥远,整整一年,我都在羡慕过生日的同学,小小的心灵,在一次又一次羡慕中,会有怎样的失落与难过?霞影说:"我也有过童年,我也有过渴望老师关心爱护的想法,换位思考,我要把快乐平均分给全班学生,我要满足学生们的渴望,绝不吝啬自己对他们的热爱。怎样才能把想法付诸实施?思来想去,不得要领。"有一天,丈夫谈起在部队时,老班长给他过集体生日,把他感动得趴在被子上流泪的事。丈夫说:"正在想家想得难受时,有人给你过生日,还有战友与你同乐,谁不感动?到现在还怀念着呢。"霞影受到了启发,把赠送生日礼物这件事,改成全班同学集体过生日,每月一次,安排在月末最后一个星期五,当月出生的学生与全班同学同欢乐。霞影利用休息时间,给学生购买两个生日蛋糕,还会为小寿星每人煮一个鸡蛋,再买些糖果。周五到了,霞影安排三个小寿星坐在前排,同学们一齐动手,给他们戴上生日桂冠,小主持人宣布全班同学齐唱歌曲《校中红花》,下一个节目由同学表演小品《一封家书》《留守孩子的心愿》。文艺节目表演结束,在盛满爱与温馨的教室里,霞影老师招呼同学们往蛋糕上插蜡烛、点蜡烛,待三个小寿星许过愿,吹灭蜡烛后,霞影亲自操刀,将每个蛋糕分成12块,两个大蛋糕分成24块,正好让24张课桌边的48名学生一起分享糯软甜蜜的蛋糕,糖果也分成48等份,让每一个学生平等地分享同学的生日快乐。放暑假前夕,把7、8月份出生的学生集中到一起过生日,并邀请家长参加。今年端阳节前一天,霞影就邀请了近30名家长给孩子们过了一个大集体生日。除了例行的蛋糕糖果,霞影早晨煮了一大锅鸡蛋,全班学生每人一个,来的家长也有。欢乐的气氛在分完蛋糕时达到高潮,学生们开始相互嬉闹,纷纷往同学脸上涂奶油,把同学涂成了大花脸,这个时候,霞影就像一个大孩子,加入闹腾的孩子们中。建档立卡贫困户儿童文倩说:"这是第一次由老师给我们过生日,蛋糕真好吃!霞老师给了我妈妈一样的关爱,我长大了,能够照顾好爷爷奶奶,照顾好自己。"低保户陈家女儿小亚华说:"从小到大,我一次生日都没有过过,妈妈虽然在家,但是她一天忙到晚,特别辛苦,我不好意思开口要求妈妈给我过生日。今天,是妈妈一样的霞老师为我过了生日,让我感受到被重视被关爱的幸福,这个生日我会牢记在心里!我很想叫霞老师一声霞妈妈!"霞影想:其实,我们都得感谢家里那个退伍军人。

  感人的事一件接一件。一天,一位老奶奶来到学校,拉住霞影的手,老泪纵横地说:"闺女,谢谢你!谢谢你救了我的两个孙子,挽回了一个完整的家庭,现在,我儿子儿媳妇和好了……"霞影不仅书教得好,还善于调解学生的家庭矛盾。这位老人的孙子在霞影班级就读,小男孩聪明淘气,学习成绩不错。有一段时间,霞影发现这个活泼的学生上课时发呆,课外活动也不见他与同学嬉闹,单元测验成绩有所下降。霞影去家访,得知小男孩的父母闹离婚已半年有余,夫妻双双离家出走且两地分居,把一对男孩丢给年事已高的老母亲,夫妻俩各自过各自的生活,根本顾不上督促孩子的学习,家庭经济状况也受到严重影响,夫妻俩好久都没有寄钱回家了。老奶奶愁眉苦脸,鼻涕一把泪一把地向霞影诉说。霞影敏感地意识到,这个原本幸福的家庭正在滑向破裂贫困的边缘。现在,国家正在进行脱贫攻坚,原有的贫困人口在各级政府各个部门干部的帮扶下,即将走出贫困,过上小康生活,不能眼看着一边扶贫一边因为夫妇离婚人为地产生新的贫困人口。霞影心想,要尽最大的力量阻止这个事情,阻止他们夫妻离婚的步伐,避免这个家庭成为新的贫困户。霞影主动承担起家庭调解员这个角色,无数次联系夫妻两人,把孩子原来的活泼、淘气、可爱、聪明、爱学习说给他们听,也把孩子现在的木讷、寡言、畏缩、成绩下滑直白地描述给他们,力劝他们理智面对现实中遇到的坎坷,劝他们夫妻携起手来共同克服困难,渡过难关。霞影一遍又一遍规劝他们,为了孩子的未来,绝不能一拍两散离婚了事,父母有责任有义务给孩子一个完整的家庭和父母之爱。离婚,不仅仅是大人的事,受伤最深的是孩子。作为父母,怎么忍心让孩子在快乐的童年失去家庭的温暖,影响孩子的学习,带给他们一生的伤害?霞影语重心长地告诉他们夫妻:"如果再闹下去,真走到离婚那一步,你们两个儿子的一生就被毁掉了!前有车后有辙,你们看看那些离异家庭的孩子就知道了!"经过霞影苦口婆心的劝说,夫妻俩逐渐醒悟,他们闹离婚已严重影响了血肉相连的儿子,为了两个孩子的未来,夫妻摒弃前嫌握手言和,齐心协力春耕秋收、务工养家。老奶奶看到儿子儿媳孙子围坐在饭桌边其乐融融、和和美美过日子,特地来到学校感谢霞影。

霞影从教22年,教过的学生数不胜数,几乎每个学生都得到过她的关心和爱护,尤其是建档立卡贫困户家的孩子,得到了更多更深的关爱。霞影班级里有个学生叫张方,与养父相依为命。养父已60多岁,患有癫痫,说犯就犯,是村里建档立卡的低保户。10来岁的张方,从来不知妈妈是什么概念,不知得到母爱是什么滋味。从记事起,她就像小大人似的帮助养父烧饭、刷锅、洗碗、扫地、洗衣,有时还要给养父搭把手干一些力所能及的农活。来上学,穿的衣服不分季节,春暖花开了,还穿着冬季的小棉袄,深秋,风裹寒气,依然穿着夏天的衣裤,服装又肥又大又陈旧。头发散乱,小手粗糙,脸上有时抹得就像一张花脸。张方性格虽然很开朗,但是,同学们好像不太喜欢与她一起玩,成绩中等偏下。霞影一眼看到她,就判断这是个缺失母爱的孩子。没有妈妈的十来岁的孩子,真的很容易辨别,霞影心里莫名地难过。霞影也曾生活在贫困的家庭中,考上宿州农业学校时,六千元学费是父母借了四五家亲戚邻居才凑齐的,有了父母的支持、亲戚邻居的帮助,她才得以顺利完成学业,有了今天这一份体面的工作和衣食无忧的幸福生活。她知道贫困的滋味,知道贫困对人的心理影响和制约,更何况,眼前的张方,不仅贫困,还缺少母爱。霞影对张方充满了同情和怜悯,一下课,就把张方带到教师宿舍,用香皂给她洗手洗脸,帮她把头发梳起来用皮筋扎好,把自己用过的头饰别在她的发辫上,找出自己穿过的一身衣服,换下她肥大陈旧的裤褂。经过这样一番梳洗装扮,一个清爽俊俏的小女孩站在镜子前,张方惊奇地看着自己,转身扑在霞影的怀里,哽咽地说:"霞老师,你是我的妈妈,你就是我的妈妈!"霞影轻轻抚摸着张方的头说:"你要好好学习,老师这个星期六去你家看看。"

张方的家乱糟糟的,院子里杂草丛生,屋内纸屑、柴火、杂物遍布,灶台上,碗筷胡乱放着,一个没有生机的家庭尽现眼前。霞影放下给张方购买的香皂、毛巾、牙刷、牙膏、润肤霜、一箱方便面,还有自己穿过的春秋两套衣服,到邻居家找来一把扫帚,帮助张方把屋里扫了一遍,把灶台上的碗筷归拢整齐,教张方铺床叠被叠衣服,又找来镰刀,把院子里的杂草割掉。中午,霞影用铁锅烧开水,教张方泡方便面吃。那个患癫痫的养父,舍不得吃,只泡了一包,还用筷子挑出一半放到女儿的碗里,自己就着方便面料汤吃馍,看得霞影热泪盈眶。张方仰着小脸,无限满足地说:"霞老师,这是我吃过的最好吃的面条。"霞影怜爱地说:"从今以后,你每次考试,如果都能考到90分,下学期,老师还送一箱给你。你坚持每次考试都保持这个分数,就能考上大学,就能天天吃上这么好吃的面条了。"张方用力地点点头。临别时,霞影从身上掏出200元钱给张方,说:"收好,留着买点油盐,别乱花。"镇民政部门每个月都把最低生活保障费打到她家卡上,能够保障父女俩的基本生活,加上霞影的一份同情、爱心与鼓励,让这个家庭有了盼头,使这个患病的养父心里充满了希望。贫困环境中形成的自卑、孤独,需要博大的胸怀和阳光般的温暖,持之以恒地化解消融。霞影给予张方的,不仅仅是母亲般的疼爱,还有教书育人、雕琢灵魂的春雨润无声。张方这个孩子,从霞老师那里学会了刷牙洗脸用面霜,找回了自信与自尊,成绩也有了很大的进步,一年时间,成绩从原来的中等偏下,跃升为班级的优等,性格变得更加活泼开朗,课外活动时,同学也都乐意与她一起跳皮筋、踢毽子,张方没有辜负霞老师的期望。霞影看到张方的变化,心里由衷地欣慰,更深刻理解了"教师是天下最神圣的职业"这句话的内涵,更加热爱这份教书育人的工作。霞影对张方的扶助,不仅仅在物质和金钱上,她还在张方的心田里播下爱美向善、努力进取才能过上好生活的美德种子,假以时日,一定会开出美丽的花朵,结出饱满的果实。

还有一个叫王向的男孩,姐弟四人跟着年迈的爷爷奶奶生活,是一个十分调皮淘气的学生,经常去网吧玩游戏,不爱学习,上课时不注意听讲,课外活动时,撒着欢地嬉闹,大错误不犯,小错误不断,违反纪律成了家常便饭,实在让人操心。霞影采取了很多方法都不起作用。他犯错时被批评,乖巧得很,可不到三天,又违反纪律,周六周日偷偷去网吧。如果不管不顾,由他混到毕业,流入社会,后果真是不堪设想。霞影绞尽脑汁,决心帮助这个贫困的孩子戒掉网瘾。首先,她告诉王向的爷爷奶奶,学校要安排王向做义务劳动,烦请他们配合。周六周日,霞影喊王向和另外两个贫困家庭的学生来学校,安排他们给花园里的花草浇水施肥,并指定20棵花苗由他们负责看管,叫他们观察花草生长的变化,把见到的变化写在作业簿上。如果他们中有人发现花草有新叶长出来并把具体细节写在本子上,就奖励他一支笔或一本本子;如果发现花枝孕育了第一个花骨朵并生动记述下来,就奖励他一个铅笔盒。他们浇水累了休息时,霞影就辅导他们家庭作业,或者叫他们仨做游戏,或者安排他们看课外书中的小故事,并各自讲述故事内容,锻炼他们的阅读能力。一学期坚持下来,王向他们负责浇水的花朵绽放了。霞影用自己的工资给班级里五个贫困家庭的学生购买新衣服,发给王向时,在班级里表扬他和另外两个孩子周六周日为花草浇水的勤劳美德,并因此奖励他新衣新裤。霞影没有想到,这套新衣服竟然唤醒了王向沉睡已久的自尊爱美的心灵,培养了他热爱劳动的优秀品质。刚下课,他就欢天喜地带着同学去花园看花,自豪地说:"那花儿是我浇水才开的!"同学羡慕的神态令他骄傲得像个凯旋的将军。从此,三个孩子成了好朋友,王向开始遵守纪律,并且主动承担起班级洒水、擦黑板、打扫卫生等事务,周六周日,不再去网吧,而是快乐地跟着爷爷奶奶到田地里,做一些力所能及的事情,比如浇菜、拔蒜、捡麦穗,课外作业也能及时完成,成绩有了明显进步。

霞影的爱心还表现在捐款捐物上。当霞影得知班级里建档立卡贫困户徐建浩的妈妈,一边照顾抚养三个孩子,一边带着下身瘫痪的丈夫,四处求医问药,经济捉襟见肘,生活拮据时,她伸出了援助之手,不仅给徐建浩买新衣服新书包,还送去了慰问品和300元钱。当学生胡梦萱一家几口人出了车祸不省人事,而肇事者又逃之夭夭杳无踪迹时,霞影不假思索送去了500元钱。李雪婷父母双亡,祖父年迈,是村里重点扶持的贫困人口,霞影没有与家人商量,就把她领到自己的宿舍,与她同吃同住,付出了极大的精力,帮助这个不幸女孩,让她感受到校园的温暖、老师的关爱。整整一年时间,霞影把这个贫困女孩当成自己的女儿抚养着,退伍军人出身的夫君给她送米送面送鸡蛋,默默地支持着她。那段时间,霞影的宿舍不仅是李雪婷的家,也成了孩子们的课后乐园。

作为两个孩子的母亲，霞影一走进校园就忘记了身为人母的角色。有一次，儿子发烧，儿子班主任打来电话告知，因为正在上课，霞影没有撇下全班48个学生，去带儿子看病，而是委托班主任照顾儿子。不巧的是，霞影班级里的学生冯南岸也在发烧，小脸红通通的，脑门烫手，霞影细心地发现了，赶紧安排学生自习，又请来同事帮忙照看班级，然后急忙骑着自行车带冯南岸去医院问诊拿药。扎针时，冯南岸躲在诊室门后不愿意扎针，霞影温和地牵着她的手，把她搂在怀里，半抱半拥地走向注射室，让她横趴在自己的腿上，轻轻拍着她的后背说："护士阿姨技术可好了，扎针就像蚂蚁蜇一下子，一点也不疼，你闭上眼睛不看阿姨，就一点也不怕。"说说讲讲之间，针已扎好，霞影帮她提上裤子，她问："霞老师，针打好了吗？"冯南岸告诉前去采访的《中国教育报》记者："我家很贫困，爸爸妈妈不在身边，霞老师就像父母那样无微不至地爱护我，每个月都给我们过一次集体生日，自己掏钱给我们买蛋糕、买糖果、买礼物。我生病了，霞老师像妈妈那样照顾疼爱我，她不是妈妈却胜似妈妈！"霞影带着冯南岸刚出医院大门，恰好遇到了儿子的班主任带儿子来看医生，真是"爱出者爱返"。霞影简单地与班主任交流了几句，又问了儿子的感觉，表达了对同行的充分信任，向同行致以谢意，便带着生病扎好针的学生走向自己的岗位。中午，回到家，当霞影关心地问起儿子的病状时，儿子眼泪汪汪地向退伍军人出身的父亲哭诉："妈妈不是我的妈妈，她是六一班同学的妈妈。"霞影听着儿子抽噎的言语，愧疚地流下了泪水。丈夫却说："男孩应该勇敢坚强，动不动就哭鼻子，长大怎么参军打敌人？"又对妻子说，"你爱岗敬业是对的，儿子的老师不也是这样坚守岗位的吗？"丈夫的安慰像一股暖流，抚平了她心中的纠结。下午，霞影依然去往学校，站在三尺讲台上尽职尽责。

无独有偶，霞影班级里建档立卡贫困孩子毛小慧哭着对记者说："我从小失去母爱，两岁时父母离异，看着别人在妈妈怀里撒娇，有父母疼爱保护，心里又羡慕又嫉妒，不由得埋怨妈妈狠心抛下我，不来看我，也不给我打电话。同学都有妈妈，我没有，心里很难过很自卑，就不想与同学说话，不会的题目也不想问老师问同学，害怕他们嫌弃。霞老师疼我，给我买书包、买文具、买新衣服，给我买小饼干和大白兔奶糖，给我和同学过集体生日，我吃上了生日蛋糕，品尝到了母爱的滋味，非常非常依恋霞老师。霞老师辅导我作业时，更是倾注了大量心血，不厌其烦地指点、纠错，耐心细致，循循善诱，教室里、花园旁、办公室里、老师宿舍中都有霞老师辅导我学习的身影。在她精心辅导下，我上学期单元测试考了92分。我多想叫她一声'妈妈'，可是，不好意思开口，就在日记里称呼'霞妈妈'。在我的心里，霞老师比我的亲妈还亲，她就是妈妈，是我们全班同学的妈妈，我好想好想对霞老师说:'霞妈妈,我爱您!'。"

霞影倾尽全部心力,教育关爱着一群又一群孩子。22年来,霞影辗转青谷堆小学、孟山寄宿制小学、历路小学、卓海小学、明德小学5个乡村学校,把一个女性教师所有的母爱与知识,奉献给她所带的孩子们,尽其所能地扶危济困,把青春与热血奉献给高楼镇的教育事业。她在教过的每一所学校,都留下了可歌可泣的感人事迹。她的付出,她的奉献,获得了领导、同事、家长的广泛赞誉,获得了社会丰厚的馈赠,她先后被评为"宿州市先进教师""宿州市优秀班主任""宿州市模范教师""宿州市教坛新星""宿州市师德标兵""宿州市最美十佳职工""安徽省最美乡村教师"。

霞影说:"我一直特别感激,感激丈夫吃苦耐劳乐于奉献的军人品格对我潜移默化地影响和支持;感激伟大的军队英雄们保护着安静的课桌,是他们无私的奉献淳朴的温暖,激发了我的工作热情,是他们用青春、热血、生命护佑着我们的幸福生活;我感激生命中遇到这些可爱的孩子,是他们求知若渴的童心,启发了我不断创新教学理念的灵感,是他们的进步与成长,点燃了我的心灯。为了我挚爱的孩子们,为了不辜负家中那个退伍军人默默的支持与熏陶,为了不辜负英雄军人守护的三尺讲台的安宁,我要持之以恒地以寸心春晖般的博爱,尽我所能地扶助贫困的孩子,让他们的生活充满阳光,为了我热爱的教育事业,我心甘情愿付出我的全部,无怨无悔!"

树高千尺不忘根　水流万里总思源
——记传承徽商精神和致富不忘家乡的退伍军人尤里

谢金陵

一

退伍军人尤里是个有故事的人。

但凡生活在这个世界上,谁会没有自己的故事?但老兵尤里的故事尤为曲折传奇,充满温暖和感动人心的力量。

尤里的身上有许多符号:成功的商人、退役的军人、宿州的好人、致富家乡的挖井人……

对尤里来说,他首先是农民的孩子,其次是接受过五年军队训练的战士。这两种让他吃过很多苦头同时又受益无穷的身份,锤炼出他百折不挠、坚毅不屈的性格,也铸就了他正直善良、诚信无私的品质。

在乡亲们的心目中,尤里是一个了不起的人物——在京城拥有数百家手机通信连锁店;创建了"北京尤先生餐饮管理有限公司";拥有多家品牌餐饮连锁店,手下员工近千人……国内各媒体对其争相报道,中央电视台为他的餐饮企业制作了专题宣传视频,各大视频网站纷纷转播,仅腾讯视频网站的播放量就有近五万次。

但是,真正让家乡的父老乡亲为之敬重和骄傲的,并非是尤里的财富和各种耀眼的光环和头衔,而是他对家乡始终如一的情怀,对父老乡亲的关爱和照顾。

树高千尺不忘根,水流万里总思源。尤里即便财富千万,即便距家千里,即便离乡多年,乡亲们谈到他,仍感觉他是那个双脚深深插入故土的农家子弟,从未远离和忘却家乡。

所以,如果想了解尤里,那就从他的生长之地、他的父老乡亲、他永远保留在六路村的三间房屋说起吧。

六路村位于安徽省灵璧县游集镇西部,现在合并于游集镇游圩村,又名六岔路,据说是因为有六条道路从村头不同方向通过。老村民更习惯称呼它为长汪塘,因为村前的汪塘又长又宽,村庄有多长,汪塘就有多远。

单听村名,六路村似乎四通八达,进出便捷。其实出入村庄最近的道路只有一条——村东逼仄崎岖的新阳河岸埭。在村庄没有实现水泥道路互通之前,它如一条细细的脖颈从村东头伸向公路,每逢恶劣天气,六路村像被扼住喉管,进出不得,村民深受其苦。

下雨下雪时,村里每条土路都泥泞不堪,通向公路的新阳河岸埭更是难行。雨雪稍大,岸埭险情百出,稍不留心就可能滑下河坡,滚入水中。起伏不平的村路又被百姓戏称为三道沟,三轮车中间的独轮和两边的轮胎把道路碾出三道深深的沟辙,雨天烂泥翻飞,泥浆陷人,晴天高低起伏,行走不便。

百姓们赶集上店,购销买卖,进出生产生活物资受到很大的限制。雨雪天气学生们到村庄外的学校上课也成了难题,住在村庄东部河沿附近的村民就得想办法把在庄头躲雨的孩子们一个个向外面送。从外面回来的村民也只能将车丢在大闸的桥上,等到天干路晴再推回家中。

六路村耕地不足三百亩,村民不逾百户,在几个队里,土地最少,包括老汪湖的一百多亩土地,人均一亩一分多。而距离村庄很远的老汪湖地势低洼,常常受灾,村民入不敷出的情况屡见不鲜。

因为交通不便,地理位置偏僻,又没有特色产业和企业支撑,六路村曾经非常贫困,附近村庄嫁女儿都不肯嫁到这个村。尤里一家生活在村庄的最前排,门口就是长满芦苇和杂草的汪塘。在这个经济本就欠发达的小村庄,尤里家庭的经济基础更为薄弱落后。

尤里的父亲是孤儿,和哥哥相依为命,因为哥哥无力养活他,所以后者曾被几次送人。尤里的父亲一次次跑回村子,又一次次被哥哥流着眼泪送走。在一次跑回来之后,尤里的父亲在收割过的豆地里辛辛苦苦捡了一捧豆子,用衣襟兜着找到哥哥说:"我已经长大了,能帮你干活了,你千万不要把我再送走。"哥哥抱着只有六七岁的弟弟痛哭不已,发誓再苦再难也绝不分开。

但是,哥哥后来招亲到别的村庄,离家几十里地,没法带弟弟过去,尤里的父亲又变得孤苦无依,是六路村的乡亲给了尤里父亲生活下去的勇气。他曾跟过本村传岭老人的母亲生活过一年,在村里的生产队喂牛,干些力所能及的农活,和大伙一起吃大锅饭,与伙伴们睡场上的麦秸窝,住牛屋。村里领了两条救济被,有一条就送给了尤里的父亲。第一次盖上被子的他幸福又惊奇:怎么会这么暖和?

尤里的父亲身体长成,村里推荐他在游集镇搬运站干过几年搬运工人,后来又作为民兵被推荐到灵璧酒场当了几年工人。从县城工作回村成亲时没有房屋,传岭老人把自己的三间草房隔出一间给两个新人作为洞房。最让尤里的父亲和母亲难以忘怀的是,村里的乡亲在干完了白天的活计后,连夜取土砌墙为他们盖婚房。

1973年,尤里呱呱落地。对父老乡亲充满感恩之情的父亲和母亲教育尤里做人不仅要勤劳刻苦、正直善良,更要知恩图报、关爱他人。

童年时期的尤里聪明能干,在学校里和同学相处和睦,同学有困难,他总会热心帮助。同时作为家中的长子,因为家境贫寒,负担沉重,尤里早早体会到了父母的不易和艰辛。他一边上学一边帮助父母分担家务,由于承担太多,学习受到了影响,成绩并不突出。

为了几个孩子,尤里的父亲和母亲辛苦忙碌,拼命劳作。尤里的父亲经常风里去雨里来奔波在外,母亲在家里地里忙完之余,卖青菜,捡破烂,推着自行车,架着两只筐,走村串户地收废品。

尤里看在眼里,疼在心里。为了减轻父母的压力,增加家庭的收入,也为了让弟弟妹妹心无旁骛地完成学业,十六岁那年,身架还未完全长成的他毅然辍学跟随父亲到县城打工,老师和父母怎么劝他,也没能让他改变主意。

但是饱尝生活酸辛的父亲怎肯牺牲儿子的青春和未来?半年之后,当国家征兵政策开始启动时,尤里的父亲鼓励儿子忘记小家,报效国家。只有国家兴盛富强,个人的家庭生活才会有希望和出路。在尤里身着军装,胸佩红花向家人报喜的那一刻,整个村庄都轰动了。父老乡亲涌入他们低矮破旧的家中,给尤里送去了诚恳的祝福。

"娃,好好干,你是俺们看着长大的。仁义懂事,在部队里一定能干出点名堂,你光荣了,咱们老少爷们也跟着光彩啊。"

"孩子,千万要争气,别给咱们家乡丢脸。你爸你妈不容易,要想法让他们过上好日子。往后混好了,再想法把咱们村发展起来。"

……

尤里的手里、怀里、衣兜里塞满了乡亲们从家里拿来的鸡蛋、大枣、花生……乡亲们的笑容是那么朴实真诚,那么发自内心。尤里的眼眶发热,鼻腔发酸,一股股的热浪在胸腔里翻滚。就是在那时,尤里暗暗在内心里许下诺言:为了让家乡的父老乡亲过上好日子,他一定要好好努力,发愤图强。

二

对于尤里来说,五年的军营生活影响着他的一生。

上学时,生活在农村的尤里没有去过任何地方。辍学之后一段时间,他省内最远的到了灵璧,因为跟随父亲在县城做工;省外去了百里外的徐州,不是旅游,而是跟他的父亲拉货。

从未见过世面、思想单纯的尤里头顶国徽,身着军装,第一次远离家乡,走入军营。一切对于他来说如此神圣而又新鲜:新的环境、新的生活方式、新的起点、新的希望和追求……

尤里知道,选择了当兵,也就意味着选择了艰苦和奉献。从此做任何事、考虑任何问题不能再从狭隘的个人角度出发。要学会服从命令,听从指挥,在近乎严苛的训练中战胜自我,练出过硬的本领;要学会乐观向上,团结战友,在任何时候都保持不被打垮、坚不可摧的品质。

尤里面对人生的新航向,第一次陷入深深的思索:自己应该成为一个怎样的人?自己的未来应该怎样去面对?应该怎样做才不会辜负父母和乡亲们的厚望?尤里攥紧拳头暗暗下定决心,一定要好好珍惜当兵的时光,在部队里干出成绩,干出名堂。

整整五年,在充满正能量的熔炉之中,尤里刻苦学习,艰苦再练,不向任何困难低头,不向任何挫折认输,做好每一件事,执行好每一项任务。不管是在连队还是在汽车团,战友和领导对他都高度认可。

直到现在,尤里依然以军人标准严格地要求自己。做人要勇敢正直,善良诚信,积极向上;做事要目标明确,忠诚负责,百折不挠。即便离开军营多年,他始终保持着军人的风采:身姿挺拔,腰杆笔直,目光坚定。看似单薄瘦削的身体却充满了力量。正是这些品质决定了他后来事业的成功和辉煌。

"宝剑锋从磨砺出,梅花香自苦寒来。"五年的军旅生活让尤里从一个懵懂少年成长为一名坚强的战士,同时他也在退伍之前收获了爱情。一位对他深有了解并早就对他心怀爱慕的姑娘,毅然跨越几百公里的距离,跟随他回到了六路村。

青春是充满热血和激情的,现实却是冰冷和残酷的。转业回来的尤里发现,随着时代的发展,六路村虽然有了很大的变化,村民们在生活生产中有了更多的选择,但能够适合他的出路并不多。

由于兄妹多,底子薄,在村庄里,尤里一家的经济状况依然很差。他和妻子结婚时,穷尽全家之力,只盖了三间瓦房。用乡亲们的话讲:光腔三间屋,院墙厨房都没有。

此时的尤里有了自己的见识和抱负,希望趁着青春年华,在更广阔的天地中实现自己的人生价值。他安置好妻子,北上京城打拼,辗转半年,因为学历和技能的限制，没有找到合适的工作，只好返回家乡。当儿子半岁多时，尤里又离开温馨的小家，南下浙江，在温州、义乌一带打工。一年多后回到游集，自己买车创业，两年里累死累活，却因为一次事故几乎倾家荡产。再次一穷二白的他远赴内蒙古寻找发展机会，结果待了一个月也找不到工作，然后再度转回北京寻求机遇……

应该说，在生命的前三十年，尤里并没有得到命运的垂青：童年贫困，少年辍学，在部队努力打拼，却因为农村身份的限制没能得到更好的发展。转业回来不停地折腾，当过搬运工，做过饲养员，跑过大车，干过保安……却始终没有找到自己的方向。

机会总是留给不言放弃的人。五年的军旅生涯历练出尤里响当当的男儿精神。人生就是一场战斗，前面再难，心里再苦，也要咬着牙，吞着泪，义无反顾地走下去。

三

有一件事六路村的乡亲们口口相传：尤里的老板移民国外，有一笔巨款被老板遗忘，尤里发现之后不动贪念，完璧归赵。老板非常感动，扶持尤里发展了事业，改变了尤里人生的轨迹。

其实若非坚持，尤里也许一蹶不振，永远也不会实现对自己的期许。他在2000年进入手机通信行业，在公司里工作了两年多，凭借勤奋好学和对这项事业的热爱，他很快成为公司的顶梁柱。尤里的老板出国之后，以承包的模式将公司转交给尤里，仅仅几年，尤里不仅稳稳地抓住了市场，更把手机通信连锁店开遍北京城的大街小巷，鼎盛时期连锁店面达到一百多家。

事业成功的尤里并没被他迅速增长的财富和随之而来的喝彩声冲昏头脑。离开家乡越久，尤里的思乡情结越重。作为一名身在北京的安徽人，他的心无时无刻不萦系着家乡，每每有人问起他的籍贯，他总会骄傲地回答："我是安徽人。"

家乡的一箪食、一瓢饮，具有抚慰肠胃和情感的力量；徽文化的厚重和灿烂，则有裨益精神、振作民族士气的力量。作为中华民族宝贵的精神财富，安徽的各种文化曾经何其辉煌，但在金钱至上、物欲至上的滚滚洪流中，原有的魅力和光芒正逐渐褪去。尤里身为成功的安徽籍企业家，深感自己有责任有义务在中国的首善之区传承发扬安徽的文化和精神。但他应该从哪里入手？下一步，他应该驶向何方？

经过长久的深思熟虑和周密的市场调研，尤里决定进军餐饮业。这样既可以纾解思乡之情，又能够深度弘扬安徽的饮食文化。徽菜作为中国八大菜系之一，发端于唐宋，兴盛于明清，具有浓郁的地方特色和深厚的文化底蕴，在中国饮食文化中有着不可或缺的地位。同时徽菜中又可以融入徽商文化、徽派建筑文化、黄梅戏剧等，通过舌尖的美妙滋味让安徽文化从京城扬名全国乃至世界各地。

真正的徽菜必须出自徽菜之乡。为了呈现原汁原味的徽菜口感，打造健康绿色的徽式餐饮，深刻理解徽文化的底蕴和精神，尤里带领他的团队多次翻山越岭，跋山涉水，在绩溪、歙县、黄山一带遍访名师名厨，搜求独家秘籍，签约食材供应商，自主建设养殖基地……

励精图治，耗时三年，尤里终于完成了他的准备工作。而机遇，总是留给有准备的人。

短短两年时间，尤里在京城不仅创建了"北京尤先生餐饮管理有限公司"，更拥有以"徽镇小厨"品牌为旗舰店的多家餐饮连锁店。开业之后，良苦的匠心和精湛的厨艺立刻惊动了京城。在这里，每一步都典雅成诗，每一口都鲜香宜人。徽菜的美味舒放了味蕾，徽派的建筑惊艳了眼睛，徽式的生活牵动了柔肠。以徽菜文化全方位展示安徽魅力的运作获得意料之中的成功。店内高朋满座，顾客盈门，常常一位难求，需要提前预订餐位。徽镇小厨成为北京乃至全国消费者最为青睐的徽菜品牌，喜欢徽菜的国际友人也常常会首选尤里的餐饮连锁店作为了解安徽的窗口。

尤里深知，要把徽镇小厨做成百年老店，稳立于京城餐饮的蓝海中，不仅需要严密科学的团队运作、精工良匠们的团体协作，更需要文化的渗透、滋养和保护。

2016年，中央电视台跟随尤里的团队一路南行，去古徽州的腹地采英撷华，精心呈现了尤里的餐饮团队为了传扬家乡美食文化上下求索的不懈精神，呈现了徽菜之秘、之珍、之美、之绝。

2018年，中国首届徽菜文化论坛在北京徽镇小厨隆重举行，中央电视台现场采访，专家教授、徽商协会、著名厨师、多家媒体网站出席论坛，影响广泛而深远。

2019年，尤里作为成功的企业家受邀出席华夏徽商高峰论坛暨徽商品牌精英年会。

……

尤里带领他的团队以传扬安徽文化、做地道徽菜为目标和使命忘我地工作，只是因为故土情深，难舍乡情。

随着经济条件的改善，尤里早已把全家人接到了北京团聚，但他的心依然在六路村盘旋。那贫困而多情的村庄,护佑了他的父母,滋养了他的生命,承载着他的记忆。家乡把他送出去,让他改变了自己的命运,而尽自己所能回馈家乡,改变家乡和乡亲们的命运,是尤里始终未变的痴念。

十多年前,尤里发展畅捷手机通信连锁店时,深知家乡有许多渴望致富却求路无门的青年,尤里把热情的双手伸向了家乡,吸收了五百多名乡亲在店里工作。很多青年经过拼搏奋斗,在京城站稳了脚跟,有房有车有事业。受到尤里的影响,这些青年也同样把援助之手伸向身边的父老乡亲,带动家乡上千户群众脱贫致富。尤里创建餐饮企业以后,连锁店需要大量的工作人员,尤里不仅从外界招贤纳士,更把工作的机会留给家乡的青年才俊,吸纳了一批有识之士团聚在身边。

2015年,游圩村小学进行校舍改造,将原来的砖瓦房改建为楼房,学生们的课桌都是由各自的家庭提供,大小高矮不一,破破烂烂,很不像样。极为关心家乡教育事业的尤里得知这个情况后,主动联系村支部书记,要求把学生的桌椅全部换成统一的桌椅,他来承担数万元的费用,并亲自购买送到学校。看到孩子们用上了崭新的桌椅,尤里非常欣慰。

尤里是出了名的孝子,对一生多艰的父母非常心疼体贴。知道老人们对祖国的心脏——北京——有着深沉的情感和向往,梦想着有朝一日在天安门前留张照片,瞻仰毛主席遗容,看故宫,爬长城,逛逛颐和园……但以前因为经济、生活以及身体的限制,他们很难实现这个朴素而又神圣的心愿。尤里还在打工时期,刚刚能挣上一点钱,就立刻把父亲、母亲、外婆都接到北京,受能力限制,尤里只能陪着他们简单转一转,看一看。即便如此,老人们却分外满足。当看到亲人们快乐的笑容时,尤里感慨万千,"老吾老以及人之老",推己及人,那些村庄里的老人何时能够实现进京的愿望?尤里暗下决心,等自己有能力之后,一定要把村里的老人全部接到京城圆梦,让他们的晚年不留下遗憾。

时光荏苒,尤里一直铭记着自己定下的目标。2017年4月22日下午,北京高铁南站,尤里带着一辆豪华旅游大巴车等在车站外面,迎接来自家乡的二十二位老人。老人们全都年逾花甲,有八十二岁高龄曾经参加过抗美援朝的老兵,有七十九岁的老民兵营长,有在学校里任教多年的老教师,有在村里为乡亲们操心了一辈子的老支书……

这次活动得到尤里全家的大力支持,尤里的父亲对尤里说:"我知道你挣钱不容易,但你能把钱用在关心父老乡亲们上,为家乡做好事,我一定会大力支持。"

母亲也对尤里说:"你想着老家的老人们,不忘本,存善念,为他们做点事,我这心里比啥都欣慰。"

整整一星期,尤里放下手头的所有事务,电话指挥员工工作,和家人全程陪伴在乡亲们的身边,白天同老人们畅游北京各大著名景点、景区,讲解北京的人文故事,让老人们玩得开心愉悦,晚上把乡亲们送进酒店住下后,还要和大家说说话,关心老人的身体和情绪,叮嘱对年迈体弱者多加体恤。

老人们长期生活在家乡,很少有机会走出去,大多数老人第一次坐高铁,住高级酒店;第一次吃自助餐,进大饭店;更是第一次亲眼看到北京,游览名胜古迹……

八十二岁的游传玲老人激动地说:"我参加过抗美援朝,去过新疆,到过乌鲁木齐,也在省城工作过四年,但一直没来过北京,做梦都想到北京走走看看。本来以为自己年事已高,要遗憾终生了,没想到尤里帮我圆了梦,我们大家打心底里感谢尤里啊。"

游圩村村民李秀田说:"尤里一家热情邀请我们全村老人来北京游玩,把路费及住宿、招待、游览费用全包了下来,让我们非常感动,非常满意和佩服。俺们对他抱着很大的期望,希望他的事业发展得更大、更好,成绩更辉煌,我们家乡也能跟着受益。"

尤里原本打算让老人们在北京多待上一段时间,好好散散心,感受中国改革开放以来的巨大变化,更深地感受北京,了解北京。同时,他也希望通过自己的努力,影响到更多具备条件的人,给家乡留守的老人多送去一份关爱和温暖。但是老人们感觉尤里的花销太大,事务又特别繁忙,实在不忍心让尤里过于受累,所以把日期缩短为七天。

回来时,尤里包了豪华大巴车一直把所有老人送到游圩村的村支部大院。还为每位老人精心准备了礼物——半只烤全羊和两只北京烤鸭。没有到北京的老人也收到了礼物,尤里前后花费十多万元。

游传玲老人至今保留着去北京的高铁票和游览长城时的旅游纪念章,小小的纪念章上刻着旅行日期和老人的名字。

尤里其实知道,组织老人游北京,对于他和家人们来说,不仅要承受巨大的经济压力,还要顶住无法预想的风险,因为老人身体状况差,一旦出现意外,造成遗憾,好事就会变成坏事。

但尤里表示,如果以后父老乡亲有这方面的需求,或者机会允许的话,他仍然会为老人送上更多的关爱。他希望用自己的实际行动带动在北京工作的老乡,共同为家乡出钱出力。

四

家乡的道路一直是尤里心头绕不过去的块垒。"一枝一叶总关情"。虽然离开家乡二十多年,他依然无法放下家乡的一草一木,一砖一瓦,更何况那曾经走了千遍万遍的归家之路呢?

每到恶劣天气,泥泞道路如同锁链紧紧扼住村庄,极大限制了家乡的发展。"要想富,先修路",这话说起来容易,做起来何其艰难?六路村地少人多,留守在家里的几乎都是老弱残幼,而修路是大工程,不仅要出钱出力,还要出人手,很难做得周全。加之村庄虽小,岔路却多,路基低洼狭窄,这些钱摊到每一户头上,都是一笔巨资,有人能承担得起,也有人承担不起,这个问题又如何解决?

村庄道路问题于2018年得到全面彻底解决。国家实行村村通工程,修建六路村的道路资金由国家承担一部分,还需要村民自筹一部分。早就期待着家乡面貌能得到彻底改观的尤里密切关注着情况的进展,自告奋勇地说:"不要增添乡亲们的负担,所有不足的费用由我来承担。"

于是,六路村和相邻两个村庄所有道路的垫层资金全部由尤里出资。路的宽度不够,尤里说:"不要考虑钱,加宽的部分我负担,一定要方便百姓出行。"修到邻庄,应该由邻庄的群众出资。尤里说:"乡里乡亲的,没有外人,这个钱我替他们出。"

现在,如果你再到六路村,这个焕然一新的村庄会让你眼前一亮。宽宽的水泥路沿着长长的新阳河岸一直伸展到村庄,环绕村庄向西延伸,与大寨路的公路相连,四条缎带般的水泥路整齐地贯穿村庄,连接起每一家每一户。从空中俯瞰,六路村如同一张规整美丽的棋盘。

随着社会的发展,老龄化现象日趋严重,游圩村七十岁以上的老人将近四百位。老年人由于身体机能下降,日常生活中容易意外受伤。受伤不仅给老年人带来生活上的不便,额外的治疗费用也增添了老年人的心理压力。

对家乡老人安康特别关注的尤里自2019年开始,为游圩村四百多位老人购买了"银龄安康意外伤害综合保险",购买金额将近两万元。因理赔受益的村民多达六十多位。

游圩五组的尤传仁老人是贫困户,今年七十七岁。唯一的儿子因为肌肉萎缩病死,治病花光了家中所有的积蓄,并负债累累。儿媳带着几个孩子在家,也无法出去打工,负担沉重。2019年因为意外摔倒,尤传仁老人腿部骨折,治疗花费将近一万元,合作医疗和"银龄安康意外伤害综合保险"一共赔付了近九千元。他眼泛泪花,感激不尽地说:"真心感谢尤里,致富不忘家乡人,支持家乡,支持俺们老少爷们,我虽然整天见不到他的面,但幸亏他帮我入保,帮俺解决了这么大的难题。"

村民刘月兰八十二岁,二级残疾,老伴去世二十多年,享受低保。大儿子自幼瘫痪,一级残疾,现在五十七岁。二儿子在七八岁时因小儿麻痹症导致二级残疾,现年五十二岁。兄弟两人享受五保,都跟随老母亲刘月兰生活。刘月兰老人因为骑三轮车赶集买菜摔倒受伤,"银龄安康意外伤害综合保险"赔付将近七百元。看起来不足千元的赔偿微不足道,但对于这个极度贫困的家庭来说,无疑是雪中送炭。

六十七岁的尤传永老人,锯木头时手掌被削去一半,保险报销了六千多元。

……

桩桩件件,点点滴滴,都让家乡的父老乡亲温暖和感动。尤传仁老人说:"如果是那种自私的人,即便富有,也根本不会想到俺们这些贫困户。尤里是好样的,发家不忘本,对咱们家乡贡献巨大。希望他干得越来越好,带着咱们家乡老少爷们一起发家致富。"

2020年的疫情对全国乃至全球的经济造成了严重影响,尤里的餐饮连锁企业遭受惨重的损失。但他依然坚持帮助游圩村的老人继续购买保险,并恳切地说:"做什么事情都要坚持,如果今年买了,明年不买,前功尽弃对老人很不负责。很多老人因此受益,解决了他们的困难,这样的好事我是一定要坚持做下去的。"

有着军人品质的尤里踏实做事,低调做人。回到家乡时多次捐款捐物,扶贫济困。面对着别人的感激和夸赞,他总是淡然一笑:"没有什么啊,这是我应该为家乡做的。"

胡庄子有一家贫困户因病致穷,生活困难,尤里回家后捐助一万元。

尤传军的妻子不幸去世,尤传军一人拉扯三个孩子,生活极为困难。尤里把其中一个孩子带到了北京发展,不仅解决了工作问题,更解决了住房问题。

尤里身边的同学或者朋友在事业起步困难时,也受到了尤里的无私支持和帮助。

……

尤里不仅仅对家乡和家乡的人充满感情,对军人和曾经的军旅生活同样饱含深情:他多年来坚持着在部队形成的锻炼习惯,野外徒步,自驾远游,用高强度的训练来磨砺自己的意志。同时也经常带领员工们进行军人拓展式训练,凝聚团队的核心力；阅兵大典时，他和所有员工停下工作，观看阅兵典礼，提升民族自豪感和自信心；他所有的餐饮连锁店随时为退役军人就餐、住宿提供方便和优惠，为退役军人的就业和创业进行帮扶。

从古至今，在外发达的人总喜欢衣锦还乡，并把家乡的房屋修建得气派堂皇，以示炫耀。但如果你到六路村拜访尤里的旧居，你会发现，哪栋房屋最破旧，哪栋就是他的家。他依然保留着结婚时所盖的三家瓦房，房间昏暗潮湿，墙皮脱落，塑料封棚纸扯落，木门发黑漆皮斑驳，房屋前荒草没膝。

很多人满怀疑惑地问尤里原因，尤里憨厚一笑："翻新改造房屋花费代价不会小，我现在不经常回来，与其浪费这笔钱，不如用来帮助家乡，帮助乡亲们脱贫致富。而且，老房子保留了很多记忆和故事，每次回来看到老房子，都会唤起我的记忆和情感。这对我的子女也是一种激励，我经常对子女讲起自己奋斗的故事，并告诉他们，人生能留下来的东西不是物质创造出来的价值，而是一个人在这个世界上留下的位置。"

关于家乡的未来，尤里做了很多的设计和规划：把村前的长汪塘改造成村民活动广场，用来丰富村民们的文化娱乐生活；把正对着长汪塘的自家旧宅基地贡献出来，翻盖成四合院，里面设计成棋牌室、图书室、文化活动室，以满足乡亲们的精神需要；另外为了帮助村民致富，把长汪塘全部用砖石花木修葺，在水中养殖鱼虾，发展水产业，再在水上架起木桥凉亭和钓鱼观景台，打造旅游文化，吸引城市游客，带动六路村的经济，让村民们足不出户就可以发家致富。

五

有着多重身份的尤里，永远是家乡人、安徽人。

作为一名成功的企业家，他以徽商精神激励自己，以信为本，以德立世，传承和弘扬安徽博大精深的饮食文化；作为一名退伍军人，尤里退伍不褪色，坚守初心，信守承诺，促进家乡的繁荣，带动家乡脱贫致富。

对故乡有着深沉情感的尤里，视线从来没有脱离过故土，他会继续肩负振兴家乡扶持家乡的神圣使命，无惧磨难，砥砺前行！

军绿色在平凡岁月里亮丽
——书画家王广振先生的精彩退役人生
牛士中

一

2015年11月,北京炎黄艺术馆,央视正现场专访。

镜头前,一位风度翩翩、充满浓浓文化气息的艺术家侃侃而谈:

"钟馗画是传统民间艺术,在灵璧流传近千年之久。康熙《灵璧县志》,乾隆《灵璧县志》,清代金埴《不下带编》和清代齐周华《名山藏副本》均对灵璧钟馗画有深刻生动记载。近年来,一批接受过中西美术教育的科班画家介入钟馗画的创作,给钟馗画的传承与发展带来重大机遇。

"这次以'决胜全面小康,提升灵璧美誉'为宗旨的晋京展,对于传承传统文化、提升地方知名度意义深远。在灵璧钟馗文化展区,我展出的是百米长卷《百馗图》。《百馗图》创作历经六个多月,几易其稿,终百馗聚首。这个系列的作品从不同角度、不同姿态、不同神情勾画出钟馗的阳刚与正气……"

人们神情专注,目光中流露着景仰。人群外面,一幅幅钟馗画在柔和典雅的灯光下,馗姿百态,馗馗各异,形神兼备,惟妙惟肖。其线条简净,墨色多变,传统中多有创新,钟馗之刚直不阿气质溢于笔墨间。让人眼花缭乱之际,油然而生惊诧与震撼。

2017年中秋,灵璧县武装部大会议室,一位艺术家一边挥毫,一边讲解。

大会议室前方,一条红色条幅上写着:灵璧钟馗画退役军人创作培训。宽大的几案上,铺展着雪白的宣纸,宣纸旁摆放着笔墨纸砚。那灵动的笔墨随着讲解舞动着,宣纸上一个活灵活现的钟馗形象呼之欲出……

这次培训是响应地方政府"振兴乡村"号召而开展的一次培训,针对退役军人,尤其是在乡村生活困难却又具备一定绘画基础的退役军人。

2019年春节,灵璧县冯庙镇党员活动室,又是那位艺术家,站在宽大的书案前,神情专注,沉浸在自己的艺术世界里,用神奇的画笔把自己的艺术构思泼洒在宣纸上。人们依然围绕在他的周围,他的对面墙上一条横幅告诉着他此行的初衷:送文化下乡——精神扶贫春节在行动。

……

那位艺术家是谁?

稍加留意,人们会看到他在完成画稿后郑重题款。他观察着画面,以自己的艺术眼光寻找着题款的最佳位置,根据画面效果,龙飞凤舞,一行灵动的行草出现在眼前。然后他轻轻取出印盒印泥,在名字下附上两枚印章,一枚是"王氏",一枚是"廣振"。

原来那位艺术家是王广振先生。

王广振中等身材,国字脸型,明眉大眼,举手投足之间,给人以儒雅灵活而又稳重的感觉。他常常微笑着,笑容自然平易,凝视转首中透露着几许随意。

王广振何许人也?

王广振,1958年12月生于灵璧,祖籍萧县。字启群,号玉壶,别署望荆居士。中国书法美术家协会理事,中国民族艺术家协会副会长,中国周易科学研究院艺术顾问,中国经贸文化网书画顾问,中国公益网宿州公益书画院副院长,灵璧县书法家协会副秘书长,灵璧县美术家协会副主席,灵璧县政协书画院院士,灵璧县江淮书画院副院长,灵璧县老年书画研究会会长,安徽省美术家协会会员,安徽省书法家协会会员,北京盛世轩书画院特聘高级书画师,钟馗画非物质文化代表性传承人,灵璧县蓝天救援队文职人员。2015年被评为"灵璧好人",2016年被评为"宿州好人",2017年被评为"安徽好人",2018年被评为"最美宿州人",2019年被评为"拥军优属先进个人"。

这一个个头衔和称号沉淀着艺术家的一份份艰辛与厚重,每一个头衔和称号后面都有一个对艺术执着追求的故事。因此,央视《发现之旅》栏目,《人民日报》等中央媒体以及江西卫视、香港卫视及安徽省市县电视台、报刊对他做过专题访谈。王广振先生不愧是我县乃至我市家喻户晓的书画家。

然而,谁又能想到王广振还是一位退役军人呢?

谁又能想到,王广振曾经的付出和经历的风雨?

谁又能想到,王广振强烈的担当意识和热心公益事业的激情?

二

王广振生于书香世家,从小接受了良好的文化熏陶。

其父王肇基,萧县人,1927年生于安徽萧县书香世家,1960年毕业于华东师范大学,辗转于教育部门任职,先后在灵璧师范学校、灵璧第一中学担任书法主讲,为人平易,正直坦率。王肇基与族兄广州美术学院王肇民教授,书法名家李百忍、葛介屏友情深厚,常切磋书艺。其作品自成风格,四体皆佳,尤擅大草榜书。其母亦供职于灵璧第一中学。他们对王广振兄妹的教育非常重视,尤其是艺术教育。

初省人事的王广振便对书画情有独钟,常常站在父亲书案前观看龙飞凤舞,在父亲悉心指导下,培养艺术情操,汲取艺术营养。

师范学校的教师宿舍里,留下王广振挥汗如雨的苦练身影,灵璧一中教师小院里,传来主人指点王广振书画写生的谆谆教导,那一张张练习纸上,浸润着多少岁月,隐藏着几多春秋,王广振稚嫩的心灵里流淌着多少深刻的艺术底蕴。

斗转星移,寒暑更迭,凤凰山见证了一个天真儿童忘我涂鸦的可爱,汴河映照着一个懵懂少年的书画天赋。

浓厚的艺术氛围,紧张的学习节奏,父辈恬淡自然的书画交游,让王广振内心滋生一粒艺术的种子,并生根发芽,茁壮成长。

当然,天资聪慧好动的王广振也常常到凤凰山,到护城河玩耍。

师范学校紧邻凤凰山。凤凰山上奇石嶙峋,松涛阵阵,花草幽香,野兔突奔,鸟雀鸣唱,每一处角落都诉说着无尽的美妙和奇趣。可以登高,可以猎奇,可以邀朋欢游,可以遥望遐思。想想都让人心动,何况年少的王广振?

灵璧一中依偎着千年古城护城河。护城河里,水草缠绕,游鱼隐现;河畔上,垂柳依依,荷香幽幽,水鸟出没。一花一草,一桥一亭,无不让人流连忘返,何况童意正浓的王广振?

王广振沐浴着凤凰山、汴河的风情,让自然的春风雨露滋润着心田。他热爱自然,热爱艺术,自然与艺术在他年少的内心融汇、浸润,王广振越发灵慧。

灵城是一座千年古城,也是一座英雄的小城。新四军四师在彭雪枫将军指挥下曾在此征战;淮海战役激战正酣之际,灵城作为沟通蚌埠和徐州的一个重要的交通节点,成为重要战场。这里涌现出许多英雄人物。艺术气质浓厚的王广振心中也孕育着一个英雄的梦想,他想参军成为一名战士,接受部队大熔炉的锻炼。

时间到了1974年12月。王广振经过层层审查和选拔,终于如愿以偿,成为一名光荣的中国人民解放军战士。

翻开王广振的相关证件,应征入伍通知书、立功受奖证书、立功受奖奖状和退役军人证明书映入眼帘,那鲜红的印章,那金黄的纸张,还有那特定岁月里遒劲的手写字,并不因岁月流逝而褪色,历经四十年,色彩依然鲜亮。而那些沉淀着时光印痕的黑白或彩色照片，呈现着王广振曾经的青葱影像。这一张张证件和照片勾勒出王广振曾经的军旅生涯：1974年12月经批准于灵璧县应征入伍，1975年初正式服役于北京卫戍区某部队第×师×团汽车连；作为新兵参加集中训练三个月，发放领章、帽徽，成为正式战士；其后，参加北京卫戍区第×师师部汽训队培训，1975年12月毕业；服役期间，参加毛主席纪念堂建设和对越自卫反击战接力中转运输任务，又在海军机场战备值班一年。

王广振在北京卫戍区汽车连服役，历任战士、副班长，于1980年1月15日批准退出现役。服役期间，立三等功4次。

我们想象得出那一个个生命的炫彩瞬间带给王广振内心的激动和欣喜，看得出他脸上洋溢的笑容，也感受得到他面临困境之时，内心的挣扎和不断走向强大的波动。

对比王广振入伍前后和退役时的照片，人们可以发现，王广振逐渐由一名稚气未脱的小城青年成长为成熟稳重的战士。是新兵训练场上挥汗如雨的打磨，是会操时坚毅果断的步伐，是技术培训时凝眉苦思的煎熬，更是战备值班时国家责任的重压，让他一步步脱去稚气柔弱，一步步远离散漫自由，一步步克服胆怯畏缩，进而一步步走向强壮，走向无畏，走向义无反顾的担当。

铭刻于心的军营情结，顽强坚韧的军人意志，奠定了他退役四十年充实而精彩的人生基石。他常说："退役不退心，我时刻牢记自己曾经是一名军人！"

五年时光，在漫长人生中，弹指一挥间，可是，在这军营大炉中锤炼的五年，对于王广振来说，意义深远。

良好的家庭文化氛围和艺术熏陶，五年军营生活的熔炼，让王广振脱胎换骨，不仅赋予他聪颖的书画潜质、儒雅的情趣，还赋予他勇于担当、热心公益的品格，这一切都为王广振退役之后投身书画艺术追求和公益事业打下坚实基础。

三

1980年，是一个新时代的开始，不仅是一个国家的新时代的开始，更是一代人新生活的开始。

他怀揣着立功证书和退役军人证明书，回到了家乡灵璧。

回到一别五年的古城灵璧，王广振又沉浸在父辈书画交游的浓浓氛围中，沉浸在小城文化和灵璧钟馗画传承的世界里，那个阔别五年而久违了的艺术梦想又时时浮现在他的眼前……

王广振在父亲和父辈书画家以及妻子的支持与鼓励下,做出了一个大胆决定——继续书画艺术探索,为提升自己的艺术水平和拓展自己的艺术视野,同时也为更好地把书画事业作为自己的毕生追求,报考高校美术专业继续深造成为其不二选择。

王广振考取淮北煤炭师范学院美术系,开始接受更加专业系统的书画美术教育。

风景秀丽的相山目睹了王广振如饥似渴的求知身影,博学多识的师长们见证了王广振勤奋耕耘的人生轨迹。那些令人眼界大开的流派技法,那些学有专长的长者的深厚学养和引导启迪,那些夜以继日孜孜不倦临摹和自我创新的无数尝试,让精力充沛且求知欲旺盛的王广振如鱼得水,在艺术的广阔天地里自由驰骋。

在这里,传统书画艺术和西方美术教育,为他的书法创作翻开了崭新一页,也为其返回灵璧进行传统基础上钟馗系列人物艺术创新与突破奠定良好基石。

学成归来的王广振专心于书画创作,具有近千年传统的灵璧钟馗画亦成为其艺术创作和追求的目标。王广振对父辈书画艺术创作和指导有了更加深入的认识和体会。他正式师从书画名家李百忍、葛介屏,在父亲、伯父王肇民和李百忍、葛介屏等指导下,进行大量的书画创作实践。

经过艰苦的磨砺,王广振逐渐形成自己的艺术风格。其书法四体皆备,尤擅行草。其画作,擅长人物、花鸟、山水。多年来,他深入研究钟馗史料,交游民间钟馗画艺人,遍览古今名家及民间钟馗画作品,持续揣摩、研习,探寻钟馗画创作的个性表现话语。生活和艺术的不断积累,敏慧才思和内心感悟,推动着王广振从入心、出心到升华的艺术涅槃提升,其笔下的钟馗,充满传统底蕴又具现代风情,唯美洒脱,可敬可亲;而钟馗形象粗犷中透露着儒雅,威严中流露着温柔,性情刚烈中蕴含着慈爱。

王广振的日常生活忙碌了起来。为提升书画创作实践技巧和水平,他经常参加各种书画活动,有高级书画培训,有书画创作展览,有书画创作切磋交流会。随着王广振书画创作水平和知名度的不断提升,向其求取书画者亦络绎不绝。

月有阴晴圆缺,天有不测风云。正当王广振艺术追求渐入佳境时,生活却给了他意想不到的挫折。

王广振退役不久,在书画创作活动中,认识了高维灵女士。高维灵女士是一名小学教师,热情漂亮,积极上进。两人相爱结婚。婚后二人举案齐眉,相爱相亲,家庭和谐。不久,一双儿女先后降临,给这个幸福家庭平添无限欢声笑语。

可是,2000年初夏,正当王广振的书画追求到了关键时刻,正当高维灵所带毕业班到了毕业关键时刻,正当他们的儿女的成长到了关键时刻,一团厚厚的乌云突然笼罩在这个幸福美满的家庭上方。

"我一听说爱人因劳累过度晕倒在讲台上,一下子呆了!千万不要出事!千万不要出事!"王广振心急火燎地跑到县医院,凝视着昏迷不醒的妻子,望着满头大汗正抢救的医生,他祈求着,默念着……可是造化弄人,医生没有把最坏的消息带给他,却带来一个令他痛苦的现实——高维灵从此瘫痪在床!

竹影婆娑的庭院里,万籁俱寂,一个火点明明灭灭,王广振一支接着一支抽着烟,他听着孩子们熟睡的均匀鼾声,看着妻子房间里的灯光,内心无比焦虑。天上几颗寒星,映衬得庭院越发黑暗。又有几天没有摸过笔墨了,又推掉了多少个书画笔会,又婉拒了多少朋友的造访,他不知道,他也不想知道。他只记得,每日晨光熹微之际起床,悉心为妻子更换尿布,清洗身体,喂水活动;接着准备饭菜,唤醒儿女,穿衣洗漱吃饭,送他们上学……购买蔬果,承担家务,做饭,接回孩子,吃饭上学,接送孩子,辅导孩子作业……他如同一只陀螺旋转在单位、学校、菜市场、卧室、厨房之间,哪有时间专注于心爱的书画事业?

"执子之手,与子偕老,我一定要把爱人照顾好,直至慢慢变老!看着瘫痪在床的爱人,看着心事重重的孩子,还有需要照顾的父母,我没有退却,我坚强地挺了过来。"王广振坚毅地说,"现在想起来,我认为还是部队五年的磨炼和教育赋予了我敢于担当的品格,让我在困难和压力之下没有萎靡,没有怨天尤人。"

时光老人关上一扇门,也会打开一扇窗。经过一段时间的治疗康复训练,在王广振精心照顾下,高维灵病情逐渐稳定,慢慢可以坐在轮椅上简单活动。高维灵深感内疚,不尽感动,鼓励王广振重拾笔墨,在书画世界里耕耘驰骋。他们的儿女懂事勤奋,儿子一路读下来,苏州大学研究生毕业后,在一所大学美术系从事书画教育与研创,女儿从安徽广播影视职业技术学院毕业后,被分配到当地电视台工作。

"绘画和书法是我一生的挚爱和追求,我怎么能放弃呢?"振作起来的王广振每天安顿好妻子、老人,便会走进书房全身心投入自己钟爱的书画创作。无数个不眠之夜,青灯对黄卷,无数个白日闲暇,孤寂伴笔墨,王广振伫立案前,凝神注目,笔走龙蛇,在草隶篆楷书法世界里游走,他扎根传统,融汇专业艺术规则和规律,在国画和非遗钟馗画世界里遨游。岁月更迭,他不懈地积淀、开拓和尝试,终于化茧成蝶,在书画艺术追寻之路上逐渐接近绚丽的成功之塔。

坚定且自信的王广振抚今思昔,想到自己能在艰难中挺过来,多亏部队五年的磨炼,多亏父母良好人品的塑造,多亏一路行来众多热心人的相帮助。王广振无限感慨,他在书画王国风雨兼程,在书画创作中不断创新突破,丰硕成果引起了社会广泛关注。

王广振注视着自己发表书画的报纸杂志,注视着国家级、省市级报刊电视台的宣传报道资料,沉静如初,不见悲喜,似乎在提醒自己:"艺术创作无止境,成就已成过去,不能说明未来。艺术家要能坐得冷板凳,要能在成就面前保持平常心,才能静下心,才能不断突破。"《中国书画报》《人民日报》《文艺报》《书画法导报》《安徽日报》《书与画》等十多家报纸杂志刊发推介其作品及书画理论,中国国家博物馆收藏其作品,个人传略和业绩分别载入《世界名人录——艺术卷》《国际书画名家精品集》《共和国的辉煌——中华骄子》《当代书篆刻家辞典》《当代中国书画名家精品大典》《现代书画名家年鉴》《名家墨迹》《东方之子》《艺术人生》等,陆续被授予"中国知名专家终身成就奖""中国当代书画名家""中国实力派书画家""当代中华文人书画艺术家""首届当代最佳画家"等称号,《百馗图》《百馗百妹图》《霸王别姬》系列作品问世,这一切仿佛都是他人的传说,与他无关。王广振渴望在书画创作的道路上,砥砺前行,矢志创新,寻求新的成功。

声名远扬的王广振,更青睐于"军人书画家"称呼,他对自己曾经的军旅生涯念念不忘,五年火热军营生活已浸入他的血脉里。"曾几何时,我面对家庭重担,也想过忍痛放弃自己心爱的书画艺术,可我最终还是坚持了下来,并一路走来,取得一点点成绩,这应归功于骨子里积淀的军人品格,这种品格同时推动着我不满现状,继续研学。"王广振在访谈时抑或与友人聊天时冷静而深沉地吐露自己的心声。

风雨兼程中的王广振时刻把退役军人身份牢记心头,怀着感恩之心,怀着奉献之情,利用自己的特长,投入火热的社会活动。

四

王广振一颗红心永驻,将满腔热情奉献给军营。他常说,当一天兵,今生今世就是军队的人,这份特殊的情感永远不能忘怀。军人的担当精神,也永不消逝。

灵璧驻有北山部队,退役以来,特别是成名以来,他不知道去过那儿多少回。2003年后,王广振更成为那儿的常客。他利用身为灵璧县老年书画研究会会长之便,每年都要多次牵头当地知名书画家到北山部队进行节日慰问、定期举办书画讲座。

曾经,去往北山部队的道路坎坷不平,王广振骑着自行车穿行在去往北山的山道上；后来，他骑着电动车奔行在去往北山的水泥路上；再后来，他坐在汽车上，来往于北山部队。那儿的一草一木，那儿的一鸟一兽，那儿的风，那儿的云，都熟悉了他的身影。王广振好似回到了家，倍感亲切，倾其所学，对部队书画爱好者进行技法辅导。他的付出赢得了驻地官兵的交口称赞，更为社会营造了拥军、军民交融的良好氛围。军队是国家富强的支撑，驻地部队当然是地方建设的强有力支撑。在全民奔小康的道路上，军民团结亦是小康生活的亮丽风景线。

王广振也是武装部的常客。身为退役军人，武装部就是自己的家。武装部联系着许许多多退役军人，这儿有自己曾经并肩战斗的诸多兄弟。王广振立足传统文化，着眼钟馗画创作，弘扬正能量，积极协助武装部推动和丰富文化建设。

每逢节日，无论书画活动多忙，无论天气多么不好，王广振都克服各种困难，主动联系和协助武装部开展书画创作慰问活动。武装部的同志也不客气，有活动直接电话打过去邀请他。

退役军人不少居住在乡村。因为疾病，因为车祸，因为天灾，不少乡村退役军人陷入困境。政府在扶贫相关政策下，将他们纳入保障系统。退役军人是国家的功臣，他们的生活工作稳定关涉国家大计。在全民全面脱贫、奔小康的时代大好形势下，他们一个都不能少，一个都不能落下。凝聚他们的向心力，提升他们生活工作热情，让他们感受国家的温暖，是一项必要而意义深远的任务。

为了丰富他们的业余生活，提升他们生存的本领，武装部便联系当地知名书画家举办培训班，普及书画知识，传授书画创作技能，赠送书画作品。王广振始终关心着退役军人中的困难群体，常常是随叫随到。

2019年一个寒风彻骨的晚上，大雪飞舞，王广振在结束书画讲座之后，应一名退役军人之请，创作一幅钟馗画，完成之际，夜幕降临，因惦记瘫痪在床的爱人，他坚拒大家挽留和派车，坚持冒雪返回。

道路湿滑，冷风如刀，王广振骑着那辆破旧的电动车疾驰在风雪中。临到家，心情放松，他一下子滑倒在路肩上，重重摔在雪地里，右面部正好磕在路肩，一阵钻心的疼痛袭来，几道血印刻在皑皑白雪中，分外醒目。他艰难爬起，亏得在部队打下的强壮的身体根基，没伤着筋骨，他慢慢推车回家，接连数天，他足不出户，可他冒雪回家摔伤的消息还是被大家知道了，大家很担心，都想着去看望他。他坚决拒绝："我的身体我还不相信？五年的军旅生涯练就了硬身板，多年创作更是一种健身，这点小毛病就兴师动众，我自己都感到矫情。"

王广振发挥书画专长，在县武装部召集运作下，一次次为具有书画爱好的退役军人做书画创作讲座，开展书画培训。这项工作提升了退役军人的生活工作热情,激发了他热爱生活、热爱社会、为国奉献的初心,坚定了他们做表率争脱贫奔小康的信念,为县武装部开展退役军人相关工作凝聚了人心,强化了号召力,推动了工作进展。

五

作为一名知名书画家,王广振当然是文化人。他以传播文化为己任,不忘初心,军魂常在,积极参与文化志愿活动,响应国家脱贫攻坚工作部署,积极投身乡村精神扶贫,显示了强烈的担当意识。

王广振在书画创作上成就斐然,可他没有架子,不摆谱,依然那样平易近人、谦逊如初。他时刻提醒自己,曾经是一名军人,不管何时,都要把服务人民群众作为自己书画创作生活的重要部分。

王广振成名前后,特别是成名后,每年传统节日和其他重大节日,都积极响应市县宣传部、文化部门"文化下乡"号召,不畏风雨,充满激情地投入文化志愿活动中。对于普通百姓,王广振尽可能满足他们的文化需求,热情地为他们服务。王广振每年参与的文化志愿活动达数十次之多。

精准扶贫是党和国家的重大举措。王广振斗志昂扬地投身精神扶贫工作中。他在县扶贫局和文化部门的统一部署下,创作扶贫内容书画,激发扶贫人员的工作热情,坚定贫困户脱贫信念,营造积极健康的扶贫脱贫氛围,为脱贫攻坚工作做出一名知名书画家的特殊贡献。

王广振,常常忙得不亦乐乎。他说:"我必须感谢军队对我的教育!军队不仅赋予我严明的工作生活习惯,更教育我时刻记住自己的退役军人身份,时刻将广大人民群众放在心上,时刻想着利用自己的特长为人民服务。"

"老吾老以及人之老,幼吾幼以及人之幼。"王广振将对家庭对亲人的爱扩展到他生活的社会,主动加入灵璧县蓝天救援队救援工作中,成为一名受人尊敬的蓝天救援文职人员,他以自己的丰富阅历和眼光,建言献策,为蓝天救援工作尽一份力量。他以手中笔,顺应时代号召,丰富蓝天救援工作文化色彩。为配合蓝天救援队救援工作和文化建设,他先后创作出《不负韶华》《第一时间出征》等大量书画作品,从一个特殊的视角反映了蓝天救援队这个特殊的群体的生活状态和奉献精神。他的无私付出,赢得了人们发自内心的尊重、认可和赞赏。

王广振始终对这片生他养他的土地怀着深厚的情感。灵璧县政府为推动经济社会发展,决定召集一批著名书画家推介地方文化配合招商引资。王广振积极参与,同县领导一行五人于 2019 年 1 月 13 日至 17 日到宁坡、杭州、慈溪和平湖,创作了一批钟馗画,作为地方文化推介赠送给企业家,对招商引资意向的达成起到了积极作用。

2020 年春节前后,新冠疫情肆虐大江南北,波及灵璧,人们谈疫色变,生活在惶恐之中。王广振紧跟当下社会需要,凭着艺术家特有的敏感和强烈的创新意识,以笔墨和爱心为武器,义无反顾,一头扎进抗击疫情的战斗中。疫情期间,王广振不仅身临一线参加社区的卡点值守和排查工作,还创作大量抗"疫"书画作品,如《终南山神》《阻击肺炎》《共勉时艰》《医者仁心》《驰援武汉》《抗击肺炎》《武汉加油中国加油》等,灵璧电视台对王广振进行了专题采访。这些书画作品充满生活气息,富有激情,兼备奋进的动力,观之,令人振奋,催人前行,鼓舞了当地人民战胜新冠疫情的士气。王广振带头捐出作品,组织网上拍卖,将拍卖的款项亲自送到县医院抗击疫情一线的医护人员手中。抗"疫"告一段落后,王广振又组织一批书画家为县医院一线抗疫人员无偿创作书画作品。

国难当头,方显本色,方见担当。王广振特殊时期又谱写了一曲退役军人别具特色的本色人性与勇于担当之歌。

时光似水,悠悠流淌,在人们不知不觉中此刻已成那时。转眼退役四十个春秋,王广振始终将初心放在心头,在平凡岁月里,他凭着良知,勇于担当,演绎着人间大爱之佳话,顺应时代发展之潮流,尤其在"决胜全面小康 决战脱贫攻坚"的关键时刻,将自己的艺术梦融进中国梦,不懈追求着,忘我服务于人民大众,传承着文化,创新着文化。在他的心头,那铿锵的军绿色一直在闪亮,一直闪亮在他退役之后四十载平凡岁月里,也将继续闪亮在他书画人生、服务人民的未来时光里。

我手写我心

段香转

引言:他是军人,是检察官,也是作家。从军营到市检察院,在任何工作岗位上,他都能把一颗赤子之心付诸文字,做到工作和生活的无缝对接。

他叫王绍智,曾是宿州市检察系统的工作人员,到现在为止,王绍智已经出版了四本小说,并在各类报纸杂志中发表作品几十万字。如今,年近七十的他仍然用书写表达自己的情怀,笔耕不辍,进行着长篇小说创作。

王绍智创作时,每一个字都是写出来的,起初是在纸上写,有了电脑以后,他利用电脑的手写板码字。

于他而言,写作已经成了日常。他说,不论是曾经进行新闻报道还是现在的文学创作,都源于自己对文字的由衷热爱,更源于军营生活对他的塑造。

因为军营的锻炼,他始终自律自强,因为军人的身份,他任何时候都能勇挑重担。

一

时光回溯到1972年,王绍智光荣入伍,加入北京卫戍区警卫某师二团,成为一名新兵。二十岁的他第一次穿上了军服,心情异常激动。

那一天,天空澄澈,新兵训练很快拉开了序幕。

经过了训练的士兵都像散了架,抓紧时间休息,以便养精蓄锐,迎接第二天的训练,新兵的脸上像是写了带"苦"的大字,刚来时的新鲜劲儿和激情跟着萎了下去。指导员及时给了他们鼓励,他说,"兵为民之卫,民无兵不固!""穿上军装,就是选择了坚强;脱下军装,坚强便选择了你!"他还说,"年轻人就该用热血书写青春,用生命践行忠诚!"

指导员的话果然有效,不论多苦多累,新兵们也能挺起脊梁,喊出嘹亮的口号。

身处其中的王绍智被大家的情绪感染,每一次的训练都激情昂扬。到了晚上,他竟还热血沸腾着,激动到睡不着觉。

参军前,王绍智有写日记的习惯,此刻,感情的潮水在内心涌动,有一种不得不记录的情绪在促使他重新拿起笔,在纸上唰唰地写起来。夜深人静的夜晚,他把一天的见闻写成了诗歌,并勇敢地投递出去,幸运地在报刊上发表了。

这件事情给了他很大的鼓励,王绍智凭着自己的勤奋和对军营的热爱,写军营里的苦与乐,写战友之间相互扶持的温暖,及时报道部队新闻。

可以说,王绍智真正意义上的文学生活是从部队开始的。

在对越自卫反击战期间,他感动于英模们的勇敢付出,写了很多诗歌赞美英雄。

在一篇新闻报道中,写到感情深处,他情不自禁地插入一组儿歌,注入自己的情感。这篇报道于第二天发表在《中国青年报》上。本以为是一篇寻常的新闻稿件,王绍智没有想到的是,他的这个稿子因为文学元素的渗入而受到了多家媒体的报道。

这件事情给了王绍智很大的鼓舞,在尊重新闻真实的基础上,他在表达上尝试创新。事实上,王绍智一直也是这么认为的——新闻报道不该是刻板生硬的文学样式,军营里有那么多可爱的人,有那么多可歌可泣的事情,有报道,也要有讴歌,毕竟这些都是真实的啊。

因为在新闻报道中的突出贡献,王绍智很快成为军营里的新闻干事。带着有职业色彩的身份,王绍智继续思考怎样写作才能在真实报道的基础上吸引人、鼓舞人,并能给人以思考。于是,他又尝试转变写作体裁,发稿量也骤增,曾经一年时间里在《光明日报》发表 60 多篇作品。

身在军营写军营,王绍智觉得自己的肩上有着沉甸甸的责任,只有用心做好宣传工作,才能不辜负军队对自己的培养。他利用一切可以利用的时间,用责任和担当做好新闻宣传工作。

二

转业的时候,王绍智毫不犹豫地选择回到家乡。

他认为,能有机会参与家乡的建设,是一件十分荣耀的事情。王绍智来到市检察院的时候,正好赶上机构改革,检察院第一次设立了宣传教育处。

王绍智亲眼看到宿州警察在办案时的智慧和勇敢,军人的职责和担当激励着他,那种强烈的想要书写的愿望又一次在内心激荡。在市检察院,很多感人的事迹都值得报道,应该给实干家以认可,也给其他干警们树立榜样。

当时,除了处里正常的工作外,宣传处还另外承担着对警察的思想培训工作,工作任务很重,而处里人员紧缺,所有的担子几乎都落在王绍智一个人身上了。

王绍智在军营里历练的吃苦耐劳和高度自律的精神派上了用场,他勇担重任,埋头苦干,加班成了经常的事情,尤其是每年一次的针对全院的宣传教育工作,他更是把全部精力都投入其中。

王绍智每天早出晚归,三岁的女儿一天到晚见不到爸爸。有一天晚上,女儿执意要等爸爸回来再睡觉,可是她等呀等,一直到深夜也没有等来爸爸的身影,后来,小孩子一边说着不困,一边迷迷糊糊地睡着了。等王绍智回到家的时候,妻子把这一切告诉了他,他来到床边,盯着女儿熟睡的小脸看来看去,其实,他多想在家里陪陪孩子,多么希望自己能参与孩子的成长啊!但是他谨记自己的使命,轻轻亲亲女儿可爱的小手,没有舍得打扰孩子的睡眠。

第二天,他又一如既往地投入工作中。

王绍智除了自己要追求进步外,身为市检察院宣传教育处处长的他还以带动大家的干劲为己任,不忘鼓励和提携新人。

一分耕耘一分收获。市检察院宣传教育处在王绍智的带领下成绩显著,效果喜人。2010年,全国十佳模范检察官,有三人来自宿州市,市检察院文化工作独树一帜。他经常组织干警进行培训,尤其值得一提的是,在2014年省里举行的征文比赛中,宿州市干警取得了优异的成绩,宿州市干警斩获半数奖项。

既然是宣传工作,就不能流于形式,报道出来的东西应该有现实意义,王绍智又"犯"起军营里练就的执着探究劲儿。

如何才能写出有质量的报道?王绍智不断思索,也不断实践。有一次,在砀山消防检查工作时,他们了解到一个奇怪的现象——砀山消防因为工作做得好多次受到市里和省里消防部门的表彰,可是,表彰之后,领导部门认为砀山消防工作落实到位,可以高枕无忧了,便没有再给砀山消防配备消防车,而砀山消防自身又没有资金购买消防车。所以,砀山消防面临消防装置落后的困境。

回来之后,王绍智坐立不安,放心不下,消防无小事,不能因为今年没有发生火灾就掉以轻心,高枕无忧,消防人应当稳扎实干,也应当未雨绸缪啊,可是,该做怎样的宣传才能引起重视,给砀山消防以帮助呢?这一次,王绍智进行了一次别开生面的报道——《一个没有战绩的先进消防中队》,这篇文章在安徽消防内部引起了轰动,编辑在编后语里,这样写道:消防报道终于跳出了火坑。《军营新闻集萃》把这篇报道收集成为优秀稿件。《解放军报》的高级编辑说:"工作通讯也是可以写好的!"安徽大学新闻系的一位教授在跟学生讲如何写好新闻稿时,也提到了这一篇,这个稿件甚至被一些高校选为新闻宣传的教材。

怀揣一颗为警察系统服务的心,王绍智不断地钻研、学习,然后伏案书写,逐渐形成了自己的风格。

三

身处检察院,王绍智有机会了解很多现实案件。经常地,他会因为一个普通人因一念之差误入歧途感到痛惜,也会为有些人缺乏法律意识铤而走险感到难过。

作为一名检察机关的宣传工作者,面对社会现实案件时,王绍智善于思考,也善于筛选和沉淀,他在为一些不该有的犯罪感到惋惜的同时,也开始想办法做出行动,以减少此类事件的发生。

当然,他能做的,还是要以文字为媒介。

案例本身已经具有警示意义,如实记录就可以给人以警醒。这个想法在王绍智的心里激荡,他开始更加留意检察院里的案例。

有一段时间,他发现老年人做了糊涂事导致引火上身的事情比较多。比如一位退休的女性知识分子,勤劳了大半辈子闲不住,总想再找份工作,她的子女们体谅老人半生辛苦,渴望她能安度晚年,享享清福。对于老人还想再找份工作的念头,百般劝阻无望后,她的女儿突发奇想,鼓励母亲出去跟人一起打麻将,这样既交了朋友又打发了无聊的时间,何乐而不为呢?令他们后悔的是,老人很喜欢,而且越来越着迷,最终竟走上了赌博的犯罪道路,害了自己,也给家庭带来了灾难。

这件事情让王绍智久久不能释怀,他觉得,一个人如果不能一直坚持底线,多么辉煌的过往在现实面前也会毁于一旦。

还有一位老人,为了有一个幸福的晚年,开始了黄昏恋,可是他的选择没有得到祝福,他投入了热情的黄昏恋,最终被世俗的偏见扼杀。至此,他的心态渐渐失衡,以致失手杀人,不仅给别人的家庭带去灾难,也自掘了坟墓。

王绍智觉得这个悲剧映射出的很多社会问题,都不容小觑。比如,忙碌的年轻人如何跟老人相处,亲人之间在交流时怎么避免情绪化,如何将尊重生命作为人一生的重大课题等等。

根据这些案例,王绍智写了纪实文学《罪恶黄昏》,这篇作品在上海的杂志《检察风云》发表之后,引起了很大的反响,同一年,《知音》完整转载了此文。

于是,王绍智忙完了一天的工作后,又总会不知疲累地坐在书桌前,用笔撰写新的故事。

王绍智的记述于朴实中寄予着真情,他是扛着责任在书写,每一个案例在他的笔下都会让阅读者有所参悟,从而获取积极的人生观。

他的纪实文学作品很受欢迎,曾于同一年在《检察风云》中刊登五六篇,在《知音》杂志中也于同一年入选三篇。

四

纪事文学为小说创作积累了素材,打下了基础。王绍智进行小说创作是自然而然水到渠成的事情。

向来善于观察的王绍智一直关注市井人物,在捕捉人性真善美的同时,也剖析人性的弱点,并能从特别的角度窥探到社会在发展进程中呈现出来的不足。

有一次,他以一个身边的人物为原型写了一篇短篇小说《臭嘴徐才》,描述了一个名叫徐才的人说话不招人喜欢,但他那听起来很晦气的预言却每每应验。小说展现了一个精彩有趣的故事,让读者捧腹的同时也令人警醒。这篇小说在宿州的《拂晓报》刊发之后,王绍智身边不少读了这个故事的人都觉得很有意思,走到哪儿都有人跟他讨论小说中的人物。王绍智对小说创作的尝试给了自己自信,果敢的他坚定不移地向着小说创作迈进。

军人的经历和检察官的工作使他不满足于创作轻喜剧,他觉得自己的小说也该像新闻报道一样,有更多的社会意义。因此,王绍智并没有轻易动笔。有一次,他偶然在电视上看到一个法制节目里正播放关于错案的报道,这引起了他的思考。

人生不易,可是如果一个平常人不幸卷入冤假错案中,这将会影响甚至改变他的命运。只有检察官公正严谨地对待每一起案件,才能减少错案和不规则办案的发生。作为一名检察院的宣传教育工作者,自己该为此做些什么才会有实际的意义呢?

王绍智再次陷入了思考。2008 年,他以真实案件为原型,精心构思了一部长篇小说《国家赔偿》,共计三十万字,由中国检察出版社出版发行。

"源于生活,高于生活"是小说创作者熟知的创作特点。《国家赔偿》中的人物是王绍智所熟知的人物集合体。其中,反渎局局长佟雪梅是由他熟悉的几名女检察官合成的,刑警征东平是由现实中著名的"皖北错案"里几位警察提炼而成的。

作品中的很多情节都源于自己的亲闻亲历,王绍智没有像通俗小说那样,以"真凶落网"为结局,他写到了案件中无法挽回的损失,他希望用这样的方式表达对冤假错案的痛斥,也希望相关工作人员能引以为戒,在职谋政,检察工作尤其要以正气示人。

《国家赔偿》起到了社会警示作用,对于如何杜绝这一类事件的发生,王绍智没有止步不前,而是坚持探索。

在任何部门,领导都是主心骨,是风向标,对业务和作风建设都起着重要作用,检察机关更是如此。2011年,检察机关审理了一个因为领导的决策错误而导致巨额亏损的事情,数字之大,影响之广,触目惊心。王绍智为此感到痛心,他有不得不发出的声音,喷薄而出,一口气又写了一部长篇小说《秘密调查》。

五

王绍智的文学作品越写越多,在文学界的名气也越来越大。有一位朋友称他为专写检察的作家。这本是一句真诚的夸奖,却引发王绍智对自己创作题材的思考——我是不是只能写自己熟悉的检察题材?

不服输的性格让他在心里默默地说"不",一遍又一遍。他要开辟新的题材,在小说创作中迈进新的领域。

他在家里苦思冥想的时候,老伴正好从超市回来,两只手里都提着沉甸甸的袋子,一边走,一边说:"现在的人可真幸福!馒头包子能买现成的不说,还能按着自己的口味换样儿!"老伴说着,打开一个盒子,很有兴致地跟王绍智解释起来,"这个是面条机,女儿说已经流行很久了,咱也试试!"老伴说着,便开始操作起来,并不住地感慨,"好时代,真是好时代,老百姓有福了!"

王绍智当然也是感慨万千。他出生于20世纪50年代,几十年来,亲历了新中国的发展,他忽然豁然开朗——明年就是中华人民共和国成立七十周年了,老百姓的生活确实发生了天翻地覆的变化啊。自己出生在农村,何不写一写农民的故事呢?

有了思路,他又打起十二分的精神,当晚就开始构思新的小说。

这时候的王绍智虽然已经六十六岁了,但他面色红润,精神抖擞,坐在他的对面采访时,我全然看不出来眼前这位老人已经做过了五次心脏支架手术,还因为腰椎间盘突出而做过两次腰部手术。

毕竟岁月不饶人,家人们分外关注着他的健康,得知他又要进行一个长篇创作,老伴和女儿首先反对。

"写作是好事,但要考虑自己的身体情况。"

"每天散散步,注意养生,不好吗?"

除了家人,身边的亲朋也纷纷前来劝告:"工作了一辈子,奋斗了一辈子,该歇歇了。把人生最后的日子留给自己,到了该享受的时候了!"

面对这些关切的话语,王绍智笑了,他说:"对我而言,最好的休闲是写作,最有意义的生活是写作,最有质量的休息,也是写作啊!"

"进行文学创作这件事情已经是自己生命里的一部分,抛不掉,也不想抛掉了!"他说,"只要还有力气,我都会选择用手书写,这是军人的使命,也是自己的良心。"

从贫困中走来的扶贫人张良林

马香俊

地处安徽省东北部的灵璧县,面积约 2000 平方公里,人口约 130 万,历来水患灾害频繁,多灾低产,是国家级贫困县。中共灵璧县委和县政府带领全县人民打响了"决胜全面小康,决战脱贫攻坚"的战斗,全县涌现出许许多多的扶贫先进集体和先进个人。虞姬养鸡协会则是众多的先进典型之一,被评为"安徽省社会扶贫先进单位"和"省级扶贫龙头企业",虞姬养鸡协会会长、党支部书记张良林同志被农民兄弟亲切地称为"鸡王",被评为安徽省优秀共产党员、宿州市劳动模范。

贫 困

提起"鸡王"张良林同志,灵璧县几乎无人不晓,而他的创业经历却鲜为人知。他是本县大庙乡齐张村人,1958 年 3 月出生于普通农民家庭。不久我们国家进入"三年困难时期",母亲缺乏营养奶水少,他刚出生就挨饿。他稍微懂事的时候,农村的情况有所好转,但是家里仍然很贫穷、生活依然很艰苦。社员在生产队里参加劳动,每天劳动的工分值只有一角钱左右,每年分配给社员的口粮每人不到 300 斤,其中大部分还是白芋(又名红芋、红薯,学名番薯)或者白芋干。当时流行顺口溜:"白芋饭、白芋馍,离开了白芋不能活。"张良林兄妹四个,他是老大。当时全家六口人,全靠父母亲在生产队里劳动挣工分。每年午、秋两季分红,他们家都是"冒工分",需要拨钱给生产队。他长到十岁多的时候,正在上小学四年级。父亲叫他辍学在家,参加生产队劳动每天能挣六个工分。小良林求学心切,一百个不答应。他和父亲争吵起来,说:"俺大,你要不让我上学,我什么都不干!"并且同父亲打赌说,"你要让我上学,我保证比在生产队里劳动挣的工分还多。"父亲将信将疑地看着倔强的儿子,说:"那你上学还得缴学费,家里哪有钱?""缴学费?我不向你要一分钱。"儿子胸有成竹地回答父亲。父亲既生气又心疼儿子,只好答应让他继续上学。原来小良林说话是有打算、有底气的。他外公外婆平时给的零花钱"壹分""贰分""伍分"硬币,自己一分也没舍得花,而是积攒起来留着缴学费。他上学时身上背着个粪箕子,在往返途中拾粪,交给生产队里记工分。他和父亲商量,把自家的沤粪池子交给他负责,他割杂草、扫垃圾,弄到池子里,再挑水灌进去沤粪。从粪池子里挖出来的农家肥,交给生产队记工分,也算他的。结果小良林拾粪和沤粪记的工分,比他在生产队里劳动挣的工分还要多。从此,他们家不再"冒工分"了。邻里一些长辈都夸奖:"良林这孩子,别看年龄小,真能干!"贫穷,伴随着张良林的童年和少年,在他的心灵留下了深深的烙印。

在20世纪六七十年代,解放军战士是青少年崇拜的偶像,绿色军营是他们向往的地方。村子里偶尔有解放军战士从部队回家探亲,小良林总是跟在解放军后面问这问那,他对部队里的一切都感兴趣。特别是听说当兵就能够吃上白米干饭了,也就不会再挨饿了,他想当兵的欲望更加强烈。1976年12月,他刚满十八岁,便积极报名参加征兵体检和政治审查。最终,他如愿以偿地成为一名光荣的中国人民解放军战士。他在铁道兵某部队修理营三连服役八年,驻军在北京市密云水库变电所。1984年铁道兵部队整建制转入铁道部,他当铁路工人又干了七年。1991年4月他从北京调动回到原籍,在灵璧县丝绸厂工作当电工。时间不长,就赶上了工业"破三铁"商业"四放开"的大潮,几乎在一夜之间,许许多多的工人下岗了。1993年张良林同志也下岗了。他时年35岁,上有老,下有小,他可是一家六口人的主心骨、顶梁柱啊!没有了工作也就意味着没有地方领工资了,下岗使他断崖式跌入贫困的深渊,让他再一次饱尝了贫穷的滋味。

脱　贫

怎么办?出路在何方?张良林的爱人赵光华,一个通情达理的农村妇女,她最了解丈夫此时此刻的心情,她温柔地拉着丈夫的手,说道:"孩他爸,下岗了不要怕,咱就回家种地去,咱家还有三亩承包地,只要好好干,还能没有饭吃?"妻子莞尔一笑,继续说:"良林,我嫁给你十一年了,你在外面当兵和当工人,咱两个离多聚少,难得现在天天在一起,俺两个男耕女织过日子,是神仙想过的生活呢!"张良林被她说得破涕为笑,说道:"我在外面当兵和当工人,你一个人在家孝敬爸妈、抚养儿女,光华你辛苦了,我回家了要好好补偿你,让你歇一歇。从今天起,我要挑起家庭的重担,做一个坚强的男子汉!"于是张良林回到了老家大庙乡齐张村,夫妻俩一边种地,一边跟着养鸡专业户学习养鸡技术。

20世纪80年代后期和90年代,灵璧县兴起了养鸡热,涌现出一些养鸡专业户,每户大多养鸡500只或者1000只。张良林也是从饲养500只良种产蛋母鸡开始的,他通过小规模的饲养来摸索养鸡的经验。养鸡规模小、成本少、风险也低。张良林干一行、爱一行、钻研一行。他刻苦学习科学养鸡知识、学习鸡病防治技术,使他的小规模养鸡试验获得了成功。1995年张良林来到工作过的县丝绸厂,租赁闲置厂房养鸡,养鸡存栏量达到上万只。养鸡业的稳步发展和成功,给张良林增添了信心和力量,同时也让他感到自身知识的缺乏,必须"充电"。他自费到外地现代化养鸡场学习三个月,学习现代化养鸡场的规划布局和鸡舍建设,学习种鸡的饲养管理操作规程,学习用电孵箱孵化雏鸡技术。他如饥似渴地学习现代化养鸡流程,通过学习他开阔了眼界,认准了方向,下决心在养鸡业上大干一场。他学习回来以后,于1997年在离县城最近的虞姬乡政府附近,租赁几十亩土地建设比较规范的养鸡场作为养殖基地开始饲养种鸡,并且购置了两台电孵箱孵化雏鸡,将雏鸡苗对外销售。同时,他还向养鸡户进行养鸡技术指导,帮助养鸡户搞好鸡舍防疫和鸡病防治。优质的售后服务赢得了养鸡户的信赖,越来越多的养鸡户成为他的固定客户。

张良林从媒体上得知外地有各种养殖专业协会,于是他联合18个养鸡专业户(连同他自己家是19户),在1999年8月18日成立了虞姬养鸡协会。经过两年时间的发展壮大,协会的服务范围扩大到灵璧县各乡镇,以及毗邻的本省泗县和江苏省睢宁县等地。协会会员也由最初的19户发展到1000多户。张良林从军多年,在部队里入党,他知道建党建军的一项基本原则和制度是"支部建在连上"。他通过了解发现在协会会员中,仅虞姬乡就有10多名中共党员,便向虞姬乡党委提交报告,申请成立虞姬养鸡协会党支部。虞姬乡党委认为这是党组织发展的一个大胆创新,批准成立虞姬养鸡协会党支部。2001年10月22日,虞姬养鸡协会党支部召开全体党员大会,选举张良林同志担任党支部书记。

2002年11月,中国共产党第十六次全国代表大会召开。2003年初,灵璧县科学技术协会党组根据党的十六大精神,把虞姬养鸡协会建立党支部的先进典型,写成书面材料上报中共灵璧县委组织部。县委组织部为了向全县推广虞姬养鸡协会建立党支部的成功经验,于2003年8月下发红头文件并且召开全县各乡镇组织委员会议,要求在全县各类(种植业、养殖业、加工业等)农村专业技术协会中,根据实有党员人数建立党支部或者党小组。灵璧县科协又进一步深入调查研究,总结撰写出《协会之上党旗飘》文章,上报宿州市、安徽省和中国科协。中国科协安排灵璧县科协主席在全国经验交流大会上做典型发言(会议在四川省成都市召开)。安徽省灵璧县虞姬养鸡协会,先后被中国科协评为"全国优秀农技协"("农技协"是农村专业技术协会的简称)、"全国科普惠农兴村先进单位";张良林同志获得"全国优秀科技工作者"殊荣；协会和个人还获得奖金30万元。他在第十七届陕西杨凌农高会上代表中国农民,向来自20多个国家和地区的嘉宾介绍农村专业技术协会的管理经验。

虞姬养鸡协会成立二十一年来,滚雪球式地发展壮大,至今拥有会员6000多户分布于23个省109个县。并且建基地(养鸡场)、办公司(灵璧县林汇家禽育种有限公司)、搞研发(富硒产品),已经发展成为"协会+基地+公司+农户"的农业产业化示范联合体。现有总资产1亿元,年产值1.8亿元,年创利税1000万元。协会总部位于安徽省灵璧县虞姬乡政府驻地斜对面,坐南面北,占地面积200亩。科普惠农服务站大楼(五层)和良种雏鸡孵化大楼(四层)并排在大门两侧耸立。两座大楼中间有一条南北长280米、宽7米的主干道。沿着主干道向南走进第一道大门,大门下面是消毒池,过了消毒池就是生产区。生产区是在南北主干道两旁建设的标准化鸡舍,包括1000平方米的育雏鸡舍、2000平方米的青年鸡舍、10000平方米的成年种鸡舍,存栏蛋鸡、种鸡10万多只。养鸡场实行封闭式管理、电脑监控,自动上料,自动供水,科学防疫。现代化的饲养管理水平在安徽省内领先。雏鸡孵化实现完全自动化,从种蛋进入孵化器到21天雏鸡出孵化器全流程恒温控制,目前已经处在国内领先水平。

扶 贫

张良林同志下岗以后自谋职业,从事养鸡事业,不但自己家脱贫致富了,而且带动众多的农户发展养鸡业,走上了脱贫致富奔小康的康庄大道。张良林和他的养鸡协会,把帮助贫困户脱贫当作义不容辞的责任,义无反顾地投入脱贫攻坚战的主战场中。他们采取的主要做法是：

协会建立扶贫机构,建立健全规章制度。为了使扶贫工作做得扎实有效,协会成立扶贫办公室,由协会党支部书记张良林担任总指挥,党支部副书记王计亮担任扶贫办公室主任,党支部委员郭欢、后勤部经理赵光华为扶贫办公室成员。每年年初制定扶贫规划和扶贫制度,确定扶贫对象和扶贫指标,拟定调查摸底登记表和建立扶贫档案,并且制定年度考核办法和奖励或处罚措施。

协会确定扶贫基地,实行"点对点"扶贫。虞姬养鸡协会把本县八个乡镇的十二个重点贫困村作为扶贫基地。决战脱贫攻坚三年来,协会在这十二个重点贫困村为贫困户举办养鸡技术培训班52期,发放《养鸡技术手册》2000余册,向634个建档立卡贫困户免费送良种雏鸡苗154500只,合计投入扶贫资金120万元。鸡苗发放之后,协会派技术员跟踪服务,对贫困户养鸡进行技术指导,落实防疫灭病措施。并且对贫困户优惠5%供应饲料,优惠10%提供药品。贫困户饲养的成年鸡出栏,如果出现滞销情况,协会实行保护价回收。协会还捐资2.4万元给大庙乡齐张村,帮扶贫困村进行新农村建设,把齐张村建设成为文明社区。

党员与贫困户结对子,实行"一对一"扶贫。在协会党支部的统一领导下,协会会员中的党员与贫困户结对子帮扶,直至贫困户脱贫为止。帮扶的贫困户一年脱贫的,奖励党员2000元;两年脱贫的,奖励党员1000元;三年脱贫的,党员不奖不罚;三年没有完成脱贫任务的,党支部要对党员进行批评教育和经济处罚。

养鸡大户帮扶贫困户,实行"大带小"扶贫。协会发现和培育养鸡大户,动员养鸡大户带动附近的建档立卡贫困户养鸡,包帮扶贫困户脱贫致富。如尹集镇田路村养鸡大户张永,协会免费送给他8200只鸡苗,让他包教包会贫困户养鸡,带动张友成、柯要山、张素友三个贫困户脱贫致富。又如养鸡大户王智,协会免费送给他8100只鸡苗,让他包教包会贫困户养鸡,带动王新、王凯、王克灵三个贫困户脱贫致富。

协会建设养殖小区,免费给贫困户使用。为了帮扶一部分既无场地又无资金的贫困户养鸡,协会出资建设养殖小区,将鸡舍无偿给贫困户使用。协会采取统一供应鸡苗、统一饲料配方、统一防疫灭病、统一回收产品、统一平台结算和分户饲养管理的"五统一分"经营管理模式,让进入养殖小区养鸡的贫困户集体脱贫致富。

特殊情况因户施策,精准扶贫不留死角。扶贫工作是一项全方位的服务工作,无论采取什么办法总会有一部分特困户不适宜养鸡,协会必须区别对待,用一把钥匙开一把锁的办法帮扶贫困户。一是优先吸纳有劳动能力无养鸡技术的贫困户到协会的养鸡基地就业,让他们既能领到工资解决家庭燃眉之急,又能学会养鸡技术回家从事养鸡业工作脱贫致富。对于既无劳动能力又无经营能力的老弱病残贫困户,协会吸纳其入股分红。协会用办公大楼作抵押借贷款,分给每个贫困户5万元。贫困户拿这5万元参加协会入股,每年净得股金分红3000元。参加入股分红的有133个贫困户,另外还有34个贫困户用土地入股分红的,协会每年拿出50多万元分红给167个贫困户。还有一个贫困户比较典型:高楼镇农民崔怀海,因身患疾病不能劳动而致贫。夫妻俩养育三个儿子,大儿子30多岁了,二儿子、小儿子也都20多岁了,因为家庭贫穷都找不到对象。虞姬养鸡协会安排崔怀海的妻子张至芬到养鸡基地当饲养员,她一个人领到固定工资,家庭状况有所好转,她的大儿子不久就找到对象结婚了。大儿子结婚的时候赊欠家具家电款,年底店家上门要账。儿媳妇知道内情之后,吵着闹着要离婚。协会又给张至芬的大儿媳妇安排了工作,儿媳妇也不要离婚了,这样才保全了一家人不离不散。

  我是2001年初从县委办公室调到县科协工作的,认识张良林同志已近二十年了。他个头不高(约1.70米)、身材适中、瓜子脸,两只大眼睛炯炯有神显得机敏、睿智,说话慢条斯理、思路清晰,脾气不温不火、不骄不躁,遇事沉着冷静,是一个讷于言而敏于行的人,是一个能干大事的人。他成功出名以后,各级各部门的各种桂冠戴在他的头上,他没有飘飘然,他说:"我就是个养鸡的。"他还是踏踏实实地把养鸡事业做大做强。采访结束时,我问张会长:"国家级贫困县灵璧县已经脱贫出列了,你以后还有何打算?"他说:"虽然贫困县出列了,但还是有极少数因为各种原因返贫的户,我和协会将始终如一地工作下去,帮助父老乡亲提高生活水平,杜绝返贫的发生。"

风雨无阻"双拥"路
——记宿州市徽香源食品有限公司董事长吴向东

尹传慧

宿州是一座具有光荣革命传统的古老城市,曾多次荣获全国"双拥模范城"称号,如此大的成就的取得,除了城市管理者的默默付出之外,更离不开一大批执着的企业与个人一如既往的支持,吴向东和他的宿州市徽香源食品有限公司只是这众多个人与企业中的一员。

宿州市徽香源食品有限公司,这个烧鸡之乡的民营企业,从成立之初就重视"双拥","双拥"工作与企业发展密不可分,这条路与董事长吴向东的军人情结密不可分。1971年6月出生的吴向东,1987年应征入伍,1991年从部队转业,这四年的部队经历,培养了他一生的军人情结。回乡后他先是在符离镇政府办工作,后调至符离镇疾病防治所,担任疾病防治所所长,正是这一工作,使吴向东的人生发生了重大转变。他于1992年拜烧鸡制作大师冯家美为师,开始学习研究烧鸡制作和鉴别。2000年,挖掘出烧鸡制作已失传的"回酥"技艺。2004年正值符离集烧鸡行业的低谷期,本土历史上著名的符离集烧鸡市场被外来品牌严重蚕食,甚至在发源地也难觅踪迹。他很痛心。为了振兴符离集烧鸡行业,传承符离集烧鸡文化,他毅然辞职。2004年,他投资3000万元,创立了宿州市徽香源食品有限公司。吴向东曾说过:"我曾经是名军人,现在转业回到家乡,军队和地方对我来说,是娘、婆两家,对于'双拥'事业,我要终其一生。"他是这样说的,也是这样做的。随着企业的逐步壮大,深藏在吴向东内心的拥军情怀也逐渐迸发出来:从企业成立之初的慰问困难老兵、帮扶退役军人军嫂就业,到后来与驻地部队建立共建关系等,吴向东打造了宿州民营企业"双拥"的新高度,成为业内企业的标杆,同时也开启了宿州民企发展与"双拥"工作同步走的特色之路。

山顶放眼,理解内涵

有的人说,"双拥"工作并不能给企业创利,还会给企业带来额外支出,是企业的负担,不必要那么上心,走走过场就行。可吴向东却不这么想,多年的军旅生活和转业后这些年参与"双拥"工作的经历使他充分认识到:没有"双拥",国力稀松;不懂"双拥",糊涂昏庸;搞好"双拥",可以双赢。一句话,"双拥"是个宝,看你用好用不好!

"双拥"工作是做好本职工作的极好抓手,一个正能量的发动器。吴向东在徽香源食品有限公司成立之初就定下一条不成文的规矩:在招录员工时,优先考虑吸收复退军人及军属,并把复退军人充实到基层重要的领导岗位上,使他们成为公司的中坚力量。这样不仅有利于复退军人自身的成长,更有利于带动员工队伍的整体素质快速提高,后来这条规矩逐步被写进公司章程。不仅如此,徽香源食品有限公司自从2011年开始与宿州市消防支队建立共建关系后,吴向东一直坚持安排专人对该支队进行定期走访、慰问,帮助官兵们解决生活中的实际困难。因为是共建关系,所以消防支队在工作中也给予徽香源食品有限公司很大的帮助。因为是重点消防单位,每到秋冬季节火灾易发时期,支队便会前来公司检查、指导消防安全工作,并不定期地对员工们进行安全消防知识培训,为公司的健康发展提供了有力的保障。同时,由于徽香源食品有限公司连续多年拥军优属工作做得非常出色,为地方政府解决了一些实际困难,逐渐得到政府的认同,因此,公司在其企业发展的过程中也得到了地方政府很大的关心与支持,政府为其提供了一个良好的发展平台。随着媒体的广泛报道,徽香源的名气越来越大,逐步走出省内,走向全国。吴向东在公司大会上不无感叹道:"我们应该清醒地认识到,对于一个企业来说,搞好'双拥',不但不会成为负担,还会是福利,是共赢。"

这么多年以来,吴向东在对外开展一系列的"双拥"活动的同时,公司内部也在开展常态化的"双拥"活动。通过在公司内部开展"双拥"活动,企业员工的素质和认知境界不断得到提高,员工不断为公司开创生产和销售的良好局面。徽香源食品有限公司在内部开展"双拥"工作方面,是下了一番功夫的。公司在优先吸收、重用复退军人的同时,还开创性地组织了一支"军人突击队",吴向东担任顾问,每年定期组织军事训练,使他们时刻保持昂扬的军人风貌。每当公司有重大或艰巨任务时,这支队伍就会义无反顾地冲到最前面,发挥他们在部队形成的优良作风,快速高效地完成任务。2016年春,徽香源食品有限公司下辖的种鸡场接到一批5万只鸡苗的订单,按规定鸡苗出厂前,需要将数万只鸡苗做品系识别、注射疫苗,然后再安全运送到养殖户手中。完成突如其来的大订单,在这么短的时间内,对于这个只有10来名员工的种鸡场来说,几乎是不可能完成的任务,鸡场负责人第一时间向吴向东汇报,董事长吴向东得知此事后,首先想到了公司的突击队。时间紧,任务重,接到命令的队员立刻放下手中的工作前往种鸡场,军人雷厉风行的作风再一次得到展现,在他们的援助下,经过一天一夜的连续奋战,公司终于在次日黎明前将这批合格的鸡苗送到了养殖户手中,圆满完成了这项艰巨的任务。另外,每年的中秋、春节这两大节日是产品销售的高峰期,由于供货量的骤增,生产车间加班加点自然不可避免。这个时候我们的"军人突击队"便会又一次发挥其不可替代的中坚力量的作用,凭借着军人特有的吃苦耐劳精神,不讲条件,加班加点,坚决领受生产任务,并按时完成。

多年的"双拥"工作经历,使吴向东认识到:只有正确了解"双拥",切实做好"双拥",才能加强单位内部纪律,协调单位外部关系,强化内部凝聚力,提高企业效益。公司各项工作,就像许多条线,而"双拥"工作就像一根针,所有的线,都可以在这根针的牵引下,绣出锦绣前程,做大块文章。

内练一口气,实现"三全双拥"

攀登"双拥"工作的高山,需要有从山顶的高度来认识"双拥"内涵的眼光。而具体行动,则需要从山脚下开始,内外兼修:向内,练好一口气;向外,练好筋骨皮。所谓内练一口气,就是在董事长吴向东的带动下,徽香源食品有限公司在公司内部提高全体员工对"双拥"的认识,淬炼全体员工的能力,实现"三全双拥":全员参与,全天候能动,全力以赴!

如何实现"三全双拥"?徽香源食品有限公司通过三个动作展开——"吸收""结合""拉出",走出了一条具有自己特色的"双拥"之路。

一、吸收,从"质"和"量"两个方面展开。多年来吴向东充分发挥徽香源食品有限公司的企业优势,在员工的招录工作中,特别倾向于对复退军人及军属的录用。截至2020年6月底,该公司共接收安置复退军人65人,占企业职工总数的23%,为复退军人安置比例最高的民营企业。不仅如此,徽香源食品有限公司还为近百名军人家属解决了就业问题,在"双拥"工作中,徽香源食品有限公司确确实实地走在了宿州市民营企业的前列,为宿州民企的"双拥"工作做出了榜样。

再说"质"的吸收。徽香源食品有限公司吸收复退军人的同时,还努力学习"双拥"先进经验:一是请"双拥"工作先进单位来公司做报告,二是组织员工外出学习。如2018年年底公司组织一批员工前往泗县"双拥"工作做得特别出色的私立幼儿园进行调研取经。通过泗县之行,吴向东明白,"双拥"工作并不只是舍不舍得花钱的问题,还要看工作做得细不细,钱是否用在了刀刃上,爱心是否奉献到了最需要的地方。他意识到"雪中送炭"远比"锦上添花"更具有实际意义。因此,在此后的"双拥"工作中,徽香源食品有限公司一改往日只是在节日里带上慰问金和礼品进行慰问的做法,更加注重去解决所要帮扶的优抚对象的燃眉之急,关注他们的实际需求。公司定期派专人对这些优抚对象进行走访,及时了解他们的需求,并予以解决。比如在一次走访过程中,走访人员发现辖区内的一名复退军人因为长期患病,家庭生活十分困难。得知这一情况后,已是中午,会计下班了,吴向东当即安排人员为他送去一批生活必需品,并从自己口袋掏出1000元交给工作人员,解决了他的燃眉之急。握着滚烫的现金,这名老兵流下了感动的热泪。后来吴向东安排对其进行跟踪帮扶,陆续为其解决了一些其他问题。从那之后该人逢人就夸:"还是徽香源好,帮到我们困难复退军人的心坎上了。"

二是"结合",就是将"双拥"工作与本职工作结合。吴向东创造性提出组建"联合班组"。所谓"联合班组",就是让复退军人跟普通员工相结合组成专业班组,使复退军人带领普通员工,一帮一、一带一,在工作中充分发挥军队优良传统。所谓"一帮一、一带一",就是在工作中让复退军人一对一地带领刚入职的新员工和业务能力较差或思想较落后的员工,把军队的优良传统渗透到他们工作学习的每一个细节中,使他们的综合素质尽快得以提升。在帮扶的过程中,企业员工不断积累经验,最终创造性地组建了"联合班组",把军队作风带到企业中。"联合班组"由思想素质和业务水平相对较高的复退军人任班长,每名班长带领10名左右的员工。他们在生产中展开劳动竞赛,你追我赶,员工们个个争当先进。吴向东还指示公司相关部门针对"联合班组"定期开展劳动竞赛,制定具体的奖励措施,按月度和年度对优胜班组进行奖励。这样不仅提高了员工的工作积极性,使员工们的综合素质得到了快速提升,同时也使公司的管理水平、工作效率和产品质量得到了大大的提升。此外公司进行了将"双拥"学习与社会重大活动相结合、"双拥"宣传与节假日相结合、专项教育与"双拥"教育相结合等活动。例如,每年建军节,公司都会组织复退军人员工为其他员工开展国防知识教育活动,组织员工观看国防教育片,增强员工的国防观念,激发员工的爱国情怀。每次放映影片时,吴向东都到场观看。

三是"拉出",就是在特殊的节假日组织员工走出去,参加"红色之旅",重温革命历程,这是吴向东公司的另一个特色。2012年建军节,公司第一次组织优秀员工到井冈山革命圣地学习;2013年国庆节,公司又组织先进个人到革命老区延安参观。回来后,公司组织探讨会,让工人讲述观后感。吴向东看到效果后决定,今后把这项工作变成常态,决定每年都将组织员工走一段长征路,让员工了解中国革命史和人民军队发展史,增强他们的国防意识和爱国情怀。

实践证明,这三个"动作"非常有效,结出了令人欣喜的"双拥"硕果。通过这一系列活动,员工爱国意识增强了,公司凝聚力增强了。

外练筋骨皮,做好"四点一线"

关于"外练筋骨皮",多年的"双拥"工作,让吴向东也总结出了一套经验,即"四点一线"式工作方法。所谓"四点一线",就是一条"双拥"红线,带动四个点。四个点是"焦点""定点""散点"和"随机点"。

一、"焦点"。一个是抓"节日焦点",在建军节、国庆节等特殊的节假日,组织公司管理层与共建单位开展拥军优属活动;一个是抓"共建焦点",2011年公司与宿州市消防支队建立了共建关系。

二、"定点"。就是建立固定的优抚对象,定期对他们进行走访、慰问。为了全面、详细地掌握辖区内的军烈属和部队离退休老干部的具体情况,更好地为他们服务,吴向东安排专人为所在辖区内的军烈属和部队离退休老干部建立了特殊服务对象档案,及时、准确地了解到他们的困难并予以解决。

首先是为所在辖区内的军烈属和离退休老干部提供特殊服务。针对所在辖区内外出务工人员越来越多,空巢老人的现象越来越普遍的问题,吴向东让人制订了"温情行动计划",每逢中秋、春节等重大节日,公司都会安排人员带上价值数万元的物品走访、慰问所在辖区内的离退休军队干部、军人家属,为他们送去节日的问候,安抚他们孤独、寂寞的心灵。除此之外,吴向东还安排专人对特困转业军人不定期走访。

今年八十三岁的吴中平老人是符离镇的一名退伍军人,老人从部队退伍后一直从事符离集烧鸡生产加工工作,并为符离集烧鸡文化的发扬光大做出了不可磨灭的贡献。几年前,老人骑自行车时不慎摔伤了双腿,致使他从此行动不便,只能坐在轮椅上度过余生。吴向东了解到这一情况后,把他列为特殊服务对象。除重大节日外,平日里吴向东经常派人带着礼品前去看望他,陪他聊聊符离集烧鸡的发展现状和前景,虚心向他请教烧鸡制作经验。老人倍感温暖,内心充满了一种尚能为符离集烧鸡事业出谋划策的自豪感,同时,还有一种没有被社会遗忘的存在感。

其次是为特困人员解决生活中的实际困难。去年夏天,公司的一名优抚对象宋贤成的大儿子宋良丰以我市理科状元的成绩考上清华大学,他的小儿子也在这一年考上了大学。一个家庭一下出了两名大学生,本来是件值得高兴的事,可是每年近 2 万元的求学开支,可愁坏了这个贫困的家庭。一家四口,几亩薄田,整个家庭的开支仅靠宋贤成一个人在外打工维持,面对这样一份沉重的经济负担,他们怎能不愁肠百结呢?吴向东得知这一情况后马上派人为其送去一批生活必需品,并决定为宋良丰每年提供 8000 元助学金,直到宋贤成家的两个孩子都大学毕业。此举不仅为这个贫困的家庭分担了一半的重担,还让孩子安于学业。诸如这样的事还有许多……

三、"散点"。"散点",是与"定点"相比较而言产生的。在吴向东的规划下,公司在"双拥"工作上面向社会,全面开花。多年来,公司在"双拥"工作中除定期对优抚对象进行帮扶、慰问外,还积极参与其他的拥军优属活动。公司经常向所在辖区内的武警官兵赠送各类物资,经常组织员工与官兵们一起联谊。吴向东下一步计划让公司与东海舰队"宿州舰"建立"双拥"共建关系,从而实现"双拥"工作由陆到海的扩展。这只是吴向东计划的一小部分,对于今后的"双拥"之路,他还有更大的蓝图。

四、"随机点"。就是根据"双拥"需要,随时出手相助。2014 年 7 月,宿州市"双拥"办主办军地乒乓球赛,得知这一消息后,吴向东安排公司出资 3 万多元承办这项活动,得到了广大官兵及地方参与部门的好评。

"双拥",需要一颗火热的心,更需要制度来保障。宿州市徽香源食品有限公司以"双拥"为动力,经过十年拼搏,现已发展成为集研发、养殖、生产、销售于一体的综合性烧鸡生产及相关食品加工的龙头企业。这也为下一步更好地安置复退军人及军属,开展好"双拥"工作打下了坚实的基础。

付出总有回报,多年来吴向东多次荣获"优秀共产党员""优秀党务工作者""十大创业能人""尊师重教先进个人""全省爱国拥军模范个人"等荣誉称号,曾当选为宿州市党代表、墉桥区人大代表。面对一系列荣誉,他不忘初心。吴向东与旗下的宿州市徽香源食品有限公司正沿着社会主义大道阔步前行,祝愿宿州市徽香源食品有限公司事业蒸蒸日上,祝愿吴向东好人一生平安。

爱是一种担当
——记一位军嫂老师的故事
苗春蕾

主人公：王苗苗，安徽省宿州市第四小学教师，其爱人李威，原中部战区某部教导员。

秋来了，阳光中捎带的酷热，让人依旧感觉在夏季。然而渐落的树叶在秋风的轻抚下，让人稍感一丝清凉。教师节来临前夕，刚刚下课的二年级1班班主任王苗苗走出教室，办公桌上一束漂亮的鲜花让她感到很平常。从师范毕业到工作、结婚，她每年都会在教师节、情人节等节日当天收到远方的爱人为她定做的一束鲜花。怀捧浪漫的鲜花，这在外人的眼里是多么幸福的一件事啊，然而，她是多么渴望丈夫来到身边，陪自己过一个像样的节日，然而这一切都是奢望。可有谁知道，作为一名军嫂，一名老师，一位5岁女孩的妈妈，她是如何一边用自己瘦弱的双肩承担起一个家庭的重担，一边兢兢业业教书育人？

全力持家，做一名无私奉献的好妻子

相识相知相恋5年的李威、王苗苗准备走进婚姻的殿堂，计划于2008年5月15日举行婚礼，酒店定好了，请帖发出了，全家人都在为婚礼紧张准备着，一对新人不断露出幸福的笑容，万事俱备，只欠婚礼。2008年5月12日，四川汶川发生了8.0级大地震，举国哀伤，部队从四面八方赶去救灾。李威所在部队也接到前往灾区救援的命令，所有休假人员立即归队，面对愧疚的丈夫，王苗苗斩钉截铁地说："亲爱的，你走吧，家里人的工作由我来做。"

在家庭会议上，王苗苗把泪水咽下，淡然说道："有国才有家，军人首先要服从命令，灾情就是命令。李威是名军人，必须服从命令，我在家等他平安回来后，再补办婚礼。"在王苗苗耐心的解释下，全家人由不理解变成支持，一场家庭会议变成王苗苗的慷慨陈词，她都不知道在与丈夫相处的这短暂的一年里，自己居然懂得了那么多道理。在刚开始等待消息的几天里，丈夫李威音信全无，王苗苗如坐针毡，直到一周后，她终于等来了李威的短信："因为灾区移动信号塔台全部损毁，没法通信,我一切都好,勿念。"一时间,她一颗悬着的心终于放下来了。此后,她时常发短信给丈夫,收到的回信有时是空白,丈夫太忙了,她理解,收到就好。直到 12 月份,他们才举办了婚礼,虽然时间晚了,但丈夫的爱不会迟到,亲人的祝福也没有迟到。每每提到这件事,王苗苗总是满脸的幸福,她经常说:"家里的困难再大也是个人的事,部队工作再小也是国家的事,选择军人就是要甘于牺牲和奉献。"结婚几年来,部队工作太忙,李威很少回家,家里的所有事情都是由她一个人张罗,但是她没有一句怨言。每次小孩生病,她都是一个人带着孩子去看病,为了不让丈夫担心,每次与丈夫通电话时她都未提起,而是自己默默地承担下来。

  2012 年冬天,学校期末考试前夕,女儿突然得了肺炎,咯血,高烧不退,医生建议到徐州儿童医院接受治疗,可是王苗苗怕耽误学校工作,寻思着在宿州看看就行,母亲也能帮衬着,不影响孩子看病和自己的工作,就在市立医院治疗了。她知道爱人在部队有任务,离不开岗位,她不愿意让远在焦作的爱人担心,她不忍心告诉爱人女儿病了,她一个人背着女儿挂号,办住院手续,守着女儿入睡,看着女儿因高烧开裂的嘴唇,她的眼泪流进嘴里,流进心里。女儿醒了,她告诉女儿要像爸爸一样坚强勇敢,女儿不哭不闹,并主动要求外婆留下来照顾自己,叫妈妈回去上班。亲了亲女儿的小手,向年迈的妈妈交代一番,她毅然返校给孩子们上课,在校长办公室销假的时候,校长说:"你家庭情况特殊,学校特批你几天假,你可以在医院陪护孩子。"可是我们敬爱的军嫂老师却说:"孩子病情已稳定,我妈在那看着就可以了,马上要期末考试了,班上那么多的孩子,我得带着复习呀,家长们可都期待自己的孩子期末考个好成绩呀!"谁知女儿住了五天院病情仍不见好转,在家人的反复劝说下,她才连夜送女儿到徐州,在经过精心治疗后,孩子转危为安,王苗苗这才把孩子的事告诉千里之外的丈夫。李威得知此事后,也没有责怪她,只是安静地说了一句:"孩子平安就好。"听到这句话,王苗苗的眼泪唰地一下掉了下来。在这段日子里,她忙于学校和医院之间,又有谁知道她背后的辛苦呢?

孝敬老人,做一个明理贤惠的好女儿

  王苗苗是家里的独生女,在别人眼里,独生女就是家中的宝,然而对她来说却不尽然,父亲平时身体不好,大事小事都得她过问,太阳能坏了,下水道堵了……用她自己的话说,自己整个一女汉子。这样的童年,也培养了王苗苗坚强独立的性格。那是 2013 年秋季开学不久的一个周三,学校素有"相约周二,魅力周三"的教研活动,那天老师们围绕一节研讨课争论不休,试图寻找一种更有利于当下孩子发展的语文课堂发展模式。当老师们结束活动,走出录播室的时候,才发现天已经黑了,还下着雨。王苗苗忽然想起父亲心脏不好又去医院了,女儿还没人接呢,于是骑上电动车,飞也似的奔向区直幼儿园。带班老师似乎习惯了她接孩子晚,交代几句注意安全的话,就赶紧下班了。王苗苗载着女儿又奔向医院,安排好父亲后,又匆匆回家,快到小区门口,由于天黑路滑,一下子摔倒在地,女儿的膝盖划破了,她的眼角刮烂了,雨水混着血水,和着泪水,打湿了脸庞,打湿了衣裳,但是她没有一句抱怨,安慰了满眼泪花的女儿,自己却在女儿睡着后哭了。第二天她微笑着出现在校园,虽然戴着眼镜遮伤,还是被同事们看到了,大家劝她休息一天,她却笑着说:"这点小伤算得了什么?俺可是赫赫有名的女汉子,那么多的作文还没批改呢。这可是孩子们小学阶段第一篇作文哦,我也很期待着批阅呢,再说我今天还约了学生的家长。"是啊,王苗苗就是这样一位坚强的女汉子,和王苗苗坐对面的一位同事,带着崇拜地感叹着:"听她说起孩子爸爸暑假赴灾区抗洪抢险了,很为她担心;也听她说起父亲心脏病手术医生叫她在手术单上签字,她没有犹豫;更听她说起班上的某某成绩下滑了,怎么办呢?她心里着急。其实很多时候,都是一点小事,但对于一个军嫂,实在是不容易。她感染着我,感动着我,让我知道了,何为老师,何为担当。"

率先垂范,做一个勤奋敬业的好军嫂

丈夫平时工作忙,没有节假日,长期两地分居,很少回家,但她从不埋怨丈夫没时间陪她,总是说:"你取得了成绩就是我最大的快乐"。每年的探亲假,王苗苗都非常珍惜,这是对丈夫最好的陪伴。每次到了部队,李威作为营队主官,也是忙得不亦乐乎,每天都是早出晚归。一次暑假,来队探亲的王苗苗得知营部士官小王和家属小李也是长期两地分居,缺少交流,夫妻之间逐渐产生矛盾,这期间小李也来队,两人正在闹离婚,经过很多人的劝解都没有效果,小王很失落,工作也没有了激情。她主动请缨,把小王夫妻俩都找过来,让他们安静地听自己的故事,她讲出了自己的辛酸、自己的苦恼和自己的坚持,也讲出了军人的付出和不容易,小李号啕大哭,小王默默流泪,只有军嫂才是最懂军人的人。后来的几天,小王夫妻俩的交流越来越多,笑容也越来越多,再不提离婚的事。李威知道后,向她竖起了大拇指,由衷地赞叹"王老师真行"。后来,军嫂们建立一个微信群,王苗苗任群主,每天在群里和大家交流,聊人生,谈理想,讲生活,解决大家生活的困惑,鼓励大家活出军嫂的精彩,不能愧对这个"军"字称号,军嫂们都尊敬地称她是群主大姐,在这里王苗苗找到了军嫂的职责与荣光。

基层部队训练很辛苦,夏天一身汗,冬天满身霜,"白加黑""5+2"是经常模式,一些想考军校的小战士学习时间更是紧张,缺少学习书籍,也没有现成的老师。王苗苗知道后,每次来部队探亲,总是带上一大包复习资料,人家还以为是家乡特产。她利用中午午休的时间和周末的时间,在会议室为那些想考军校的战士复习功课,她讲得很慢很认真,战士们听得很安静很投入,一个个梦想从小小的会议室飞往祖国的四面八方。李威和她开玩笑地说:"你是上班当老师,放假还要当老师,真是当老师有瘾了。"可是每年看到自己营队考上军校的战士最多,他不由得竖起了大拇指,营里的战士也都尊敬地称她"嫂子老师",她也被评为"营队最受欢迎的人"。

在支持丈夫工作的同时,王苗苗也在努力地完善自己,自强不息,以实际行动支持丈夫扎根基层、献身国防,经过个人的不懈努力,她取得教师资格证,成为一名教书育人的人民教师,工作中,她始终干一行、爱一行、钻一行、精一行,工作业绩出色,多次得到了领导、同事、学生的肯定和好评,多次被评为先进个人。学生小张,有小儿麻痹症,很自卑,不敢说话,甚至不敢抬头看人,每次上厕所对他都是一个大的挑战。王苗苗把他调整到第一排,每次上课都先让他发言,循循诱导,不断鼓励,又让他负责每天早上的领读。每天放学,王苗苗都紧紧拉着他的手,和他一起走,下雨了,就把他背在身上。几年过去了,小张慢慢长大,也变得自信。今年教师节,他送给王苗苗一张贺卡,上面写着"王老师,感谢你的陪伴,是你让我感到自己是个正常的孩子,我想喊你一声老师妈妈!"这份沉甸甸的礼物,对于王苗苗来说是自己辛苦付出的回报,也是一种莫大的鼓励。

是啊,王苗苗就是这样,她对家庭,对学生,永远怀着满满的热情,担着沉沉的责任,带着浓浓的爱,她一直幸福地行走在属于自己的道路上。正是由于王苗苗的无私奉献,李威才能安于部队,取得如此骄人的成绩,这个聚少离多的家庭才能感受到与别的家庭不一样的幸福快乐。李威、王苗苗家庭正是中国军人家庭的一个缩影。

2016年,王苗苗被爱人所在部队评为"十佳军嫂",在颁奖大会上,她感动地说:"爱是一种责任,更是一种担当,尽自己所能,愿家庭、工作两相好。"

军心依旧,不负韶华不负梦

——记安徽省"优秀退伍军人"、安徽壹度品牌运营股份有限公司董事长绳惠展

付若泉

"中国青年电商新锐""安徽工会创业带头人""全国农村青年致富带头人标兵"等等是绳惠展斩获的荣誉,加盟商、合作伙伴、企业员工、贫困户提起他纷纷竖起大拇指。但最令他骄傲的莫过于"优秀退伍军人"的称号。从退伍军人到上市公司董事长,十多年来,绳惠展书写了自己的一路芳华。提起他的成功,他总是说:"正是由于那几年的部队生活,我在后来的创业中把军人的品质刻入骨里,融在公司里,指引我哪里有困难,就去哪里。"

转业不转志 退伍不褪色

2000年12月,18岁的绳惠展实现了他从小以来的军人梦想,这源于他出生在砀山县的军人家庭,受父亲与哥哥的影响,绳惠展从小立志成为一名保家卫国的优秀军人,一朝得偿所愿,他暗暗下定决心,不辜负家人的期望,也不辜负自己的儿时梦。

绳惠展从新兵刚入伍,第一年就当上了班长,再到一年后样样比武成绩拿第一(其中两项还破了部队多年纪录)。两年时间里,他多次荣获"优秀士兵"称号、荣立三等功、被评为南京军区某部训练先进个人。屡获荣誉的他被部队列为重点培养对象,直接推荐进入军校学习。然而,由于家庭原因他决定告别军队,返回家乡照顾年迈母亲。虽转业回乡,但三年的部队生活锻炼造就了绳惠展的坚毅不放弃、勇敢向前冲、团结帮助他人的精神品质。

就这样,绳惠展拿着8000元的转业金回到家乡。在创业中,他时刻不忘自己曾经是一名人民解放军战士,不断强化本领,提高自身素质,把军队的好思想、好作风、好传统带进了企业,丰富了企业文化,推进了企业的精神文明建设。在他的带领下公司健康快速发展,旗下主营品牌壹度便利现已发展门店500余家,广泛遍布于淮海经济圈。在2019年中国便利店大会上,安徽壹度品牌运营股份有限公司以"壹度便利+壹度易购"团购平台模式斩获2019中国便利店创新奖,进入中国

快消品连锁百强、全国便利店行业35强。2019年末,公司荣获"全国首批线上线下融合发展数字商务企业"的称号,也是安徽省唯一一家首批入选企业。

在不断提高自身的同时,他也一直坚守着军人的担当。2014年在县人武部的批准下,他成立了民营企业武装部。次年,建立了民兵应急保障分队。当地方有需要的时候,他和他的团队总会第一时间出现,贡献自己的力量,"2008年汶川地震""2013年砀山风灾""2017年脱贫攻坚工作""2020年新冠疫情"……

作为一名退伍军人,他深知退伍后初入社会时的不适应。自2012年开始,每逢部队退伍期间,他都会主动召集新退伍军人召开座谈会,每次的座谈会,他的笔记本上总是记得密密麻麻,"退伍军人创业条件""退伍军人创业困难",根据这些问题,绳惠展查资料、找数据、做总结,切合不同人的实际耐心解答,为他们提供就业机会,激励广大退伍军人在以后的创业道路上继承和发扬军人优良传统。针对有创业需求的退伍军人,他还设立了创业种子资金,提供资金支持。

经过三届退伍军人座谈会,绳惠展发现,很多退伍军人缺少职业技能。为此,他多次针对退伍军人组织开展电子商务、计算机等职业技能培训,制订培训内容,找来专业指导老师。就这样,一次又一次,一年又一年,累计培训3000人次,培养了一批优秀的电商人才。此外,他还在公司成立了退伍军人服务部,自己亲自负责,只要是退伍军人遇到困难,他都会倾其所能提供帮助。有些刚退伍的年轻军人开玩笑地说:"绳哥这公司就是我的第二个家了。"

输血到造血　脱贫不返贫

在电子商务快速发展的大潮中,绳惠展积极探索电商发展新路,让家乡农产品上网"触电",走出了一条电商扶贫新模式,扶贫创收高达7200万元,名列当期扶贫创收排行榜第一名,深度展现了军人拼搏不放弃的精神。他也相继被选为砀山县、宿州市电商协会会长。

绳惠展总说:"自己得到的一切源于社会,源于民众。"所以他一直号召鼓励协会成员企业,尽企业最大力量,吸纳贫困人员就业创业。四年来,在他的号召下,协会成员先后开展了"苹果义卖""扶贫快乐周""残疾人电商帮扶""困难群众电商培训""一个电商一个村,精准帮扶助脱贫"等活动,并打造电商物流创业园,吸纳贫困户创业。据统计,全县电商企业共带动贫困户2100户,实现增收约3500万元,为全县脱贫攻坚打下了良好的基础,创业园也被评为"国家级众创空间"。

2018年,在"一个电商一个村,精准帮扶助脱贫"活动中,绳惠展组织公司与李庄镇振兴社区碰头,开启"亲菇对接会",正式打响电商扶贫第一枪。他利用公司所有线上平台实现"亲菇"全渠道营销,线上线下全面开花。短短半个月的时间里,绳惠展融在村中与村民打成一片,详细列出不同贫困村的产业特色。基于此,他又相继发起了黄桃、苹果对接会,集中人力、物力、财力,精准设计,精准发力,把电商企业和贫困村有机结合,直接带动贫困户增收。同时,公司组织建立专项"电商扶贫发展基金",要求每个理事单位电商企业至少结对10户建档立卡贫困户,并以高于市场价10%的价格收购其农产品。

绳惠展还针对性地组织特殊人群进行培训,让他们有自我造血能力。在协会开展的"残疾人电商帮扶"活动中,发掘出李娟、陈永秋等一批残疾人电商。在他的帮助下,李娟不仅电商道路越走越宽,还成为我省脱贫攻坚战线上涌现出来的一面夺目"旗帜",荣获2017年"全国脱贫攻坚奋进奖"(我省仅有两人)、"感动安徽十大人物"等。

此外,绳惠展推广的砀山电商扶贫模式,被国家商务部列为八大农产品上行模式之一,2016年荣获"中国十大农村电商合作探索奖"。安徽壹度品牌运营股份有限公司下属企业——安徽亿度电子商务有限公司,2017年获得了国务院扶贫开发领导小组颁发的"全国'万企帮万村'精准扶贫行动先进民营企业"荣誉称号。

防疫加战疫助农大畅销

2020年初,新冠疫情暴发,绳惠展第一时间内成立"壹度冠状病毒防控指挥中心",发起全员抗击肺炎工作。他们按照卫生部门的要求进行防控部署,用实际行动确保员工和顾客的安全。防疫物资短缺,他连夜到生产线上,亲自灌装消毒酒精,动用所有的资源购买防疫口罩。他在保证公司防疫物资需求下,将1000斤消毒酒精、6吨消毒液、近2万只口罩捐赠给县疾控中心。

受疫情影响,砀山的农产品一度出现销售遇阻的困境,为解果农之急,拓宽农产品销售渠道,绳惠展带领安徽壹度品牌运营股份有限公司挺身而出,决定啃下这块"硬骨头"。2月29日,他联合县政府,开启线上直播带货,推进农产品流通。通过1个多小时的直播就销售"砀山酥梨"200余吨,销售额达159.2万元,这次直播,解决了果农疫情期间销售困难的问题,也给农户带来了爆仓的销量,进一步扩大了砀山农产品的品牌效应。

疫情下不仅砀山特色农产品遭遇销售困难,一些贫困户自种果蔬销售更是雪上加霜。绳惠展了解情况后,积极与贫困户对接,结合公司旗下线上平台"壹度易购"，广销果蔬产品，在疫情期间为社区居民提供每日不低于30吨的新鲜蔬菜，销售额达2250余万元，成为抗击疫情前线之外的"大后方逆行者"。复工复产后，他更是与这些贫困户建立合作关系，现金收购农户的新鲜果蔬，继续帮他们"清仓"农产品。

虽然直播带来了酥梨畅销，但仅靠线上直播销量还存在一定差距，贫困户手中仍有大量滞销梨。绳惠展看在眼里，急在心里，连续3天召开电商企业碰头会，多次制订销售方案，反复推敲到深夜。最终敲定5家生产有特色、经营渠道成熟的电商公司"担此大任"，每家企业结合自身主营产品把贫困户手中"滞销梨"完美"变身"，生产"梨膏""果干""礼盒酥梨"等系列产品，搭起了果农与市场之间的"数字桥梁"，实现高效惠农，精准助农。

2020年3月28日至4月5日，绳惠展牵头集中5家电商企业分别到达指定贫困村，在驻村扶贫干部见证下与果农签订收购协议，制订收购表。7天内收购贫困户手中滞销梨累计数量254万斤，总金额202.8万元。

4月26日，绳惠展又组织团队在省工商联和省扶贫办社会扶贫处带领下前往新疆和田市皮山县打前站，与县政府对接有关帮扶事宜，现场结对帮扶新疆和田市皮山县红旗村。当得知红旗村尚有数吨积压核桃，他立即与当地政府对接磋商，决定利用公司线上电子商务平台尽快帮助当地销售滞销核桃，预计年销售量达5000吨。除此之外，他还投入6万元资金用于当地教育基础建设，助力当地教育事业发展。

军心如炬，照彻前方！

这，就是绳惠展，万千退伍军人中的一个缩影。他们，不论身在何种岗位，处于何种时刻，面对什么困难，都特别能吃苦，特别能战斗，特别能攻坚，特别能奉献！退役十多年，绳惠展依旧身姿挺拔，步履生风，仿佛仍然是部队操场上那个怀揣梦想的少年。

桑榆辉映霞满天
——记拥军模范李玉英的事迹
沈 时

又是一年八一建军节,武警泗县中队的营区里传来了阵阵欢声笑语,这是中队的官兵满怀热情迎来满头银发、精神矍铄的拥军模范老妈妈李玉英的场景。官兵们看着李妈妈给大家带来的日用品、水果和饮料,读着李妈妈的节日祝贺信,听着李妈妈慈祥的问候,不禁热泪盈眶,李妈妈十五年如一日的拥军事迹一齐涌上官兵们的心头。

鞠躬尽瘁献余热

李玉英,1938年出生,是党和国家把她从一个贫苦农民的女儿培养成为知识分子并参加了工作。1973年,李玉英成为随军家属,在沈阳军区炮兵部队幼儿园任保育员,1977年她随丈夫转业到了安徽泗县。由于她难舍幼儿教育事业,到了地方担任了泗城镇幼儿园教师。1983年8月她刚退休就创办了育英幼儿园,成为全县幼儿教育的典范,并被推选为中国民办教育协会学前教育委员会理事。1984年她光荣地加入中国共产党,并多次荣获泗城镇"优秀共产党员"称号。"情润夕阳桑榆暖",退休不退位,她在办好幼儿教育的同时,时刻关心国家大事。

1998年7月,中国遭遇百年不遇的特大洪涝灾害,人民解放军和武警官兵为了人民群众的生命财产安全,日日夜夜奋战在抗洪抢险第一线,有的官兵甚至牺牲了自己年轻而宝贵的生命。李玉英通过电视和报刊等媒体,耳闻目睹了解放军和武警官兵一幕幕抢险救灾的感人事迹,她不禁潸然泪下。洪水无情人有情,这一幕幕情景深深地激起了她的慈母情怀,她对解放军和武警官兵的敬佩关爱之情油然而生。于是她毅然决定,在自己有生之年要不遗余力地做好拥军工作,而且要把拥军行动和拥军精神永远传承下去。1999年元旦,李玉英找到时任武警泗县中队指导员杨为良,她满怀深情地表达了自己的拥军愿望。杨指导员紧紧地握着她的手激动地说:"李大妈,我代表中队全体官兵对你的拥军精神表示诚挚的敬意!你的精神也代表了人民对子弟兵的关爱和支持。我们一定能够克服一切困难,甚至不惜自己的生命来保卫好人民的家园。"时逢周末,李玉英带领着幼儿园16名老师来到武警中队为官兵清洗被褥衣物、整理物品、打扫卫生,并表演她与幼儿园老师精心编排的《军民鱼水情谊深》的小型歌舞,一并与中队官兵联欢,中队营房里充满了"军爱民、民拥军"的浓厚情谊。从此以后,开展拥军活动成为李玉英和幼儿园老师们节假日的重要活动。

方寸之间有大爱

自1999年至今,李玉英就一直把武警泗县中队官兵的生活冷暖时刻挂在心上。

2002年9月,中队战士张明亮突发急性阑尾炎,由于手术后不慎感染,伤口愈合很慢。张明亮住院一个多月,李玉英慈母般守候在这位小战士的病床边,一日三餐为他烹调可口的饭菜,煨鸡汤、炖鳝鱼、买牛奶,滋补病体的营养品大包小包地放满了床头柜。在李妈妈精心护理下,战士张明亮很快痊愈出院了。

出院那天,中队队长、指导员和张明亮孩子般依偎在李玉英身旁,一个个眼里噙满激动的泪花。李妈妈拉着他们的手亲切地说道:"你们这些武警官兵为了国家和人民,远在他乡奉献青春,遇到困难,你们父母不能在身边照顾,我就是你们的亲人,我做的这点小事微不足道哩!"

2007年7月,中队战士李昌胜左臂骨折住院,李玉英得知后立即赶往医院看望。此后,她每天为这位战士送来自己做好的饭菜,买来罐头、牛奶等营养品,端茶倒水洗衣服,刷鞋子,像慈母一样无微不至地关怀、照料李昌胜。面对此情此景,李昌胜和战友们感动得热泪盈眶地说:"妈妈使我们感受到了家的温暖!"

细微之处显真情

"鞠躬尽瘁献余热",2011年10月,泗县、灵璧两县武警中队抽调80名官兵参加总队组织的比武考核,两县中队战士奉命奔赴驻宿州地区的教导队集训。集训第三天,寒流突然袭来,官兵们没来得及准备御寒衣物。李玉英从电视台天气预报中得知寒流袭来的消息,她立即为两县武警中队官兵购买了总价值12000元的线衣、绒裤。第二天凌晨李玉英不顾年迈,冒着刺骨的寒风租车赶至远离泗县100多公里的武警宿州教导队,把一件件线衣、绒裤发到每一名官兵手中。官兵们望着满头银发、面容慈祥的李玉英,异口同声地说:"感谢给我们雪中送炭的好妈妈！"

2011年春节前后，李玉英先后两次到教导队慰问新兵，寒冷的冬天，陌生的地方，然而正是李妈妈诚挚的情谊让刚入伍不到一个月的新同志们感受到了家人般的温暖。

2013年8月，正值酷暑高温，中队为完成总队组织的执勤分队按纲施训考核，部分官兵顶烈日、冒酷暑在教导队驻训。李玉英得知消息后，不顾天气炎热，每隔三五天就租车专程送去饮料。官兵们如饮甘露，激情倍增，他们挥洒汗水，奋力拼搏，圆满完成施训考核，以优异的成绩来回报李妈妈的关爱。

自1999年至2014年，每逢端午、中秋、元旦、春节等节日，李玉英都会来到武警泗县中队与官兵共庆节日，总是依据节日传统为中队官兵送来粽子、月饼、水果、饺子………特别是每年八一建军节，她都会为官兵送来日用品、西瓜、饮料等。

谆谆教诲守初心

十五年来，李玉英不仅是在生活上关爱武警泗县中队的官兵，还在思想上对部队官兵进行教诲。2011年11月，时任中队排长的刘敬辉即将去教导队带新兵，临行之前，李玉英亲笔给刘排长写了一封信。信中嘱托他"要把新兵看作是自己的弟弟一样，要多关心、多照顾他们"，还殷切希望刘排长"自己要认真学习，带好新兵"。每当刘敬辉向人们讲述李妈妈的谆谆教诲时，他总是对这位拥军模范钦佩不已。

李玉英在她管理幼儿园的百忙之中，除了长期坚持慰问官兵、看望有困难的战士、护理生病住院的战士以外，还经常挤出时间来中队和战士们谈心交流，并时常嘱咐中队干部在部队日常管理中要深知兵、真爱兵，及时做好战士的思想工作，多关心战士生活，多找战士交流，及时帮助战士解决生活上和家庭上的困难。因此，中队官兵都亲切称呼李妈妈是"编外政委"。

在拥军的十五年来，李玉英不仅关爱着战士的日常生活，也关心着中队适龄官兵的婚恋问题。十五年来，李玉英凭借自己的真诚、质朴、和蔼可亲，本着对双方负责的原则，促成了一对对军地婚姻，一度被传为佳话。考虑到军嫂们地跨江苏、福建、黑龙江等省份，她便利用自己开办的幼儿园解决了一部分军嫂的就业问题，让中队官兵做到了后顾无忧，全身心地投身于工作当中。

情润夕阳桑榆暖

"莫道桑榆晚,为霞尚满天"。对于年已七旬的李玉英来说,她的拥军模范事迹成就了其晚年人生的辉煌,十五年来她和武警泗县中队一批批官兵结下了深厚的友谊。在这些官兵中,有的考上了军校,有的成为地方创业之星,有的晋升任团职干部。但他们不管走到哪里,都会惦记着李妈妈。这十五年来调往外地升任大队长、教导员、参谋长的干部中,有不少同志利用每年节假日的时间放弃休息专程来到泗县,他们的共同愿望就是来看看大家终生难忘的拥军老妈妈——李玉英。每逢佳节,他们也总是时不时打电话、发短信问候李妈妈。

2014年9月28日下午,已调往外地工作的原中队指导员殷兴三打来电话,提前祝福李妈妈国庆节快乐。中队许多退伍战士回家后也惦记着李妈妈,不时地给李妈妈打电话嘘寒问暖,其中退伍战士张明亮在中秋节时发来的信息中写道:"妈妈,一轮明月千里共,一声祝福遥相送。皎皎秋影金波重,淡淡桂花佳期逢。提前祝您及您的家人节日快乐!"每当他们回想起和李妈妈一起度过的其乐融融、亲如家人的岁月;每当他们回想起在困难的时候及时伸出温暖双手的李妈妈;每当他们回想起在生病的时候李妈妈母亲一般的呵护、照料……李妈妈那真诚的笑容、那关切的目光、那真诚的话语,无时无刻不激励着他们在人生的道路上勇往直前。不管他们多富有,无论他们官多大,不论是远在天涯还是近在咫尺,相信每个人的心中都记得:在安徽泗县这个县城里,还有一位好妈妈,让他们永远感激和牵挂!

李玉英自己生活节俭,衣着朴实。然而十五年来她为驻泗武警官兵送去的衣服等物品价值共计15万元,这不仅是她物质上的付出,更重要的是李玉英对子弟兵所倾注的慈母般的厚爱。她的拥军事迹和高尚品德在泗县已经传为佳话。因此,她一直深受人们的钦佩和敬重。2010年她被宿州市民政局、"双拥"办评为先进个人。2011年8月她所创办的育英幼儿园被泗县民政局评为"双拥先进单位"。

唯其艰难,才更显勇毅;唯其笃行,才弥足珍贵。李玉英是普通的人民群众,是退休的基层教育工作者,她没有豪言壮语,没有惊天动地的业绩,但她用三十多年党龄,坚守一颗红心,演绎最美初心,践行担当承诺,为人民子弟兵送去母亲般的关爱。这只是李玉英和子弟的军民鱼水情吗?不,我们相信,拥军爱民之花,会在中华大地处处绽放!

平凡中伟大的付出

王同宝

她,为了一个理想和信念,以一份心中的爱情,坦然品味着生活的酸甜苦辣,承受着聚少离多的思念;她,尽心尽力地支持丈夫的工作,细心周到地关心丈夫的生活,无怨无悔地承担全部的家庭重担,用默默的付出表达对丈夫所从事的国防建设事业的支持。多年来,她始终把广阔的社会作为实现自己人生价值的舞台,勤奋工作,努力创新,执着追求,把满腔热情化作对国防建设事业的支持,用行动完美诠释了一位军嫂的平凡人生。她就是宿州市2019年度"最美军嫂"刘玉琢,现在就职于中国移动宿州分公司业务部,丈夫陈德超,2006年6月入伍,现任泗县消防大队大队长。

八年的恋爱长跑

故事还要从1998年的埇桥区祁县高中说起,刘玉琢与陈德超是同学,在学校组织的活动中,朦朦胧胧之间彼此都有好感,但碍于学业,双方始终没有捅破"窗户纸"。也许是上天的眷顾,三年后陈德超考入安徽农业大学,刘玉琢也于同年考入合肥学院,同一座城市,又基于三年的感情基础,两人开始正式恋爱。只要心在一起,再远的距离都是咫尺,两人学校距离十多里路,陈德超常在下午放学后去刘玉琢学校,有时坐公交,大多数时候步行,从此两所学校之间的小路上多了一对幸福背影,引来了众多羡慕的眼光。然而四年后的择业使他们之间面临艰难的选择。2006年春,陈德超先于刘玉琢半年毕业,辗转于合肥、宁波从事计算机技术工作,一天,刘玉琢收到一部诺基亚5200手机,引来了室友羡慕的眼光,她很珍惜,放在随身的包里,平时舍不得用,她后来得知手机花费了陈德超大半月的工资,感动得流下幸福的泪水。后来换了多部手机,那部见证了他们爱情的手机则被珍藏在储物柜里。不久,陈德超于2006年6月被安徽消防总队录取,并开始为期半年的天津集训,由于陈德超工作的特殊性,那时书信便成为两人交流感情的主要方式,通过书信两人互相鼓励对方,偶尔的电话成了一种奢侈。半年后两人均以优异的成绩顺利走出校门,陈德超被分配到砀山县消防大队,而此时刘玉琢被安徽国晶微电子有限公司录取,两人同时从事着各自喜爱的工作。在部队是不能随便请假的,为了能够见上一面,刘玉琢就每隔 6 个月去砀山看他一次,当时没有高铁,客车一次来回就要花上五六个小时。晕车成为无法逾越的难题,有一次她坐一路晕一路,得知实情的司机破例为她提前备好晕车药,有时停车让她下车站站。感念于众人的关心,也为了坚贞的爱情,刘玉琢坚持着,他们都彼此珍惜这短暂的见面机会。就这样一来二去,两颗心一同走过了八年风雨漂泊的日子。

无悔的选择

八年的相恋相知,让两个人更加坚定了彼此的选择,她深知部队调动是非常困难的事情,两个人要想在一起,必定有一方要有所付出。经过与男友的再三商量,刘玉琢婉拒了原单位领导升职加薪的挽留,毅然决然地放弃了留在大城市的高薪工作,放弃了自己喜欢的工作,跟随陈德超回到了老家,干起了临时工。刚开始家人朋友都非常不理解,都劝她:"女人的事业前途也非常重要,你好不容易从家乡的小城市走出来,过了这么久又要为了他回来,值得吗?"可经过 8 年爱情润泽的她一脸幸福地告诉朋友:"生命诚可贵,爱情价更高。我相信我的选择。"作为过来人的母亲对她说:"嫁给当兵的肯定要吃苦,你有充足的思想准备吗?自己要考虑清楚,作为军嫂不仅要耐得住寂寞,也要承受别人双倍的艰辛,嫁了就是一辈子,就不能后悔,没有退路了。"她坚定地对母亲说:"这么多年,我相信他,嫁给军人我感到踏实,再苦再累我也心甘情愿。"刘玉琢的坚持和诚心最终打动了父母,2009 年 4 月,她和陈德超手挽手走进宿州市婚姻登记处。由于房子没有装修好,丈夫在部队每日工作比较忙,她便独自担负起自己小家装修的任务,每天下了班和周末便一个人买建材看装修材料,建材店老板就好奇地问:"为啥每次都是你一个人来?"

"我老公在部队,忙,家里装修我全包了。"说完,她莞尔一笑。

"我老公也当过兵,就冲着我们相同的身份,我给你最低价。"

"太感谢您了。"

"拥军优属,应该的。"就这样一来二去,她们成了朋友。经过断断续续几个月的装修,他们的爱巢终于搭建完成。2009 年 10 月,通过招聘,刘玉琢顺利进入了宿州移动公司工作,双喜临门。2009 年 11 月,他们在亲朋好友的见证下步入婚姻的殿堂,那时的刘玉琢沉浸在幸福的空气里,这朵幸福之花,在经历了八年的孕育生长后终于焕发出沁人的清香。从此她便开启了军嫂模式：家里家外，生活、工作，她忙得不亦乐乎。

家里的顶梁柱

　　工作以来，不管丈夫在什么岗位，工作中遇到什么挫折，她始终给予默默的支持和积极的鼓励，从不拖丈夫的后腿。多年来，夫妻二人聚少离多。由于工作的特殊性，丈夫疏于家庭，结婚十一年来她一直一个人默默扛起这个家。2010 年怀孕后，每次去产检她都自己扛，当看到别人都有丈夫在身边嘘寒问暖，端茶倒水，自己一个人呆呆坐着排号时，她也羡慕，母亲几次要陪她来医院，都被她婉拒了，她知道母亲年纪大了，上下楼不方便。她也期盼，可是心里再苦，她也没有要求丈夫请一次假陪她，因为她知道丈夫忙，他的忙是为了人民群众的生命安全，为了国家的财产安全。

　　她清晰记得大儿子出生那会，丈夫陈德超正赶上值班，刘玉琢中午下班回家后隐约感觉肚子阵痛，她算算日子，是不是太早？丈夫那天碰巧值班，刘玉琢便把母亲喊到家中，过了半小时阵痛加重了，她便要母亲帮忙一起整理去医院待产的包裹，乘上出租车赶往医院，到了医院检查后医生还训斥道："你胆子怎么这么大？这么晚才来医院，再耽搁会出人命的。"而她却笑笑说："没事，我觉得自己能撑得住。"

　　"你老公呢？"

　　"他今天值班。"

　　"真粗心，这么大的事，就不能请个假？"医生摇着头叹道，"赶紧去办住院手续吧。"

　　由于母亲不识字，刘玉琢挺着大肚子在医院大厅走来走去办理住院手续，这时刘玉琢感觉周围有许多人用惊奇的目光在盯着她。在此期间，丈夫几次打来电话询问情况，她总是安慰丈夫："你先上班，还早着呢。"她忍着阵痛做产前检查，所有检查做完躺在病床上，她才让母亲给公公婆婆打电话，让他们从老家赶来。剧烈的疼痛让她无法一直躺着，先是十几分钟一阵痛，再到每隔两三分钟一阵痛，躺下、站起来，一直持续五六个小时。医生每隔两小时检查一次，妈妈看着女儿只能心疼地掉眼泪，此时她已满身大汗疼得没有了力气，她问医生可不可以剖腹产，可是医生说胎位正可以坚持自己生，之前医生也告诉过自己，顺产对孩子好，于是她在疼痛中忍着一夜没有合眼，这是她一生中最漫长的夜晚。直到凌晨 5 点医生再次检查说可以进产房了,家人才瞒着她给丈夫打了电话。刘玉琢进产房后,疼痛得更厉害了,医生看着她说:"你老公是做什么工作的,老婆生孩子都不能赶到?"她还是忍住疼痛告诉医生,他是消防员,因为今天值班就没有告诉他。"消防员也要照顾家啊。"医生嘴上责备,但打心底里佩服她这个坚强的军嫂。直到7点孩子顺利产下,满头大汗的丈夫才到了,在医生的同意下丈夫破例进入产房,这是医生给予她这个军嫂的特殊待遇。丈夫拥抱她的那一刻,"老婆辛苦了,我爱你。"一句话融化了她多日来所有的委屈和辛苦,她躺在丈夫的怀里流下了幸福的眼泪。

作为一名军嫂,她理解体谅作为军人的老公,正是这份理解和包容让他们的婚姻更加牢靠。结婚第七年二儿子出生了,孩子刚刚满月,丈夫就被调入泗县消防大队工作。这一调动,无疑将照顾家和孩子的责任全部压在了刘玉琢的肩上。临走的那天,丈夫看着妻子和熟睡的孩子,内疚地说:"我去泗县了,家里全靠你了。"

"你放心工作去吧,我能行。"一句话,意味着她更多的付出,丈夫在家工作时,多多少少能帮着带会儿孩子,大儿子上了一年级后,二儿子又刚刚出生,实在没时间,刘玉琢先是给大儿子报"小课桌"。产假结束后,她特意把婆婆请来带小儿子,她回到单位开始了朝九晚五的漫长日子。每天在单位、学校、家之间忙成一锅粥。现在大儿子已经四年级,每天她早上很早起床给两个孩子做饭,喊大儿子起床上学,再回家送二宝上幼儿园,然后赶去上班,中午下班回家打扫卫生,洗衣服,晚上下班再把两个孩子接回家。她一边要看着大儿子学习,一边要教小儿子,每天给两个孩子洗漱过后,先哄小儿子睡觉,再起来检查大儿子作业,每天都要十点半以后两个孩子都睡着了,她才能有自己的一点空闲。就这样日复一日,不论刮风下雨,再忙再累,她都坚持了下来,感觉自己像个超人。"瘦了,也黑了。"丈夫每月回家都心疼地说,这一晃就是近4年,她本以为老公很快能调回来,减轻一点她的负担,可是又遇到部队改革,她默默承担起家中的一切,在亲戚朋友面前从不抱怨。

正是她的乐观积极感染了身边的人,同事都开玩笑说她是无缝衔接两班倒,是个名副其实的女汉子。是的,每天是下了单位班回家就上家里班。每个周末为了让婆婆休息一下,她就自己照顾两个孩子。孩子生病是她最难熬的时候,没有人能帮忙,有天半夜,小儿子突然闹起来,她开灯一看,两个孩子都生病了,小儿子发烧,反复不退,大儿子呕吐不止,咋办? 一个人实在带不了两个孩子去医院,况且是半夜。她先是给大儿子服了止吐药,稍稍稳定后再给小儿子物理降温,好不容易挨到天亮,她赶忙拨通婆婆的电话,半小时后,婆婆气喘吁吁来到家中,她们带着孩子到医院检查,医生诊断大孩子是脑炎,需要住院观察,她向单位请了假,连续几昼夜陪床不能入睡,为了不给丈夫增加负担,她总是说自己不累,告诉丈夫孩子在医院能够接受好的治疗,让他不要分心。孩子小照顾需要寸步不离,每餐吃饭她都是叫外卖,上洗手间都要等孩子睡着。有了两个孩子以来,医院她来了无数次,孩子住院也数不清多少次了,医生护士都成了熟人,每次见到她自己一个人来,总不免关切地问几句,也总是得到相同的回答。平时在家更是不知道熬过来多少个不眠之夜,为了支持丈夫工作,她从来不提让他请假回来或者要求丈夫为家里做什么,她懂得消防是和平时期所从事的最危险的工作,因为火场如战场,保卫人民生命财产的安全是他们的神圣职责!尽管自己很需要丈夫的关心和照顾,她还是安慰他:"警情就是命令,一定要做好本职工作,家中的事你就不用操心了,我能照顾好家里和孩子。"有了她的支持,陈德超出色地完成了各项工作,在单位也多次受到省、市表彰,多次被评为"优秀工作者"。颁奖大会上,陈德超不无感叹地说道:"妻子多年来的默默付出,使我能安心工作,取得今天的荣誉,真心感谢妻子。"

孝敬父母的好儿媳

刘玉琢是一个尊老爱幼孝敬父母的好榜样,不仅如此,她经常开导身边因婆媳相处产生矛盾的人,说一定要把公婆当成自己父母对待,将心比心,这样家里才能和睦。对待双方父母她都是一把尺子,每次母亲节、父亲节她总是提前准备好礼物给他们送去,她心细人又善良,给两边父母买衣服鞋子从来不需要调换。每逢过节,因为丈夫基本不能回家,她便从来没有回自己家陪父母,都是陪公婆。她告诉母亲,公婆帮忙照看孩子多,她要多体谅他们。父母、公婆家里都是农村人,都有田地,母亲还要给哥哥带孩子,婆婆一到农忙就要回家侍弄田地,孩子总是由母亲和婆婆轮换着带,但是总有时间冲突的时候,她也理解,在这时候找亲戚或邻里帮忙照看孩子,孩子也非常懂事,见到熟人总是热情地打招呼,大家都夸刘玉琢教子有方,谁又知道这背后的付出?这么多年她从不抱怨和唠叨丈夫,自己能解决的尽量自己解决,不能解决的再去求助父母,实在没人带孩子的时候,她便和哥哥嫂嫂商量,自己公婆忙农活的时候让自己母亲来给她带一段时间,嫂子人好,每次都能体谅她,知道她这个妹妹最不容易,两个孩子在众人关爱下健康快乐地成长,也十分听话,这是她最乐于见到的。

不变的追求

"选择什么样的生活,就要选择什么样的付出。既然选择军人作为自己的另外一半,就要选择理解和包容。"刘玉琢常常这样勉励自己。

在家庭与单位中,刘玉琢力求完美,也在努力做好自己的工作,自立自强是她永远不变的追求。进入单位以来,她从未因家庭原因耽误工作上的事,工作中她踏实认真负责,业绩出色,得到了领导、同事的肯定和认可。每年的十月份,是单位最忙的时候,各项迎检和年终冲刺的准备工作开始,为了不拖后腿,小儿子不到三周岁就被送进了幼儿园,按规定幼儿园托班的孩子不能留校,当园方得知她是名军嫂后,破例为她提供了方便。从此她便利用中午不回家加会儿班,晚上尽量在7点之前回家照顾孩子,有一次周末,为了迎接上级检查,婆婆又回了老家,她便冒着大雨,开车带两个孩子到单位加班,她在整理材料,两个孩子自己玩,竟然连孩子睡在椅子上都不知道,看着熟睡的两个孩子,刘玉琢酸楚的泪水再次流了下来。

刘玉琢平时在家加班写材料都是等孩子们睡着后,忙到凌晨两三点更是经常的事。由于工作认真负责,思想上积极要求进步,2015年她被宿州移动公司党支部批准加入中国共产党,当她把这一消息告诉丈夫时,丈夫惊喜地答道:"老婆,你就是我的偶像。"由于政治立场坚定,思想进步,2017年她被推举为单位党支部组织委员,作为党务工作者,她更是严格拥护党的路线、方针、政策,遵纪守法,爱岗敬业,三年来支部分别荣获一次市级优秀基层党组织,一次省级优秀基层党组织。工作中她个人也荣获"优秀共产党员""工会积极分子""年度信息宣传工作先进个人"和"年度优秀员工"等称号。

为了两个人爱的承诺,她坦然面对生活的酸甜苦辣,承受着聚少离多的思念,尽心尽力地支持丈夫的工作,就连自己两次生病住院,她都没有要求丈夫来陪。身边的朋友没有一个不佩服她的。结婚11年来,她没有食言,一直践行着"嫁给你,就永远支持你"的诺言,她用她柔弱的双肩挑起家和生活的重担。

刘玉琢,作为一名军嫂,她是无私奉献的;作为母亲,她是宽容伟大的;作为职场女性,她是巾帼不让须眉。她用勤劳、贤惠、自立、自强展现了新时期军嫂的奉献与担当。

退役军人的扶贫之路

程大康

驻村干部中,有一批这样的特殊人群:在部队,他们奉献青春保家卫国;退役后,他们转战脱贫攻坚"战场"。他们秉承军队的光荣传统,在岗位上继续发热发光。

邱松就是这批特殊人群中的一员。他 2003 年 12 月入伍,在解放军某部装甲兵装备研究所服役。2016 年 7 月转业回到老家高楼。2017 年 3 月到灵璧县国土资源局工作,4 月底他积极响应县委县政府号召,肩负国土资源局的信任和重托,带着被褥,背着干粮和另外三名队员一道去夏楼镇陈潭村任职扶贫专干至今。

"你当时可知道扶贫具体是做什么的?"

"不知道。"

"那你怎么也不问问就这么下乡了?"

"我是一名共产党员,应该听党的话、跟党走"。他笑着继续说,"作为一名穿了 12 年军装的转业军人,我立过功、受过奖、参加过重大任务,受部队教育多年,怎么也不能给部队抹黑。"

朴实的话语让我发现:军人的优良传统,服从命令、听从指挥已深深刻在了他的骨子里。

精准扶贫要针对不同地区的贫困情况、不同贫困户的家庭状况,通过有效的方法对扶贫对象进行精确识别、精确帮扶、精确管理,来帮助他们脱贫。

邱松他们到达陈潭村后,首先就实地走访了几个自然庄,在每一户农家和村民面对面交谈,初步了解陈潭村的基础道路建设、村民生产生活现况等,同时认真向村干部请教村内的主导产业和相关产业布局,了解村里的产业主体和集体收入来源,与村干部积极沟通,了解村里村民致贫的主要原因。邱松认为只有深入调研,找出穷根才是做好扶贫工作的前提和基础。俗话说"人穷志短、马瘦毛长",对大部分因残、因病致贫的贫困户来说,他们的心理是脆弱的,甚至于接近崩溃的边缘;有少部分因懒致贫的贫困户,每天不劳动,就等着国家给钱生活。邱松认为,送人现成的鱼,不如教会他怎么去打鱼(授人以鱼不如授人以渔)。扶贫工作也是这样,扶贫重在扶志。为此邱松同志在落实各项脱贫措施的时候,十分注重对这些贫困户的心理疏导,采取精神扶贫。

陈潭村河西组的贫困户李志成,家有5口人,妻子因家庭贫困离家出走,两个十余岁的孩子在村里学校上小学,家里的住房也是"东边看日头、西边看月亮、遇上雨天无处藏身"。对于他来说,上有重病的老人,下有上学的孩子,实在无法出去打工,生活黯淡无光。李志成在村里走动时,见人"不抬头、不说话",透露出深深的自卑。邱松看在眼里急在心里,他明白如果解决不好,李志成很有可能走到社会的对立面。为此他同驻村工作队一起,经常到李志成家帮助他照顾卧床的母亲,同他讲解目前的扶贫政策,协调孩子的学校,让孩子安心学习。同时帮助李志成落实了危房改造项目资金并动员他亲戚,建起来三间平房,又给李志成介绍在村旁边的鸭厂工作,他既能照顾卧床的母亲,又能挣钱保障孩子上学,在两年后就实现了脱贫,现在李志成走路腰板硬了,见人也热情了。李志成说:"以前的我是靠几亩地和国家发放给贫困户的钱来浑浑噩噩度日,生活没有目标,现在驻村扶贫工作队帮我在家门口找了份工作,让我对以后的生活信心满满。"

农村基层工作直接面对的是人民群众,每一件群众的小事对邱松来说都是大事。贫困户王树清的户口一直没有迁入本村,在了解到他想迁户但对政策不太了解时,邱松骑着电瓶车带着他到镇派出所咨询并帮忙办好了迁户事项。贫困户陈银昌老人患有哮喘病,邱松在入户时知道老人的药不好买,他在灵璧找了很久,最后找到并买了不少送给老人。几年间这样的事情他做了不少。每一项扶贫政策下来,邱松都入户进行宣传并落实。他和队员们经常到村学校慰问,给孩子们送书包、文具、篮球、足球、图书等等,鼓励他们好好学习。无论冬夏,入户走访听到最多的话就是村民夸党的政策好,夸工作队员是党的好干部,邱松被村民亲切地称为"小邱"。

补齐短板,夯实基础设施,改善生产条件。驻村扶贫工作队到陈潭村以后,积极争取帮扶资金,完善村级路网,修筑小水渠、修桥、架设农业生产用电网、绿化环境等,还经常在村里搞一些文化活动,以此提高农民生活水平。美丽的运料河从陈潭村中间穿过,两个自然庄之间的一座石墩桥,已有几十年的历史,尽管几经修缮,但安全隐患没有被排除,村民随时都可能掉进河里。面对这一情况,邱松和其他队员迅速对此事进行了认真调研,马上给上级做了汇报,申请修桥项目。仅仅用了二十多天的时间,这座危桥得到加固维修,桥两边护栏像两条绿色的彩带,平行地漂在运料河上,漂到了周围群众心中,这座曾经的"伤心"桥从此变成了幸福桥。

危桥变成了真正的便民桥,加快村中路网建设,打通入户路,是老百姓一直盼望的事。但是修通这些路,也遇到不少阻力。仅仅因修路占了一家村民放农具的地方,村民一时想不通,对已经修好的路多次破坏。路面坑洼不平,村民路过极为不便,小孩的平衡车过不去,电动车走上面颠簸响声很大。邱松多次去做思想工作后,那家村民才终于想通了,邱松利用海螺集团捐赠的500吨水泥到高楼商砼站找人来修路。一道道刚刚开挖的水渠,通往田间地沟,一排排新拉的电线,通向每家每户,完善的基础设施,让灵璧县夏楼镇陈潭村全体村民看到了通往富裕的"致富路"。

邱松和其他驻村的三个工作队员刚到陈潭村扶贫时,了解到村里没产业,也没特色种植业,农民的经济来源光靠种小麦、水稻等传统的农作物已不能适应发展的需求,也改变不了部分贫困老百姓的生活。于是,他们商量可以把群众的土地租过来,集中建连片大棚,给贫困户种蔬菜,让村民通过改变种植方式,挣钱脱贫致富。

他们四处筹措资金,租用农民土地,购买钢架,建蔬菜大棚。克服了重重困难之后,意想不到的事情发生了。老百姓不理解,接二连三地搞破坏,驻村扶贫工作队队员们陷入了沉思。邱松和他的队员们带着贫困户到徐州参观大棚蔬菜种植,到周边县学习种植经验,发动全村党员与工作队一起,进村入户,到全村60多个贫困户家中,深入细致地做思想工作,来转变贫困户思想。

邱松说:"2018年下半年,我们利用省外办支持的35万元和马钢支持的钢管建设了近五十亩大棚,租地、建设、栽种、管理、销售等各个环节我全程参与,克服了资金、技术、劳动力、市场等一系列难题,结交了合肥百大合家康、菜大师、壹度易购和灵璧本地的很多蔬菜产销大户。"邱松经常跟村民们一起在大棚里干活,他对村民说:"幸福日子靠撸起袖子干。"这一点在他的身上完美诠释了。作为一名转业军人,没有豪言壮语,只有暗暗下定的决心和付出的努力。

看着村头的蔬菜大棚依次排列,大棚内绿意盎然,一畦畦即将成熟的花菜,扶贫工作队的队员们又开始发愁了,这么多花菜怎么销售出去呢?邱松为了解决蔬菜大批量上市的销售难题,他白天跑商超、菜场,晚上十一点出发到灵璧东关市场批发蔬菜,顶风冒雨、忍受蚊虫叮咬,经过几十天奔波,终于把大棚里的花菜全部卖掉。

通过努力,村民焦亚球在扶贫工作队的扶持下,种的蔬菜大棚第一年就有2

万多元的收入,当年就脱了贫。和焦亚球一样,身体残疾的贫困户陈远昌,通过大棚种植蔬菜脱了贫后,又扩大了规模,在扶贫工作队的支持下,办理了5万元的小额贷款,加上原有的家庭积蓄,又多种了七亩大棚西瓜。仅仅两年时间,他就由原来的贫困户,变成陈潭村的富裕户了。

目前,灵璧县夏楼镇陈潭村共发展了近五十亩大棚,年收益达到20多万元,近20个贫困户通过种植大棚蔬菜脱贫。邱松和同事们虽然到陈潭村才三年,但是他们扶贫的故事三天三夜都讲不完,他们的感人事迹是全县开展帮扶工作的一个缩影。他们个个顾大局识大体,舍小家为大家,是我们学习的榜样。

洪水不退 绝不收兵

王 磊

"今天在5.8公里长的堤坝上完成2次巡查,疏散老百姓500余人,装填沙包1120袋,稳固隐水点一处,中国军网对此进行了现场直播,还受到东部战区首长的高度赞扬。协会被编入解放军某部抢险五队。""今天晚上和部队一起守坝,2号洪峰今晚到。我们的同志无一退缩,克服一天的疲惫,坚决要求坚守在第一道防线。今天总计装填沙袋1380袋,打桩120个,巡查120公里,筑石子护坡360米,无人机出动1次。"这是萧县退役军人创业协会党支部书记、会长王迪2020年7月16日和17日的工作记录。

7月13日夜晚,萧县退役军人创业协会组织8名具有专业技术特长的退役军人成立应急救援队,携带12套专业救援设备,千里驰援上饶市。抵达鄱阳镇中洲圩后,他们立即投入抗洪工作,帮助当地群众构筑拦水坝1.5公里,平均每人背扛沙包300袋,出动无人机9架次,协助国家级救援队伍指挥抢险运输车辆500余辆。7月16日00:00前,应急救援队又挺进九江市柴桑区江洲镇完成围坝筑堰任务。协会第二批增援力量抵达后,队员增加至16人。

自救援队入赣以来,宿州市退役军人事务系统的同志们一直牵挂着他们,再三嘱咐他们注意安全,做好防护。老兵们深知退役军人的"娘家"时刻惦记着他们,盼望他们早日凯旋,就发来信息安慰大家:"现在跟着部队走,请娘家人放心,我们会做好自我保护,我们本着不麻烦当地政府、不麻烦救援部队的原则,只要有任务,吃穿住行一律是自我保障,请娘家人放心,我们坚决完成这次抗洪救灾任务,把安徽退役军人的形象树立在抗洪第一线。""请娘家人放心!请娘家人放心!"然而我们又怎能不牵挂千里之外的老兵们?就是这16名退役老兵在九江市柴桑区江洲镇大堤昼夜奋战,喊出"洪水不退,绝不收兵"的铮铮誓言!

在堤坝边,他们深一脚浅一脚地巡堤,查看堤坝是否有管涌危险。几个小时里,他们一寸寸地看,怕错过一丝危险苗头。因为注意力太过集中,堤边的杂草和灌木割破了胳膊,他们却全然不知。没走多远,鞋子里很快灌满了泥水。巡堤过后,他们又迅速地一锹一锹装满沙袋,扛到加固地点,数日下来,曾经扛过枪的肩膀磨脱了皮。

为了不给地方添麻烦,他们在后勤保障方面不靠不要,饿了就吃自己带的方便面,渴了就喝自己带的水。在鄱阳镇,一家商店给他们提供了休息场所,当商家看到他们以方便面充饥时,从餐馆炒了菜送给他们,却被婉言谢绝。商家发出了"从未如此期待能为这帮最可爱的人服务,鄱阳人民感谢你们,你们辛苦了,最可爱的人"的赞叹。深夜,当终于能够休息时,他们就睡在室外空地上,睡在沙袋上,睡在简易房里的垫子上。他们衣不解带,鞋袜不脱,随时准备着紧急抢险。在常人难以承受的高强度体力消耗下,他们个个面色黝黑,胡子拉碴。但是,当他们行进在路上时,当他们乘坐轮渡时,他们高举红旗,队列齐整,腰杆笔直,军姿飒爽,眼中透出坚毅的目光,引来群众的由衷赞叹。他们仿佛从未退役,仿佛还在军营里千锤百炼,只不过肩膀不再扛着枪,而是换上了铁锹和沙袋。

为了抢险,王迪跳入过腰的浑浊洪水里,一锤一锤地固定木桩。这位协会的带头人,共产党员,支部书记,服役5年的老兵,是汶川地震唐家山堰塞湖抢险15勇士之一,擅长应急指挥、特种车辆驾驶、爆破、土石方施工等专业技术,2009年退役后又先后志愿参与映秀、雅安特大泥石流,云南鲁甸地震,安徽无为特大洪水等自然灾害救援。他详细记录了救援队的工作和生活,发出了"千里驰赣别家乡,无愧安徽好儿郎"的声音,写下了"抗震挺进川云藏,森林防火战疫忙。台风雪灾心不惧,抗洪抢险勇担当"的豪言壮语,展现了"天当被子地当床,鸡腿泡面赛米香。退役军人铁血汉,擒完洪魔把乡还"的乐观精神。而当电视台记者采访他时,他却羞涩地说:"应该做的!"随即走向抗洪岗位。

高广成,协会副会长,应急救援一队队长,擅长特种车辆驾驶、心理疏导、测绘。高广成家有老母亲住院,为了参加抗洪抢险,他把照顾母亲的重任交给了妹妹,第一个向协会党支部递交了请战书,义无反顾地来到抗洪一线。

宋雪岭,协会办公室主任,应急救援二队队长。擅长无人机操作、游泳潜水。孩子面临中考,他瞒着孩子加入援赣队伍,并在现场担任突击队队长,哪里有危险他就冲到哪里。

孙乐响,协会秘书长,应急救援支援队队长,擅长特种车辆驾驶、电力抢修、游泳、无线电。他放弃承包的在建工程,主动参加援赣行动,经济损失近25万元。

实际上,援赣行动已经不是协会今年第一次参加抗洪抢险。在今年汛期来临之前,协会未雨绸缪,自发投入10余万元资金,添置了无人机、救生衣、生命探测仪、冲锋舟等抗洪专业装备,组建6支专业应急救援分队,制订20余套应急救援预案,形成了科学有效的抢险救援体系。在当地历次防汛抢险中,协会立下了赫赫战功,受到党和政府以及人民群众的一致好评。今年5月31日,萧县发生局部暴风雨灾害,协会应急分队第一时间出动,连夜对14个行政村进行巡查,清理道路8公里,开挖倒水渠1.2公里,清理大棚3座,帮助群众抢运黄瓜3000斤,抢收小麦5000余斤,为群众挽回损失达10余万元。6月16日,萧县再次遭受特大暴雨袭击,协会应急分队再次出动,义务巡查河流、堤坝,帮助贫困户修理房屋2次,抢修电力1次,出动无人机对河流、堤坝巡查30余次,引流内涝100余亩,中央电视台《朝闻天下》栏目对他们的先进事迹进行了报道。

萧县退役军人创业协会,在任何时候都能主动担当起社会责任。在今年疫情防控工作中,协会党支部于1月22日紧急召开会议,组建党员防疫突击队,首批24名突击队员第一个把党旗树立在防疫最前沿,第一个把入党誓词张贴在防疫阵地,第一个喊出"不求回报、不计后果、不计生死"的口号,第一个立下"疫情不除、绝不收兵"的军令状,迅速形成一座坚强的战斗堡垒,24小时全天候构筑了一条不可攻破的防线。协会党支部向全县退役军人发出防疫倡议书,并负责全县17个重要卡点和5个小区的防疫人员部署,组织党员、团员深入街道、社区、农村、高铁站进行防疫宣传,发放防疫传单,免费发放口罩,免费发放消毒药物,并对重点部位进行消毒,向抗疫一线捐款7100元和20000余元的应急防护物资。战"疫"期间,党支部书记王迪的爷爷去世,他一肩挑忠诚,一肩挑孝道,含泪坚守防疫一线,连续奋战29天没有进过家门。

2月23日,协会一边组织参与防疫作战,一边组织退役军人企业复工复产自救,并深入企业、园区为复工企业宣讲防疫知识,配合政府对企业经营场所进行消毒和人员测温等工作。与此同时,协会支部一班人组织开展抖音带货"助农富"项目,帮助群众销售受疫情影响的农副产品,实现销售收入80余万元。同时对接建设银行、邮储银行、合肥农村科技银行等金融机构,义务为退役军人企业复工复产协调贷款125万元,为企业提供了充足的资金保障。

作为安徽省唯一一家以退役军人命名的社会团体,萧县退役军人创业协会为什么会主动承担起社会责任,为人民群众做这么多贡献?协会党支部认为:作为退役军人,是人民军队让我们成长成才,我们的一身本事是部队给予的,我们有责任、有义务在党和人民需要时,勇上一线,敢打头阵,自觉地构成一道牢不可破的防线。党支部书记王迪说:"作为一名共产党员,一名退役军人,咱不怕累、不怕苦、不怕死,唯独怕完不成党和人民赋予的使命!有险必救、有难必达、有艰必攻!我们什么都不想优先,若祖国和人民有难,我们必须优先!"正因为如此,协会成为广大退役军人就业创业的引路人、困难援助的帮扶人、抗灾救灾的冲锋队。

在协会的带动下,更多的退役军人主动申请加入此次防汛抗洪行动中。7月20日,根据防汛抗洪的需要,王迪他们兵分两路,一路继续留守九江市柴桑区江洲镇大堤,另一路驰援阜南王家坝。在抵达王家坝不到一天的时间里,他们解救被困群众56人,运送医疗队员12人,运送记者6人,出动冲锋舟2艇、无人机2架。萧县退役军人创业协会党员突击队的红旗飘扬在王家坝大堤上,突击队员们佩戴共产党员字样的红袖章,列队巡逻在堤坝上。这一刻,他们践行了"若有战,召必回"的忠诚誓言,这一刻,他们展现了"退役不退志、退伍不褪色"的精神风貌,即便告别了军营,即便脱下了军装,他们也永远是最可爱的人!

英雄的光芒照耀小康路
——记一等功功臣夏雷的先进事迹
曹 杰

他是一个普通的农村娃,在血雨腥风的战场上,用青春和热血,淬炼成一名闻名全军的排雷英雄;他本可以在英雄的光环下,进入部队高校学习,踏上一段铺满鲜花的仕途,却毅然放弃这次机会,把珍贵的机遇让给战友,返乡成为一名企业职工。然而,当企业面临裁员的时候,他再次把工作的机会留给了工友,开始了他艰苦而曲折的创业之路,他在创业中把扶贫济困当作责任和使命,他用英雄的光芒照亮家乡人民的小康路。他就是安徽省宿州市恩信物业公司总经理——夏雷。

战场上,他功勋卓著英名远扬

夏雷,1966年7月出生,宿州市埇桥区人。1983年12月应征到北京军区某工兵连成为一名工兵战士。入伍后,他严格要求自己,刻苦训练,精益求精,很快成为技术尖子。

1987年,他们连队接到命令,奔赴云南老山前线。同年5月,连队受领了通往扣林主峰3公里道路的构筑任务。夏雷三番五次找到连干部请求把最艰苦的任务交给自己。他以过硬的技术本领,当上了连队的爆破手。5月18日,他在一段陡峭的山坡上开辟通路时,南方闷热的天气让他衣服湿透了,手臂也被划破了五六道血口子,疼痛难忍,但他全然不顾,忍痛作业。当他刚排完第17枚地雷准备返回时,他再一次把排雷范围向前扩大了几米,这时他感觉探雷针触到一个"异物",他迅速扒开枯枝和深土,发现一枚装置诡异的地雷。他不顾安危,沉着冷静地进行了排除,消除了一个重大隐患。

5月28日,夏雷和一名新战士张新亮在一段茂密的荆棘丛实施爆破。两个人把两个炸药包刚刚点燃,一个炸药包不慎被树枝刮落,顺着山坡向下面的雷场滚去,落在距掩体10多米的地方。而另一个炸药包的导火索已在咻咻地冒着白烟。他俩已无法回到掩体位置。小张吓呆了。这时夏雷迅速拉着小张后退10多米,猛地把他推倒压在身下。两个炸药包几乎同时爆炸了。小张安全无恙,飞扬的石头打落在夏雷的身上,他的身上多处被砸伤,鲜血直流,头晕耳鸣,几近昏厥。然而他只是简单包扎一下伤口,稍歇片刻又投入破障作业。在筑路的几个月中,夏雷一人就爆破3800余次,排除地雷及其他爆炸物10000余枚(件),爆破石块68000立方米,只身排除险情36次,其中排除哑炮21次。这一年他被成都军区授予一等功,军区司令员亲手为他佩戴勋章,一名普通的士兵成为万众瞩目的排雷英雄。

1987年,部队准备保送夏雷到军校学习,然而夏雷却做出一个惊人之举:把机会留给战友,自己毅然返乡。夏雷的惊人之举,在全军引起强烈反响,官兵们纷纷为夏雷的义举点赞。当时的《解放日报》《光明日报》等都分别报道了夏雷的事迹。

1988年夏雷退役后被安置到皖北制药厂工作,负责厂区保卫工作。军人的耿直与担当,让他在工作上赢得了广泛好评,他多次被评为先进工作者、优秀共产党员。

2000年,皖北制药厂因为改制需要,开始对工人进行人员精简。面对有限的岗位,夏雷做出一个让常人无法接受的决定——把工作机会留给同事,主动提出下岗自谋职业。这一年妻子也从皖北制药厂下岗,与夏雷携手踏上自谋职业之路。

创业道路上　他坚韧不拔再铸辉煌

下岗伊始,夏雷曾经迷茫过。然而,这个在军营里锻炼过的汉子,很快走出迷茫,开始寻求谋生之路。此时,宿州市城里一个新兴的行业——超市,开始在市区发展"蔓延",超市以它方便快捷的经营方式,赢得市民的欢迎。夏雷决定从这个新兴行业入手。然而,城区好的地段房租非常昂贵,而且几个黄金地点已经被大型超市"占领",一个经济实力薄弱的下岗职工在市区开超市很难具有竞争力。为此,他把目光投向了距离城区较近、经济发展较快的符离镇。

符离镇是个拥有十几万人口的大镇,是闻名全国的烧鸡之乡,人流量大,是开办超市的首选。然而,前景是美好的,道路却充满曲折和荆棘。开超市首先是资金问题,夫妻俩几年的积蓄不过万元,对于所需的几十万资金,无异于杯水车薪。但是,夏雷开弓没有回头箭,他通过银行贷款、向亲朋好友周转,凭借自己良好的信誉,筹集资金近60万元。

夏雷的超市开业引起居民极大的反响。夏雷以他的诚实守信、依法经营得到符离镇居民的认可,超市的生意越做越红火,短短几年时间,他不仅还清了所有的债务而且实现利润几十万元。靠着超市的收入,夏雷一家人完全可以过上衣食无忧的生活，但是不满现状的夏雷，时刻"伺机"拓展更广阔的经营领域。正在这时，符离镇一家地处繁华地段的宾馆由于经营和管理不善，几近倒闭。夏雷敏锐地看到了这家宾馆蕴藏的商机，决定承包这家宾馆。夏雷主动找上门要求承包这个"烂摊子"，很快得到宾馆主管单位的同意，并达成承包协议。夏雷接手宾馆后，对服务人员加强培训，对管理层进行培训，增加餐饮项目等。夏雷的雷厉风行使这家濒临倒闭的宾馆很快起死回生，经济效益年年攀升。

在符离镇掘得"第一桶金"后，夏雷并没有止步不前，沾沾自喜。小富即安不是夏雷的目标，他在经营好超市和宾馆的同时，又把目标投向更广阔的领域。他先后涉足房地产、饲料加工等行业，均取得较好的收益。

近年来，物业管理的发展如日中天。在商海打拼了近二十年的夏雷看到了这个行业的广阔前景和蕴藏的巨大商机。2008年7月他注册成立了宿州市恩信物业有限公司。

公司成立伊始夏雷就给公司找准定位。"我注册这个公司之所以叫恩信，就是为时刻提醒自己，懂得感恩，要坚持诚信经营。"夏雷说。

回报社会，帮助贫困人员就业

"我多次与死神擦肩而过，无数次看见我的战友们在身边倒下，我是幸运的，我更加珍惜先烈们用鲜血换来的幸福生活，我要用余生回报社会，感恩我拥有的一切。"夏雷满怀真情地说。

在公司运作上，他坚持管理规范化、制度化、人性化，力求高标准，严要求，打造宿州市一流物业公司。去年公司顺利通过国际物业管理服务认证，成为宿州市少数获得此项认证的企业。

恩信物业有限公司成立10余年来，赢得业主好评如潮，服务圈在宿州市区不断扩展。宿州市的银河绿苑小区、华电小区、市立医院、徽行等知名小区和单位企业成为恩信的客户。

2017年11月，夏雷又抓住物流这个"朝阳行业"成立了安徽雷腾物流有限公司，业务范围辐射到宿州市的全境。2017年底又投资6000余万元成立了宿州市秦淮现代农业发展有限公司，是全市首家开展现代农业技术研发和应用以及农产品销售，同时集发展生态农业、生态农业旅游观光、互联网智慧农业和农业光伏产品研发等为一体的现代综合农业企业。目前，在埇桥区开发的农业示范区开始步入实施阶段，并初见成效。

"在企业发展中,优先招录退役军人、下岗职工和贫困群众,一直是企业重要的原则。"夏雷说。

现在夏雷的企业拥有职工近 300 人,下岗职工和贫困人员,占职工总人数的三成以上。对于退役军人,只要具有劳动能力,均安排适当的工作岗位。

"这一辈子,我最感激的就是夏总,是他让我看见了生活的希望。"家住道东居委会的退役军人戚开友提起夏雷的帮助,言语间充满了感激之情。戚开友,十几年前就下岗了,此时妻子又患上精神疾病,全家生活陷入极度贫困。戚开友抱着试试看的心态找到了夏雷,夏雷得知戚开友的状况后,立马决定让他到公司上班。目前,夏雷的公司吸纳了 20 余名退伍军人就业,有不少人还走上了中层管理岗位。

在抓好企业经营管理的同时,夏雷非常重视公益事业,用爱心奉献社会。2008 年 5 月,四川汶川发生特大地震灾害后,他捐款 10000 元。他多年来无偿献血十多次。每逢六一儿童节他都会为所在辖区的幼儿园送去礼物,表达一名退役军人对祖国未来接班人的关爱。

"我仅仅做了一名共产党员、退役军人应该做的事。"夏雷面对大家的赞誉,总是谦虚地说。去年八一前夕夏雷被评为宿州市优秀退役军人。

散文

爱上"蓝精灵"

黄　伟

夏日的午后,我正在阅读《画魂》。该书起名"魂",实属妙哉,这是一种精神,一种信仰,是一个人有所追求的支柱。潘玉良正是靠着这种精神,撕掉了时代偏见给她的枷锁,实现了身份的逆转。我反复品味着这个"魂"字。忽然,窗外雷声大作,竟下起瓢泼大雨,我的思绪也被震飞了一般,恍惚中,拼接起了记忆片段。

那天,一个高层住宅小区失火了。

接到报警后,我所在的消防大队出动2辆消防车、14名消防员,不到5分钟就赶到了火灾现场。到了现场,我发现滚滚浓烟已经弥漫到了整个楼道。楼梯间漆黑一片,只能听得到人们的哭喊声。那一刻,我感到了生命的脆弱。

为了搞好宣传,我主动请缨进入火场,考虑到我的安全,大队领导拒绝了我的请求。火灾发生后,电梯停用。楼梯间成了人们逃生的唯一通道。被困居民不止一户,且年龄、性别未知。被困人员身体素质不同,导致疏散逃生能力参差不齐。呼救声来自不同的楼层,充满了绝望和无助。其中,有一个小孩在哭喊:"妈妈,你快来救救我啊!"听声音,是个小男孩,还很小。这个稚嫩的童音揪紧了我的心,我想到了我的女儿,听声音她和他差不多大。我环顾四周,的确有一个30多岁的妇女哭得声嘶力竭,她想穿过浓烟去救孩子,但被几个人拦住了,她大声喊着:"宝宝,宝宝,不要着急,马上救你。"被困的还有几位年龄稍大的人,他们站在自己家阳台上,挥舞着颜色鲜艳的衣物。

着火楼层较高,火势发展猛烈,我深知消防员的逆行意味着什么。参与救援的专职队员小朱,是位各项素质都不错的"95后"。他的眼神告诉我:"放心吧,一定可以成功!"火场指挥员做了战斗部署后,小朱和几名精干的队员一起佩戴好个人装备,迎着楼梯间的滚滚浓烟,逆行火海去救人了。我的相机没来得及给他个面部特写,仅仅拍到了他的背影。几分钟后,小朱抱着一个孩子从楼梯间冲下来,他的空气呼吸器戴在了孩子的面部,孩子在他的怀里很安静,看样子只有五六岁。见到自己的孩子被救下来了,那个在楼下哭喊的妇女,立马冲过去,接过孩子又哭又笑。"感谢你救了我的宝宝,你是大英雄!"说着就给小朱跪了下去。满脸黢黑的小朱急忙搀扶她,但自己直不起腰,话也说不出来。他眉头紧皱,手捂着脖子,蹲在地上,咳嗽不止,半天也没站起来。小朱被救护车接走了,因为他把空气呼吸器给小孩用,导致自己吸入大量的有毒气体。紧接着,又一个妇女被救下来。然后,又一个老人被搀扶着走下来……"报告指挥员同志,被困人员全部被疏散,无人员伤亡!"围观的人群向消防救援人员报以雷鸣般的掌声。

我是一名消防员。这是我们参加无数次灭火救援战斗中的普通一幕。这之前,我刚刚经历了身份的转变。

2018年11月9日,于我,是刻骨铭心的。那天,我卸掉了中校警衔,脱掉了陪伴我13年的军装。军人的身份离我远去。

我已记不清那一刻的心情,对军旅的不舍,对未来的茫然,夹杂着对前途未卜的恐慌。

我把自己关在屋子里。夜幕降临,星星游荡在夜空,月亮像没有灵魂的影子,怯懦地躲在云层里。夜越来越静,我敏感的心不停地发酵,渐渐地,竟生出被遗弃的错觉。我把音乐的音量调得很大,震耳欲聋。我的孩子吓哭了,她不停地敲打房门,"妈妈,快开门,宝宝要进去!"

许久,宝宝哭累了,我的心软了。打开房门的那一刻,我和宝宝拥抱在一起,她哭,我也哭。年幼的她不知道我为何哭,只是紧紧抱住我,害怕我离开。我告诉她,我不会离开。可我虽然也抱着我的军装,却难以阻止它的离开。我就像被恋人抛弃了一样,虽然难以割舍这份爱,但又不得不踏上新的征程。

新制服是蓝色的,火焰蓝,大家叫它"蓝精灵"。我不能接受它,因为我还依恋着橄榄绿。刚脱掉橄榄绿的那几天,我郁郁寡欢,内心一直在下雨。

高层住宅火灾扑救后的某一天。消防队院子里传来了一阵锣鼓声,门卫报告说有人送锦旗来了。远远地,我就看到那个熟悉的面孔。走近了,是那个30多岁的妇女,她曾经无奈地哭喊。如今,她抱着火灾中被解救出的小孩来了。她和小孩都看着我笑,感激地笑。至今,我仍记得他们的笑容,它给了我与火魔做斗争的勇气和力量。

我内心的热情被激发出来,多日来的抑郁与寒冰随之消融。随着时间推移,日子就像雨后彩虹,渐渐明朗并变得五颜六色起来。改制后的工作和生活让我感到,消防员的身份改了,但某种精神在延续。我把满腔的热情投入了消防工作中。

为了调查火灾原因,我不止一次地来到火灾现场。我见过数亩的农作物被烧,见过家禽养殖大棚失火,见过只留下漆黑残骸的房子,还见过火灾中的亡人。受灾的群众哭天抢地,可又无能为力。我站在漆黑和光秃的现场,一次次感受着人在濒临绝境时的崩溃,责任心和正义感推动着我。每次调查,我总是争取用时最短、调查结果最准确,减轻受灾群众的损失。

为了杜绝火灾发生,我到各类场所排查火灾隐患。烈日下,寒风中。春夏秋冬伴随我的脚步,见证着防火脚印走过的地方。一条条火灾隐患被我消灭掉。可是,火灾隐患也有顽疾,有的隐患需要长期治理。顽固的火灾隐患把我锻炼成了"钻牛角尖"的性格,不除隐患,誓不罢休。

蓝精灵,它没有改变我的信仰和初衷,一种充满荣誉感的奉献精神依然在闪烁。在牺牲和奉献面前,我们依然是祖国妈妈最骄傲的孩子,而祖国妈妈也给了我们最大的爱。

2019年8月,我带老父亲去了一趟云南。这是消防改制后,我和老父亲的第一次出游。父亲年迈,这是他第一次乘坐飞机。到了机场,他就像初入大观园的刘姥姥,对什么都充满好奇。看着别人拉着五颜六色的行李箱,昂首挺胸地走在候机楼大厅,农民出身的他有些自卑,拘谨而又尴尬。开始登机时,登机口排起了长长的队,我牵着父亲的手,亮出国家综合性消防救援队伍的干部证,把它递给检票员。在所有人艳羡的目光下,我们优先登机。父亲很疑惑,我指给他看一块牌子,上面写着"消防救援人员优先"。父亲的头昂了起来。

景区也对消防指战员开通了绿色通道。老父亲跟我一起享受这些优厚的待遇时,满脸都是幸福和骄傲。

乘坐交通工具、子女入学入托等各项优厚待遇依然向消防员伸着橄榄枝。爱,无处不在。我肩膀上的那枚消防救援衔,就像一枚"定海神针",让我的心海踏实、沉静、波澜不惊。

雨小了一些,刚刚经历一场暴雨的地面泥泞不堪,闺女喜欢模仿小猪佩奇。她穿上雨靴,披上雨衣,在泥坑里跳来跳去。不一会儿,浑身就沾满了泥巴,她漂亮的雨衣被弄脏了,脸蛋也脏兮兮的。

"妈妈,我是不是变丑了?"

"没有啊,衣服不重要,你还是你啊!"我望着她的大眼睛,淡定从容地回答。她的眼睛很明亮,闪烁着光芒。

乘风破浪的军嫂

田 醒

一档名为《乘风破浪的姐姐》的综艺节目自开播以来，可以说是最火的综艺节目之一，它以一群"30＋"年龄的追梦女星面对婚姻、事业的人生态度以及对现实困境的平衡选择传递着女性的勇敢和坚韧，但我只想把"乘风破浪"这个词送给这样一类人——那些在背后默默支持军人丈夫的军嫂。只因为，作为其中的一员，我深深了解她们的酸甜苦辣，知道她们的辛苦和付出，也明白她们平衡家庭和事业的不易。所以，此刻，且静下心来听一听她们的故事。

她，是一名"60后"，是一名医生。那一年，他从部队休假回家，经人介绍两人确立了恋爱关系并打算结婚，他想送她一件礼物来表达自己对她的爱，她坚决表示自己不喜欢花里胡哨的东西，她相中的是他勤俭节约、踏实本分的品质，他承诺一定会送她一件实用又珍贵的礼物作为结婚礼物。回到部队后，他自购木材托战友做了一张床和两个柜子，用火车托运到隔壁县的火车站（她所在的小县城未通火车），她欣喜得很，和弟弟一起步行80多里路用板车把家具拉回了家，她说这个礼物实用又有心。婚后两个儿子相继出生，每隔两年她会休假去部队探亲。单程将近4000里的路程，她带着孩子跑得不亦乐乎。后来，他转业到当地工作，便承包了家里的一切大小事，他说要用余生回报她的辛苦付出。如今，两个儿子已成家立业，他依然把她宠成一个公主。她欣慰，爱虽然迟到，却从不会缺席。

她，是一名"70后"，是一名护士。她和他的相识，源于他的父亲生病住院。他休假几天回来照顾父亲，她目睹了他的孝心、无微不至，而他见证了她的细心、耐心。后来，他们开始书信交流，他说话条理清晰有逻辑，她善解人意、知书达理；他被她的温柔体贴、知性所吸引，她被他的才华、勇敢所折服。再后来他们结婚了，开始了长达十余年的异地生活。儿子出生不久，他便被组织派到几百公里外的南昌工作，最少也要一年时间才能回家一次。她用娇小的身躯默默地替他扛下所有的责任：照顾年迈的父母、养育幼小的儿子。一年又一年，他们夫妻同心，各自履行自己的职责：她在护士、儿媳、母亲的角色中自如地切换——工作先进、父母身体健康、儿子懂事；他在部队为国尽忠，频频立下军功。她虽辛苦，可是面对他的一次次嘉奖,她的心里总会感到无上光荣。如今,子承父业,儿子也成了一名军人。她骄傲,因为自己拥有军嫂、军妈的双重身份。

  她,是一名"80后",是一名公务人员。她和他是大学同学,毕业后她考入县城的机关单位工作,而他继续深造后考入安徽省消防总队,后被分配到她工作县城的管辖市消防支队工作。他们特意选了"八一"这天去登记领证,因为对他来说这一天具有双重的纪念意义。婚假一开始,她就领略到了军婚的不易。他本来有一周的婚假,可第三天接到通知去总队训练,她把他送到车站后,也返回了单位。婚后第一年的除夕,他值守在岗位,她陪着他的父母在老家过年,一向腼腆的他让战友帮忙录了一段视频发给了她,他说:"谢谢你老婆,谢谢你等待我这么多年,谢谢你支持我的工作,照顾我的父母。"她哭了,然后又笑了。异地的两人,工作都很忙碌,但每天临睡前都会通过视频相互鼓励打气,她对他的工作性质越来越理解,因为越是节日、假期的时候,他和战友越是要待命在岗。后来,她怀孕了,整个孕期她独立自强,边工作边照顾自己。她爱他,所以她丝毫不提孕中的辛苦,她不想分他的心,只愿他无牵挂地出警,然后平安地回来。因为她知道,这是他的责任,而与他一起承担这份责任,是她早已笃定的选择。临产那天的经历仍历历在目,那天上午她忍着阵痛,一个人带着从外地赶来的婆婆办好了入院手续,他从三百多里外的市里赶到时,她疼得快晕过去,他哭得像个孩子一样。他理解她的不易,她默默支持他的事业。如今,两人的儿子三岁多了,小小的孩子早已把爸爸视为偶像,经常奶声奶气地说长大后会像爸爸一样当一名消防员,去灭火消灾,帮助有困难的人们。她自豪,因为她的他用无声的行动引领孩子成长,用职业责任感给予孩子良好的家风熏陶。

  她,是一名"90后",是一名家庭主妇。她和他是同一个行政村的居民,虽认识但不太熟悉。那时,他已在空军某部队服役,一次探亲休假,经人介绍两人联系一段时间后结婚成家。儿子出生后,她辞去了民办幼儿园教师的工作,随他从皖北来到海南一个小镇,开启了一段新旅程。初到这个举目无亲的地方,她还没有来得及熟悉周边的环境,他就被派到外地为部队拉物资。好在她性格开朗外向,没两天她就和其他随军家属打成一片,即使他出差一个月甚至两个月,她也能自如地和其他随军的家属相处。她深深理解军人家庭的不易,所以她尽最大努力地帮助其他军属们,得知哪家有事,她第一时间给予方便。院里一些军嫂埋怨丈夫不顾家,于是她经常拉着她们到家里坐坐,聊聊天、顺顺气,并经常给她们做一些家乡的小吃,一来二往成了公认的知心大姐、贴心妹子。他经常听战友夸赞说:"嫂子(弟妹)真贴心,经常给我们做好吃的,还帮我们带孩子。"时光飞逝,儿子要入小学,她不得不带着孩子返回家乡,和他开始了异地生活。她满足,自己虽没有什么大本事,但曾帮他和他的战友们做过一点点事情。

  写到最后,才发现,我一直都在用代词"她",这些"幕后英雄"的名字我一个都没有提到,可是这又有什么关系呢？她们只是千千万万名军嫂的缩影。近期,南方暴雨致使许多地方发生洪涝灾害,成千上万名人民子弟兵和消防战士奋战在抗洪一线,正是背后无数个这样的"她"在后方"乘风破浪"做后盾,才使得"他"无所顾虑地不畏艰险、冲锋向前。这世上哪有什么岁月静好,不过是有人在为你负重前行。对于这些默默无闻、可爱又可敬的"她",让我们衷心地道一声"谢谢"。

心 有 清 泉

卜献华

去东蔬社区那天,正赶上三伏天的初伏,气温高且潮湿、闷热。我骑着电瓶车从东关桥头沿东一环向北,因为下着小雨,雨点淋到身上凉丝丝的,倒也没感觉出炎热。

东一环路紧贴着原来的东蔬村,路的一边是环城河,另一边是村子里的民居。以前我住在城北,傍晚时,经常沿内环向东散步,隔着发黑发臭的环城河水,就能看到河对岸坑坑洼洼的路面,各种车辆拥挤在狭窄的道路上,晴天尘土飞扬,雨天泥泞不堪。到了晚上漆黑一片,黑灯瞎火的,仿佛《聊斋志异》里的某场布景,使人联想到聂小倩之类的人物。如今这里的一切已经过改造,道路加宽了,河水变绿了。那些伫立在路两旁的植物,夏天里的一场雨水,让它们变得鲜亮亮的,性感、妖娆。五颜六色的花朵使原本沉寂的城市有了生动的形象,仿佛给素面朝天的女子增添了妆容。

车子沿着水泥路面向东一拐,进到村子中心的一条主道路。干净宽敞的水泥路两旁,密集地盖满了近几年来新建的楼房,有两层、三层的,也有四层的,门前空地上种着各种花,有月季花、鸡冠花、美人蕉、兰草等。老人带着孩子在过道里乘凉,席地而坐。有车出入,土狗追逐。高高低低的白杨树、泡桐树、刺槐,掩映着隐隐升腾着的人间烟火。这是一个藏在城市褶皱里的村庄,虽然与县城仅一河之隔,却保持着农村的质朴和简单。

东蔬村,顾名思义,是一个以种植和交易蔬菜为生的村子。这里人均不足三分土地,过去只靠种植蔬菜为生,全家人一年四季守着几畦青菜、萝卜、辣椒等。悉心调理,精心收获后,蔬菜还要拿到市场上卖出,然后换回生活用品,菜农生活的艰辛可想而知。2006年,东蔬村改名为灵城镇东蔬社区,成立了东蔬社区党总支部。军嫂侯翠珍,以其直爽、热情、豁达、坦诚的工作作风,担当起东蔬社区党总支书记这一职务,成为三千多口东蔬居民的带头人。那天,我们在办公室看见她时,她正坐在社区服务中心大厅对着门的座位上办公。看到我们进来,她热情地起身过来打招呼。她留着齐耳短发,说话干脆利落,我觉得她是一个与众不同的女子,是一个渴望去做别人没做过或只有少数人才去做的事情,渴望将自己的豪情注满天空,然后倾听生命回响的人。我们的谈话就从她现在的位子说起,没想到侯书记回答得如此简单:"坐在这儿,就是为了第一眼看到进来的人啊!"是的,第一眼看到,才能在第一时间把事情办好。多么贴近人心窝子的话语!在服务中心,我们看到挂在墙壁上的标语"门好进,脸好看,事好办"。这就是"我们向您服务——我们的承诺",这就是社区服务中心每天工作要恪守的座右铭。一个小小的行政社区,就像一个家庭,而侯翠珍就是这个家的家长。要当好这个家长,就是要让家里的每个人都能过上好日子,这真不是一件容易的事。侯书记不仅要带领大家脱贫致富奔小康,而且家家户户的柴米油盐、婆媳妯娌、添丁进口、生老病死、鸡毛蒜皮等大小事情她都得管着。要做好这些婆婆妈妈的事情不仅需要智慧,而且需要勇气和力量。这位美丽的军嫂始终坚持为人民服务的宗旨,真正做到为人民造福,让人民过上好日子。只有怀揣天下,双足站在家乡大地上的人,才能站出村民的信任,才能站成老百姓骨子里认可的一种精神。

侯翠珍就是这样的人。她是一个愿意打开心扉,让阳光照进来的人。在与她的谈话中,有两件事情让我们最为感动:一是村子里铺上了水泥路,二是村民们喝上自来水了!这两件看似很普通、很小的事情,其实真正做起来,可真是费尽周折。

原来的东蔬村由于经济比较落后,根本没有什么公共设施和硬件建设。村民们经常把摘下的菜叶、牲畜粪便和生活废弃物随处乱丢,村前屋后到处垃圾成堆,蚊蝇成群,浊气弥散,污水乱流。家家门前一条泥土路,拥塞、喧嚣、赤裸的生存欲望与居民发自内心的火热纠结在一起。这里晴天尘土飞扬,雨天泥巴裹腿,浊水肆意流淌。上学的孩子雨天无法走出家门,只能靠大人背着送出村子,自行车用肩膀扛着要一直走到大路才能放下来骑。有时天都晴了,村子里还是一片稀泥,人们就在自家门前放上几块红砖,出门时一步步踩着砖块走出去。东蔬社区因为道路的事情一直让村民很揪心,然而更让百姓苦不堪言的是生活用水问题。遥想以前,每个村庄都有一口石头砌成的水井。井,曾经是村庄的珠宝罐,那些留下洋铁皮水桶记忆的日子早已不见了,取而代之的是每家院子里都打了一眼压井。一根管子钻到地下十几米,吃水的人家把水桶放在"井嘴"下,双手握着铁把,上下,上下,清凉的井水打出满满一桶,拎走了,再换上一桶。就这样,村子里的人喝走了成千上万吨井水,地下的水位不增不减,不盈不竭。多少人喝够了井水到外面闯荡去了,留在村子里的人继续喝。老人喝,孩子喝,牲口喝,鸡、鸭、鹅、兔都喝着井水。喝着喝着,村民们发现井水颜色变了,味道变了,再看看村西的环城河,水面上漂着塑料袋等垃圾,河水墨绿墨绿的,一条河病入膏肓了。有的人在井水里喝出了细长的虫子……东蔬人心惶惶。侯翠珍上任第一天,老百姓就把这两件事摆到她面前。她在"一事一议"会议上对着新当选的两委成员和居民代表说:"东蔬现在面临着脚下无路、杯里无水,这是一件很痛心的事。社区工作人员哪怕一年不吃喝,就是砸锅卖铁也要把水泥路给老百姓修好,把自来水给大家装好。"村民们听了感动得热泪盈眶。接着,侯书记就四处奔走,四处想法子。她看到农村到处都在铺"村村通"公路,但按照政府规定,东蔬属于灵城镇周边社区,不能享受到政府拨给铺"村村通"公路的指标。她又打听,知道东北、界沟、十里三个村,因为政府给他们拨"村村通"三分之一的配套费,余下的资金缺口无法筹集,所以三个村子就放弃了指标。这一消息让侯书记喜出望外,她马上去找灵城镇党委、政府协调,要求把这三个村子的指标转给东蔬社区。回到社区,她召开了全社区居民动员大会。能够想象得出,在那天的大会上,侯书记一定是激动的,全村村民一定是激动的。没有谁不想早一天走上好路,这是一条通向小康之路啊。有位村民按捺不住心底的兴奋,站起来大声地说:"侯书记,你为我们做大事,做好事,俺愿意支持你。"最后社区采取"直接受益户多出一点,间接受益户少出一点,致富户、社会名人捐赠一点"的"三点"式募捐,募捐到资金55万元,筹集资金28万元,为全村修筑水泥路面和铺设地下水道5000余米。如今走进村子,心底便会油然生出一种隔世的恍惚,脚下水泥道路纵横蜿蜒,连接着千家万户,两旁花木扶疏。干净新鲜的空气浸润着人们的心灵,如果用"世外桃源"或"素雅水墨画卷"来形容它,我想也不为过吧。乡村丰腴的体态里,再也找不到过去穷东蔬的影子了。侯书记为村民铺好路,村民走在崭新的水泥路面上,而侯翠珍却没有停下自己的脚步,她又开始为安装自来水想方设法。村民饮水问题一天不解决,她就一天不能安心。她一次次找到县水厂领导,反复商量自来水进入东蔬的事情。因为资金不足,水厂那边一直犹豫着。有一天中午到了下班时间,侯书记仍站在水厂办公室不走,工作人员催促她,她态度坚决地说:"不把东蔬吃水问题解决了,我今天哪儿也不去!这么多年来,全县用水一直是从东蔬地下打井,取水。现在那里的村民喝着地下浅水层被污染的水,你们怎么能不闻不问?"工作人员怯怯地走出去把厂长找来了,技术人员也来了,水厂当即决定,明天就动工铺设自来水管道。为了给东蔬社区居民大开绿灯,水厂主动下调了自来水入户费用,从此,全村各家各户都吃上了清澈的自来水。

当一滴水滴在一个人的心上时,它就会变为花朵;如果开放,就是这个世界上最美、最动人的花朵。侯翠珍就是那颗被生活反复打磨的水滴,之所以绽放着生命的荣光,是因为她的内心永远有一泓不竭的清泉啊!

据说每个人从降生的时候起,上帝都会在他幼小的心上放置一捧清水,有些人不懂得珍惜,只为功利,冷落了那捧水,时间一长,水变浑浊了,甚至变臭了;有些人懂得呵护,清澈了一生,陶醉了别人,也愉悦了自己。对于侯翠珍来说,当干部只是一种形式,只有在她心中埋得最深的那一份情,才是她固守的真。她把最珍贵的东西放在离心脏最近的地方,放在心的最深处,在百姓最需要她的时候,那份情就给那颗跳跃的心脏供上最好的血液。

侯翠珍最早是在县麻纺厂工作,因为责任心强,积极上进,被推选为车间主任。后来她在东蔬村任党支部委员、计生专干、妇联主任等职,一路走来,生命一直焕发着绚丽的色彩。当灵城镇东蔬社区党总支书记、居委会主任这个担子放在她面前时,接受需要多大的勇气和力量! 在人生的岔路口,敢不敢横下心来去选择那条壮丽但充满荆棘的路,是衡量一个人是强者还是懦夫的办法。选择是美的,但也是艰难的。因为那不是过家家,也不是去旅游,那是俯下身当好百姓的孺子牛,当好人民的公仆,带领千家万户去寻找好日子。那时,侯翠珍的爱人刘金胜已退伍回家,辞了工作,正在深圳拼搏,他的事业正如日中天。儿子刘威也在大学里读书,虽然家里只有女儿刘恋,可侯翠珍一天忙下来根本顾不了家、管不了女儿。为了照顾家里,支持妻子的工作,刘金胜竟像一只忠实的鸿雁,从南方飞回故里,飞回到妻子身边。正是这位优秀女性的灵魂哺乳,才塑造出一位退伍军人的精神世界。女性的芳泽,犹如风向标,无形中,她扮演着社会最大的教育者角色。她的言行往往折射出一个时代的品质,暗示整个社会的精神风貌。

侯翠珍就是把工作当成生命来看待的人,她把对生命承受能力的严峻考验当成挑战。这也是一种旅行,但这是一次昂扬的事业旅行。我无法想象,一个女子,当她站在拆迁洪流的浪尖上时,会是一种什么样的感受。旧城改造,城市拆迁工作如火如荼。30号地块、26号地块、鹿鸣菜市场,共计50多万平方米的评估、丈量、拆迁任务,200多户拆迁户,像一座座大山一样,压得人喘不过气来。"不要金窝、银窝,就要自己的草窝窝。"村民传统思想里固有的守家意识,给拆迁工作带来了巨大的阻力。侯翠珍亲自带着社区人员,一家一户地上门做宣传,做工作。炎炎烈日下,一位工作人员递给她一瓶矿泉水,她刚打开瓶盖,还未来得及喝一口,就听到拆迁户跟评估人员争吵起来,她一把把瓶子塞给身边的同志,就急匆匆地赶了过去。一次,她到一位拆迁户家,人家看见平时穿着整洁的侯书记竟蓬头垢面,满身泥土,眼睛熬红了,嗓子也哑了,就有些不忍心地为她打了一盆清水,递过一条毛巾,结果她洗了把脸,竟洗出半盆的泥水。在拆迁工作进入倒计时时,一名叫娄凤梅的村民,全家人都去了上海打工,杳无音信,家里一把大铁锁,锁住了所有的拆迁进度。那一时刻,侯翠珍都被急蒙了。没有什么时候比这一时刻更让她感到拆迁的艰难。她四下里打听,好不容易找到一个电话号码,结果拨过去,一提起拆迁,那边立刻挂断了。任你喊,任你哭,任你解释,任你发疯发狂,电话那端再也没有了声音。而接下来的日子,随着拆迁期限的一天天逼近,侯书记带领全社区的同志几乎是24小时连轴转,吃住在社区工地上。据说东蔬拆迁遇到很大的阻力,有的人看着挖掘机在拆自家的房子时,哭得泣不成声。有位七旬老人抱着院子里的柿子树,哭成泪人。这些都成了侯书记心底的痛。后来,通过多方努力那位在上海打工的娄凤梅,最终回到了家里。按辈分娄凤梅该喊侯翠珍表婶子,侯翠珍就以长辈的身份一遍遍地开导,使她终于相信了表婶子是不会坑害她的。侯书记的苦口婆心,让娄凤梅"舍小家,顾大家",在协议书上签了字。联合执法大队出动的那一天,村子里几乎所有的人都出来了,看着一座座房屋在推土机的铁铲下被夷为平地,乡亲们都依依不舍。我们无法责怪这些朴实善良的村民,更不能说他们觉悟低,因为这个世界上最复杂的,就是人心了。虽然人们都在心底渴望改变居住条件,早一天搬进大房子里住,但是拆迁一旦实施起来还是如此艰难,因为人们总会梦回乡土,也许所有的"现代性"纠结都源于此。

拆迁工作为什么如此艰难?因为村子拆迁了,记忆也就随风飘逝了,就如同一个人丢了灵魂一样啊!

侯书记善意地做着一件件社区里的事,其中蕴藏着多么厚重的情感啊!在东蔬她究竟做了多少事,没有人数过,但每一位村民心里都有一本清账。村民张建华与董兆勇两家因为宅基地纠纷,打了十多年的官司,侯书记硬是给他们说和了;陈洪水、张朝庭等27户人家一直住着危房,侯书记把这件人命关天的大事放在心上,想方设法帮助他们进行了危房改造和重建;东关菜籽桥下的水沟十几年来没有清理,夏天蚊蝇乱飞,影响周边群众生活,侯书记联系退休干部代绪强,共同想办法,终于治理好了臭水沟;特困户张冰如,连续8年春节都收到社区送来的过节费,去年,侯书记帮助他家申请到扶贫资金,买来良种羊,如今已繁殖几十只,特困户终于脱贫致富;杨树荣爱人董席标,开四轮拖拉机不幸因故身亡,杨树荣一夜愁白了头,侯书记把社区温暖一次次送到他们一家人身边;满德兰身体多病,还带着一个上学的孩子,家庭生活困难,侯书记帮助申请到教育资金,让农村贫困孩子享受到了教育;就连村民凌心元两口子闹离婚,也是侯书记给说和了……

在东蔬社区的一个上午,我听到了太多太多这样的故事。我不知道一个人的一生要流多少汗水和泪水,是不是像有的人说的那样会流成一眼泉?那么多的疼痛和劳累,却没有把一个人压垮。我想,那些说不出的疼痛才是真正的疼痛,歇不过来的劳累才是真正的劳累。所以肯定有一些汗水和泪水永远地留在了一个人的身体里,这些汗水和泪水被打磨成骨子里的滴滴清泉,静静地流淌成一段清澈的时光。

在社区服务中心的东墙上,悬挂着一排排光闪闪的奖牌。这让我想起人们常说的一句话:"金杯、银杯,比不过老百姓的口碑。"是啊,老百姓的口碑就是最好的标尺。就要离开东蔬了,放眼望去,忽然感觉脚下这方土地竟是如此熟悉,我以前在做土地丈量工作时肯定来过这里,以前这里似乎是一个大的垃圾站吧?站在侯书记身后的社区工作人员张海长接过话头说:"可不是吗?我们的办公大楼就建在原来村民丢弃垃圾的地方上。"原来如此!抬头看,眼前这座"四有标准社区"五层办公大楼,我想,这里面肯定有更多感人的故事吧……

告别东蔬,我在心里默默地想:一个人一生给予了干渴的人多少泉水,他一路就能领略多少迷人的风光吧。

我用一切报答爱

蔡 坤

嗓门大、热心肠、动作快——用这话来形容陈京琼的军人老公也可以,但是这是用来形容她的。出生于灵璧县灵城镇的陈京琼今年 32 岁,是中共党员,也是灵璧县红十字会的一名工作人员。她是军嫂,也是一个 5 岁孩子的妈妈。多年来,面对着孤独寂寞、艰难苦涩,她用爱报答工作和生活的一切,也用自己的一切报答爱。

是往事,更是一辈子的事

说起自己的丈夫姜长江,陈京琼调侃的话里带着笑:"结婚 6 年了,我看他是从'直男'变成'钢铁直男'了。他平时在武警部队特别忙,除了上班值班,还得训练、出差、执勤,忙起来连摸手机的空都没有,更别提主动给我打电话了!基本上都是我给他打电话,而且能打通的时候基本都是深夜!不过夜里打电话也好,有时候电话里我给他讲孩子生病的事,讲四个老人生活的事,讲我工作上遇到的烦心事,讲着讲着我就哭了。这也只能在他面前哭一哭,我不想让父母和孩子知道,我是要照顾他们的,不想让他们担心。"

翻阅着自己和丈夫屈指可数的通话记录,陈京琼的声音越发低沉,但是她很快又笑了起来:"但是我老公更搞笑,他在电话那头都不知道多夸夸我,哄我高兴,就知道说:'钱,给你打钱?'然后每次我都说:'谁要你钱?我有工作,我有钱!'当然收还是要收的,我每次收钱的时候心里都特别开心。我老公又往家寄钱了!心里会这样想,哈哈……"

关于谈恋爱的事,陈京琼记得很清楚:"能不记清楚吗?是陈年往事,也是一辈子的事呢。"

俩人谈恋爱的时候是在大学,当时被姜长江牵手在路上走两圈,陈京琼心里都小鹿乱撞,高兴得不得了。当陈京琼把姜长江介绍给父母后,老两口也担心过,怕她结婚后日子会苦。陈京琼耐心又坚定地给父母做思想工作:"我不是没有考虑过未来。我知道军嫂的家庭生活不容易,现在谁家带孩子能像从前,给口吃的给件穿的就行?小孩子除了吃饱穿暖更要从小教育好,全职妈妈做起来都辛苦,何况我还要上班的?以后照顾爸妈的事情更多时候也得是我来做。但我知道他对我是真心的,我也喜欢他。而且我能理解,他又不是故意的,军人保家卫国是无上光荣的事情,我为能嫁给他感到自豪,我会一辈子做他最坚强的后盾!"

是难事,更是好事

比起家事,陈京琼更愿意谈论自己的工作。说起在红十字会工作的经历,她总是说:"是挺难的,但也是好事情。"

2016年陈京琼进入灵璧县红十字会工作,和同事们一起开着车跑遍全县,宣传过卫生救护知识,动员过捐献造血干细胞,组织过慈善捐助。今年春节,丈夫难得休假回家探亲,但全县疫情防控阻击战打响后,在家人的理解、支持下,她坚决响应组织号召,迅速返岗,扎实完成自己的防控任务。

根据上级领导安排,结合自己的工作职责,疫情期间陈京琼负责组织开展公益募捐活动。

"正常的时候村民过了年就可以外出打工,只要勤快就能挣不少钱。但是为了防疫大家都不能出去,那些外出打工的人在家一待几个月没有收入,家底厚实的还能撑一撑,那些贫困户就比较困难了。比起吃穿这些基本生活物资,更让人担心的是乡镇的医疗卫生条件,防控物资缺乏,有时候有钱都买不到。但是在社会各界的大力支持下,这个情况缓解了很多。疫情控制得好,村民才能以更好的状态更快地投入复工复产,才能不耽误脱贫奔小康。那段时间我基本上都是在办公室待一天才回家,中午在办公室吃泡面,困了也就在办公室休息一下。这都不算什么,比起抗疫一线的医护工作者,还有那些在风里、雪里,大半夜在外面值守点值班的老党员、志愿者,我这实在算不上什么苦。我最怕的是时间一长脑子就蒙蒙的,可我脑子不能蒙,我每天都要把收到的捐赠款物清点清楚,统计捐赠物资的数量、价值,及时登记造册,还要向捐赠人开具我们省公益事业捐赠统一票据。这些东西我得实时核计、更新当天数据,捐赠款和物资去向也要及时跟进,每天都要向社会公开,接受社会各界人士监督。"

自2020年1月27日向社会发布捐赠倡议书,截至2020年2月20日,陈京琼累计收到捐物69批,合计价值128.2401万元,捐款232笔,合计230.09219万元。

"所以我说我怕脑子糊涂,我要是脑子不清楚,什么地方出了差错,怎么对得起那些爱心人士呢?"陈京琼说,"虽然我不能像医护工作者那样去救死扶伤,但是作为红十字会的一名工作人员,我也要坚守好岗位,发扬我们人道、博爱、奉献的红十字会精神,为保护人的生命和健康,为打赢疫情防控和脱贫攻坚两场仗贡献自己的力量!"

是国事,更是我自己的事

陈京琼大学毕业后便通过考试回到家乡,她怀着赤诚的报国心,在灵城镇徐杨村做了3年多大学生村干部。

"大学毕业的时候亲戚朋友建议我干什么的都有,当时家里人就希望我当个老师,安安稳稳过日子,说村里人那么多,而且有文化的年轻人也基本出去打工了,留下来的基本是老人和孩子,各种各样的事情非常多,家家户户什么大事小事、公事私事都有可能跑到村委会找人评理或找人帮忙,有时候一不高兴还能吵起来。村干部又不是村主任,爸妈害怕我年纪轻轻的去村里工作,会吃不消,受委屈。"

村民说她一个小姑娘,肯定受不了村里的苦。但陈京琼坚持下来了,圆满结束了自己的任期,在被安排到县红十字会工作后,她坚持发挥在村里锻炼出来的能吃苦、敢担当的精神,依然经常深入农村,深入农户,带着社会各界的关爱和自己多年的基层工作经验,帮助有困难的父老乡亲。

在走村入户开展扶贫工作的过程中,陈京琼不怕脏不怕累。她充分发挥自己在农村工作经验丰富的优势,帮村民打扫家庭卫生,让贫困户的家庭面貌焕然一新;陪留守儿童们做游戏,让孩子们感受到温暖的陪伴;给贫困户读励志榜样故事,增强他们的脱贫信心;跟农户拉家常,从他们东一句西一句的只言片语中挖掘群众的关注点,用通俗易懂的语言向农户解释扶贫的政策;结合红十字会的工作,她还组织了贫困村义诊、应急救护培训,带着六名志愿者坐着皮划艇清理河道、打捞废弃物……陈京琼充分将自己对农村工作的热爱写在了行动上。

"我是认真考虑过的,我不后悔,我觉得我那么年轻,党和国家培养我那么多年,到了走向社会的时候,我不应该只考虑自己,把自己的工作和国家的需要结合起来,人生才更有意义。村里的年轻人越往外走,就越需要有人能够守住农村。弱势群体越是困难,就越需要有人时刻想着他们,帮助他们。累是累,但是也长见识、长本事。我要不是亲眼见到,能在哪本书里读到写材料的人也得会摆弄收割机?我要不是亲自干,哪里能有与村民打交道的经验?如果我当年在外面找工作干个几年再回灵璧,我连话都不一定能跟村里人说得上——在外面待久了一开口就是普通话,村里的老人还是更习惯灵璧土话呢。"

琼者,美玉也。陈京琼说,父母为她取名"琼",是想让她活成像玉一样温柔美丽又精致的女子。然而,金玉有本质,焉能不坚强?如今,她成长为在工作、家庭两个"战场"上都能勇敢战斗的"女战士",也算是从另一种角度实现了父母的期望。

"我特别感激党和国家,也感恩社会。"她说,"作为军人的妻子,我清楚国家富强对军人和百姓有多重要;作为一名红十字会工作者,我深知党、国家和社会对贫困户等弱势群体的关爱与扶持;作为一名村干部,我由衷地感谢这些年党和国家对我的关心和培养,这些基层经历磨炼了我,也让我成为更好的自己。我会勇于担当,继续奋斗,用我的一切回报党,回报国家、社会还有家庭给我的爱。"

最爱那一抹国防绿

郑莉莉

小时候,看见穿军装的特别羡慕,自己也特别想当兵,但是因为身高等原因,我与当兵的梦想擦肩而过。

老天爷特别懂我的心思,给我关上一扇窗,却为我开启了一扇门。2003年,我表姐夫在部队当兵,为我找到了我的人生另一半,他在表姐夫的单位工作。记得当时是7月份,本来想着见面的,但是他们去海训了,等他海训回来,才见到本人。第一次见面时的情景深深地印在我的脑海中,当时是在我表哥家见的面,他身高1.78米,穿着军装,英武而又精神,他不就是我理想中的爱人吗?

后来,在亲朋好友的祝贺中,我们携手走进了婚姻的殿堂。结婚前几年,我与爱人过着两地分居的生活。他平常是不能回家的,我有时周末去部队看望他。十月怀胎,本来是我最需要照顾的时候,可他要忙军队的工作,我只能自己照顾自己。记得刚生宝宝还未满月的时候,丈夫就回军营了,只有我自己在家带着宝宝。在月子里孩子睡颠倒了,夜里哭,白天睡,家里只有我们母女俩,静寂的夜里,只有孩子哇哇的哭声,我只有抱着她,成夜成夜地不能睡。后来,我因为长期熬夜而老是咳嗽,只有让我妈在家看着孩子,自己去医院看病。因为哺乳,我还不敢吃药,只能硬扛着,过了好久病才好。有时候,出去买菜,我都要趁着孩子熟睡的时候,飞快地跑到菜场买菜回来。平时做饭,我也是弄个小推车把孩子拉到厨房里,边看着她,边做饭。那时候,我最怕孩子夜里生病。有一次孩子夜里发烧了,我本来想着敲邻居的门,让邻居陪我一起去,但是都凌晨1点钟了,我怕耽误别人休息,自己壮着胆子带着孩子去医院看病。抱着孩子下楼梯时,我一不小心摔倒了,手里紧紧抱着孩子,摔得腰疼了好长时间,后来孩子病好了,我却瘦了一大圈。孩子上幼儿园了,我自己接送,当时还没有汽车、电动车,我就骑个自行车,把孩子送到学校,自己再到单位,一到单位满身都是汗水。每天都是这样,日复一日。丈夫不在身边,我格外坚强而独立,家里什么事都是自己做,包括家里水管坏了等等。

2008年,丈夫转业到地方。本来以为丈夫回来了,自己可以轻松一点,但是丈夫是一名转业军人,走到哪儿,工作都是冲在前,吃苦在前,奉献在前,晚上别人下班的时候,他还在忙工作。因为他在部队时是军事主官,到地方以后,很多东西都要重新学习,重新开始,好多工作都要埋头苦干。他的辛苦努力没有白费,连续多年获得市区多项奖章。因工作比较繁忙,他晚上基本上没有在9点之前回过家。女儿当时正读初三,学习压力很大,又正值叛逆期,有时候因为学习和生活的事,我和女儿产生了矛盾,委屈得直掉眼泪。当时我刚接手单位的党建工作,因为刚接触,工作摸不着任何头绪,只有硬着头皮一点点地学,多向党建办咨询,有什么不会的及时问。在我们支部书记带领下,我平时做好"三会一课"记录,利用"云党建"平台、党员活动日、志愿者活动日,将支部党建活动开展得有声有色。2018年、2020年,东关派出所党支部被评为"优秀基层党支部",2020年我还荣获"优秀共产党员"称号。

后来,丈夫调到乡镇,基本一周才能回来一次。到了2020年春节,疫情暴发后,他一直坚守在抗击疫情的第一线。面对疫情蔓延的严峻形势,我们东关派出所所有民、辅警都冲在第一线,站在最前沿,为打赢疫情防控阻击战贡献自己的力量。疫情初期,我得了普通感冒,因为害怕传染给同事,经所领导同意,自行在家隔离了几天。但每天看到工作群里同事们都忙得不可开交,无畏地战斗在抗疫一线,我在家里再也坐不住了,在感冒还没有完全康复的情况下,立即回到了工作岗位,每天做好疫情的上传下达、数据统计和宣传报道工作。女儿一人在家,没有人给她做饭,有时饿了,只能吃饼干、方便面充饥。当我下班回到家时,女儿心酸地说:"爸妈都不要我了。"我看到无人照顾的女儿,心里十分难过,但第二天我又义无反顾地投入抗疫一线。

今年7月份,安徽突遭暴雨,暴雨持续多日。丈夫所在的乡镇有些地方受了灾,丈夫与同事们在辖区进行排水、清淤泥工作,虽然累得筋疲力尽,但一刻也不能停歇,连周末也难以回家一次。为了让丈夫更安心地工作,我一边忙工作,一边照顾家庭,不让丈夫有后顾之忧。

孩子小时候,基本上是见不到爸爸的,长大了,爸爸虽然转业到地方,但是因为工作繁忙,孩子和爸爸相处的机会也不多。只要丈夫在家,他都会尽量抽时间去陪孩子。有时候孩子对爸爸有怨言,但我都会跟孩子解释爸爸的工作性质,让她多理解爸爸。

做军人难,做军人的妻子更难。刚结婚的时候,我对军嫂的含义理解还不深,只是觉得做军嫂很光荣。在婚后的日子里,我才真正体会到,军嫂光荣是因为任务重,军嫂光荣是因为奉献多,军嫂光荣是因为牺牲大。但是,我非常珍视这份光荣,为自己是一名军人的妻子而自豪。与丈夫携手并肩了17个年头,我渐渐品味到了生活的真谛,爱是基础,奉献使爱升华。因为爱,我们走到一起,因为理解相爱至深,因为奉献我们的生活充实快乐。尽管我们不能常相聚,但我们的心始终交融在祖国的大家庭里。

你好，老兵同志

杨 飞

简单想来，我和父亲的关系同国家其他的父子关系并无二致。"父爱如山"的情感模式总是穿行于过去与现在，令两代人之间的理解与沟通似乎多了些先入为主的惯性。的确如此，自我记事起很长一段时间，父亲便是这一形象的"坚定维护者"，以至于在我的眼中，他总是沉默古板不苟言笑，不但不善于同亲人沟通，而且"独断专行"，甚至不够通情达理，所以在我生命的很长一个阶段他并没有留下多少特别印象。如今，当我业已进入不惑之年，再次提笔写下"父亲"这个词时，我用感性兼具理性的目光，又不由得重新审视起他来。

那大约是十年前的一个夏天，我与父亲一同回家乡去。符离镇以北十公里外的一处贫瘠的山坳里，保留了我大半个童年的模糊印象，算不上糟糕，也算不上美好。返乡，是为了同他的侄子我的堂哥商讨取老屋之石建造新房的事宜。自大伯去世后，父亲对他这个侄儿关爱有加。但是，那次的商讨不欢而散，再次令我觉得他颇不近人情。不就是将即将坍塌的老屋扒掉，取那些砖石一用吗？干吗非要那么固执呢？母亲却迟疑地说："咱们进去看看吧。"生满杂草的破落庭院里，突兀着被时光遗弃的嶙峋地基；由于无人居住年久失修，屋顶一如干瘪的脊骨坍塌掉大半。多年后，当我再次走进这副承载了我们两代人生命之重的"骨架"内部时，荒芜之感伴随着挥之不去的尘土落满了我的头顶。我在我出生的那间小屋里站了一会儿，直到打开手机的电筒好一阵子，才确定到底是什么将我即将折返的脚步挽留片刻：那是几张早已被雨水冲刷过数次的沾满污渍的斑驳贴画，勉强辨认得出，是20世纪80年代初从部队里带回来的宣传画。画面上是几名军人，面目以及军姿模糊难辨。我不由得想起来了，在幼年每当因为疾病难以入睡时，我一转眼那些画面便会持久地盘桓在大脑中。当我情绪复杂地走出屋子时，父亲正好走进去，不经意间回头，见他正站在我刚刚站过的地方，不同的是，他的身姿突然挺拔起来，右手颤颤巍巍举起抚摸起那些旧画来。这个动作保持了一段时间，直至他的右手顺势举起，举到额角——那是在行军礼吗？那一刻，从他别扭的站姿中，我好像才刚刚意识到，他曾经是一名军人。院子上空有点阴沉，旧物掩藏在杂草间，一阵风回旋着吹过来。待我走出小院的时候,父亲也走出来了。我给他点燃了烟,他微微一笑,叹了一句:"俱往矣。"

之后我渐渐明白,父亲之所以不愿拆掉老屋,固然有各种理由,但无论如何,确是与他的外人难以深触的军人情结分不开的。我出生时,他正在南京军区某部服役,没能亲耳听见发自老屋深处的婴儿哭声。我不知道当他和战友荷枪实弹正行进在边陲,忽然听到这个新生命降临的消息时,内心是怎样的情感。但是后来,从母亲那儿我了解到,很快地,他便以他军人特有的方式为我的到来做出了回应:炼乳来自他部队的津贴,"小军"的乳名是他赐予的,幼年的玩具是用子弹壳打造的……无不带着迷彩的颜色。记得我五岁那年,他从部队回来,将一顶葱绿色的军帽以及一支金属半自动玩具步枪带给我作为生日礼物,其后我便整日地穿戴成一名小战士形象,着实在玩伴中风光了一段时间。但是除此之外,他留给我的印象,除了板着脸对那个并不快乐的家庭"说三道四",实在没有其他。他总爱如一位巡边的孤傲将军那样不苟言笑,因而当他再返乡时,我总是想:唉,将军又要回家了。

母亲说,父亲并没有太过长久地享受初为人父的喜悦,她是指,不久之后便退了伍的他,生活马上陷入了一段长时间的焦灼,并为我举了一个例子。那时候我们一家已经因为父亲转业离开了故土,居住在一个小镇上。面对全新的生活,做惯了军人的父亲显得无所适从。闲暇时,他总爱手执苍蝇拍,口里叨叨个不停,并滑稽地将他消灭掉的苍蝇一一摆在花圃边,嘴里数着"一二三四……",然后猛一回头,孩子一样朝我们道:"瞧,瞧瞧啊,整整十二只,我消灭了一个班的敌人!"我自然是耸着肩膀笑,唯有母亲明白他内心的苦涩。母亲总是说,在之前的那次对越自卫反击战中,他是如何如何英勇,受过哪些伤,获得过怎样的荣誉。我年纪尚小,自然是那些话题的局外人。实际上,在我整个少年时代,我对向来沉默寡言的父亲仍旧没有多少特别感受,倒是特别地"恨"过他一回。那是小学五年级的暑假,由于我疏于学习过于贪玩,学业上一塌糊涂。有一天他喝多了酒,便趁着酒意继续为我上"思想政治课",说"学习也要有三项纪律八项注意",说"马上要读中学了,不能再打无准备之仗",说"坚决不能向学习上的任何敌人退让",云云。我觉得耳边有无数只蠓虫儿在飞。我的嘻嘻哈哈终于招来了他的恼怒,只见他愤然跃起(果然是老侦察兵出身),随手抓起一根铁条,像对待他的敌人那样,稳、准、狠地刺进了我心爱的篮球。这件事让我对他不满了很久,以至于更加疏远他。

退伍后的父亲在小镇公安岗位上一干就是数年。那些年,他将他的军人性格在工作中发挥得淋漓尽致。他不怕苦不怕累,起早贪黑,又不爱张扬,哪怕是刚刚侦破了一个棘手的案件。有一年冬天,我和母亲弟弟已经熟睡,突然院门咣当一声被撞开。我们惊慌地跑了出去,只见父亲的摩托车灯正一明一暗地挂在车把上,微弱的月光下,我看见了他脸上的擦伤,腿脚在不停战栗,便禁不住叫出声来。那是"严打"时期,那天他出任务,返回时,不小心出了车祸。母亲心疼地埋怨他,他却说:"没事没事,和在部队执行任务比,实在算不了什么。"后来我又得知,他之所以出车祸,是因为他急着赶在一家代销店关门前兑现白天对我的承诺,为我买下那支漂亮的钢笔。那支钢笔我一直没舍得用,后来在一次搬家中丢失了,令我难受不已。我想如果那支钢笔还在,我定然用它写有关他的文章。

之后,父亲转入法院上班,继续默默地打造着他的口碑。有一次,家里来了一位特殊客人。一位苍老的奶奶,因子女不孝不愿赡养,找到法院打官司。当日天色已晚,老人怕又被儿子打不敢回家,于是住进了我们家,一住就是一周。母亲对此很有意见。父亲说:"救死扶伤是我的责任!"母亲哭笑不得:"你又不是医生,这叫不务正业。"父亲一愣:"可……可我是军人。"母亲说:"可现在你不是了。"父亲嘿嘿笑着,有点无言以对了,尴尬地摸起了头。这时我冲了过去,不知怎么,二愣子一般说了一句:"生不卸甲,死不缴枪。"全家人一下子愣住了。父亲哈哈大笑起来,拍着我的肩膀,大家都笑起来了。我看着他的神情,第一次感到我们在"并肩而战"。

实际上,转业后那么多年里,父亲的"不务正业",又岂止在这一件事情上呢?1998年发大水,皖北也遭受灾害,老家及四乡八村多深处山坳中水道边,镇上集结人员抗洪时,我们在路边目送他们出发。这时,母亲突然喊叫起来,紧接着,我也张大了嘴巴。不是他又是谁?那个单薄的矮小的黝黑身影夹杂在队伍里,不仔细辨认真看不出来他这个曾经的侦察兵"藏"得那么深。他那个年纪,那个病体——我们都为他的疯狂举动感到慌乱。但是我们又深知,那时他是不可能被拉出来的。他曾经相当"专制"地向我们发布的命令之一便是:不得以任何理由贻误他的军情。我和母亲默默地看着他随着队伍奔赴向前了,即将消失的当口儿,他竟回头朝我们嘿嘿一笑。那一年,距他退伍已三十多年了。都说"三十年河东,三十年河西",而他的三十年,没有河东也没有河西,只有洪水泛滥的河边。

前年,我二哥(父亲当年那位想拆除老屋的侄子)再次向他提出申请,想"打老屋的主意"。父亲听了他的"汇报",听得很认真。原来二哥想在老屋旧址上进行翻修,建一家有军事特色的农家乐。这几年随着对农村的扶贫力度的加大,环境改观,乡村旅游成为热点,于是二哥决心干一番事业。这次,父亲想了一夜,答应了。之后,他想了一夜的主意(用他的话说,叫作"领会作战意图,下定作战决心,明确战术技巧")。农家乐开业那天,我们全家都出席了,坍颓的宅院焕然一新。父亲发表了"开业致辞"。致辞结束后,我们这些晚辈,包括我八岁的儿子,突然冲到他的面前,行了一个军礼,大声道:"你好,老同志,集结完毕,请检阅!"父亲愣了愣神,回了一个标准军礼,铿锵道:"开始。"

最可爱的人

路庆丰

传一卷芬芳翰墨,和一阕山高水长。宿州,背倚中原,襟连沿海,是镶嵌在淮北平原腹地的一颗璀璨明珠,在其"尚贤尚信、和睦和衷、坚韧博爱"的精神品格的主导下,演绎出一曲曲扣人心弦的交响乐!

这里,有一群最可爱的人正在被越来越多的人熟知和赞美。他们就是"最美退役军人"。他们退役后,有的扎根基层,带领一方百姓脱贫致富;有的立足本职、敬业奉献,守护人民生命财产安全;有的勇立潮头、自主创业;有的赡养英雄烈士母亲,保守国家机密。他们展现了广大退役军人立足各行各业,积极投身改革开放时代大潮的精神风貌。她们是"最美军嫂",她们情系国防、勤劳持家,具有无私奉献、勇挑重担的优秀品质和善良忠贞、乐观自信的人格魅力,她们以实际行动表达了对国与家、得与失、苦与乐的理解,堪称新时代女性楷模。

"最美退役军人",美在哪里?美在一生都"立正",本色从未"稍息"。深藏战功四十余载,甘于坚守平凡岗位:退役军人王於昌,曾先后在空军航空兵和地空导弹部队服役,两次击落美制 U-2 高空侦察机,受到毛泽东主席的接见。后复员,被安置到萧县百货公司,他勤学新业务,豁达又负责,深藏功名,不改本色,在平凡岗位上默默奉献,成为广大职工心中最信任的人,2019 年 7 月获评"全国模范退役军人"。抗疫保卫战中显大爱,诠释军人本色:埇桥区祁县镇的士官王久强曾是一名军医,他向区退役军人事务局递交请战书,最终被批准到武汉参加救援工作。区卫计委部队转业干部周永军和朱仙镇医院退役军人廖恒学主动要求值守有感染风险的新冠肺炎隔离点。"父子兵"宁宗志和宁宏博主动为社区值班人员长期送免费午餐。热心公益事业,无偿献血 16 年:退役军人王磊 2003 年开始坚持无偿献血,目前已累计献全血 9000 毫升,机采血小板 20 余次,并加入了中国造血干细胞捐献者资料库。他十多年坚持公益事业的初心未改。军心不改勇向前,倾情创业天地宽:退役军人绳惠展通过考察成立了"安徽省壹度品牌运营股份有限公司",专注于社区型便利店打造,进入了中国快消品连锁百强。后积极探索电商发展新路,走出了电商扶贫新模式,名列当期扶贫创收排行榜第一名,深度展现了军人创新拼搏的精神。

军人奉献为国,军嫂奉献为家。正是由于"最美军嫂"默默无闻的付出,军人们才能无后顾之忧安心保家卫国。"最美军嫂"的生活平凡但不平庸,她们用温柔而坚强的情怀传达爱的真谛,她们身上都有一段默默奉献的故事。埇桥区三里湾街道南方社区的副书记梁静是一名共产党员,同时也是一位"最美军嫂"。她是一位妻子更是一位母亲,可是一线防疫工作,使她忘记了自己的家庭身份。2020年正月初一,她离开不满两岁的儿子和刚从部队回来探亲的丈夫,义无反顾地投身到疫情防控工作当中,努力做好疫情防控的"指挥官"和"调解员"。她对待工作认真负责,对待群众用情用心,用实际行动诠释了责任担当。作为现役军人家属的李嘉慧,因爱人忙于训练,她用柔弱的肩膀挑起生活的重担,在道东街道办事处工作六年来能够克服困难,勤奋工作,从不叫苦叫累,这位"最美军嫂"在工作岗位上脚踏实地、奉献青春汗水,在生活中尊老爱幼、团结邻里,受到了大家的一致好评。

"最美退役军人"退役不退志,退伍不褪色。无论在什么岗位、从事什么工作,他们始终忠诚于党,模范执行党的路线、方针和政策;始终自强不息,在社会主义现代化建设中拼搏进取、顽强奋进、造福社会;始终珍惜军人荣誉,恪尽职守,用自己的实际行动一次次地诠释了军人本色。他们穿戎装时,一心为国,守护家园;他们脱下军装时,也不忘为大家服务。他们传承了军人的素养和对人民的奉献精神,一次次书写了自己人生的新篇章。"最美军嫂"品德高尚、无私奉献、自立自强,大爱无声筑后盾。"最美军嫂"是付出和坚守的同义词,是家庭幸福和谐的默默贡献者,她们未曾入伍却与军人荣辱与共,未穿军装却与军营血脉相连,她们身上温馨而感人的真情故事,宣传了新时代的正能量,践行了社会主义核心价值观。

"最美退役军人"和"最美军嫂"是党和国家的宝贵财富,是新时代中国特色社会主义事业的建设者,是实现中华民族伟大复兴的重要力量。军民情深,薪火相传。学习宣传"最美退役军人"和"最美军嫂"先进典型,有利于鼓舞人们忠诚担当、奋发有为,从先进事迹中汲取精神力量,激励人们扬帆新征程,建功新时代,为实现"两个一百年"奋斗目标、实现中华民族伟大复兴做出更大贡献。

东风着意山山秀,细雨柔情叶叶新。鸿雁声声传世界,长城万里尽逢春。在无数个奋勇前行的日子里,他(她)们发出了"最美"声音,播撒了"最美"种子。这一刻,荣光属于他(她)们,属于所有"最美"的心灵!

滴 水 无 澜

王婉婉

烈日西斜,暑热不减,空气中浮动的微尘,似是大地蒸腾起的灰雾。G343国道两旁的树木和绿植,被热浪冲击得灰头土脸,一副没精打采的模样。然而,走进国道西侧的葡萄园,映入眼帘的,却是一眼望不到边的盎然绿意,一股清新气息扑面而来。园中,十几名女工正在给青果套袋,一边忙活一边聊着家常,饱经岁月沧桑的脸上,洋溢着满足的微笑。

脚下绿草茵茵,微风从葡萄枝叶间拂来,朱大娘娴熟地将一串串青翠饱满的葡萄套入袋中。老人家今年六十多了,守着家里几亩薄田,没有额外收入,前些年的生活着实困难。自从村里有了葡萄园,她就在园区务工,一个月两千多的工资不说,一点也不耽误照顾家。曾经的贫困户现在不仅脱了贫,日子还过得充实有奔头,她这心里说不出地踏实。朱大娘感慨万千,而这番感慨,在葡萄园就业的众人中,如出一辙。就业加分红,他们感激这帮扶政策,更感激辛苦付出的扶贫工作队。

工人们下班了,骑着电动车三三两两说笑着离去,偌大的葡萄园甚是清幽。一位年轻人在园区大门口沉思,"亢田村精准扶贫葡萄产业园"几个大字,映在他坚定的眸中,夕阳在他的脸颊上印上一抹金辉,他的神情显得愈加坚毅。他就是灵璧县灵城镇亢田村的扶贫专干许甲甲。

接受组织选派到亢田村任扶贫专干时,许甲甲刚从部队转业回家,还未来得及熟悉新单位虞姬乡规划所的工作。多年来许甲甲夫妻两地分居,好不容易等到转业,本以为能尽情地享受与家人团圆的幸福,却又要因驻村扶贫咫尺难聚。望着已有身孕需要照顾的妻子,许甲甲心里生出了一丝迷茫,但是随即便调整好了心态,转而安抚家人。十二年的军旅生涯,让他早就养成了号令一响立即赴命的习惯,再说,身为党员,听从组织安排,他更是没有二话。他背起行囊,一头扎进了亢田村,一干就是三年。

脚下这片热土,成了许甲甲华丽转身的新战场。进驻亢田村后许甲甲几乎没有休息日。他深知脱贫攻坚责任重大,扶贫专干肩负着重要的担当和使命,必须尽快融入新环境,吃透政策,熟悉业务。为了真实掌握亢田村的第一手资料,他白天走村串户,耐心倾听贫困户的诉求与愿望,晚上不仅要将收集来的信息进行整理归档,填报各种报表,还要加班加点录入系统,很晚才能休息。同时他还向老支书、老党员、村民代表和村组干部虚心请教,深入调查了解村情民意,分析亢田村存在的问题和找出解决对策。

  他白天黑夜地伏案整理材料,审核数据,放下材料他的身影便出现在田间地头,长期如此熬夜劳累,让许甲甲患上了严重的高血压。他憔悴的样子实在让大家揪心,大家都劝他休息几天,他却回以一句"扶贫事多,走不开"推托。等到手里的工作告一段落,他才抽空去医院治疗。人在病房,他的心却在扶贫一线,总是吊完水就偷偷地跑回村里继续工作,医生查房找不到人,说没见过这样住院的,为忙工作连自身安危都不顾。妻子心疼地埋怨他:"人家扶贫都没那么多事,你怎么就这么忙? 整天就忙着管别人家的事,家里的事不问就算了,现在连自己的身体都不顾了!"妻子说着哭了起来,许甲甲一时竟无言以对。

  一场大雪拉开了2018年的序幕。银装素裹,玉树琼枝,冬麦得到了滋润。可这场灵城人期盼已久的雪,来势却过于猛了些,天寒地冻,积雪结冰,学校被迫停课。在这恶劣的天气里,许甲甲所在的扶贫工作队并没有休息,他们奔走在泥泞的村路上,挨家挨户探望孤寡老人,嘘寒问暖。群众无恙,他们又奔向了产业园,可是担心的情况还是出现了,积雪压倒了部分葡萄园的大棚。那可是村民的希望啊,许甲甲的心一下子沉了下来,必须立即积极救灾,不能让损失扩大了。而此时,在许甲甲的老家阜阳,他的奶奶正处于弥留之际,所有的亲人都赶回去看老人最后一眼,独独少了他。几天后,当他安排好一切工作事宜赶到家时,奶奶已经走了,这成了许甲甲心底抹不去的遗憾。

  时至盛夏,一场罕见的暴雨袭击了灵璧,从县城到乡村,沟满河溢,到处是水。水浸村庄,长势喜人的玉米全泡在水里,村民受灾严重。许甲甲站在村委二楼的走廊上,看着如注的雨幕,眉头紧锁,不能再等了,他必须尽快赶到生猪养殖场。雨狂天暗,早已慌乱的养殖户们见到许甲甲,心神方安。许甲甲指导并帮助他们转移生猪,抢救财产,使五家养殖户把损失降至最低。一位惊魂未定的养殖户紧握着许甲甲的双手,久久不放,感激之意无以言表。

  三年如一日,如今的许甲甲早已融入了亢田村。三年来,作为一名扶贫专干,他在亢田村做出的成绩有目共睹,但是付出的艰辛和牺牲只有他自己清楚。不论在部队,还是在地方,他都无愧于组织,无愧于群众,而对于自己的家人,许甲甲却有着深深的愧疚。

其实,从亢田村驻地到灵城镇的家中,相距不足十公里,可许甲甲回家的次数真的屈指可数,就连长女出生时,他都没能陪在妻子身边。第三方评估在即,容不得半点松懈,当天很晚他才匆匆赶到家里。望着满怀期待的妻子和襁褓中的小天使,他久久无言。无法做过多停留,迎接评估的繁重任务在等着他,在脱贫攻坚的关键时刻,个人的家事只能暂抛身后。软语安慰,告别妻子,转身走出家门,这位铮铮男儿忍不住洒下了热泪。那一刻,他没有想到,两年后次女出生时,这一幕又上演了一遍。

在扶贫工厂里,在产业园中,在村路上,村民遇到许甲甲都会热情地迎上来打招呼。一到基层,为人谦和平易近人的许甲甲很快就和村民打成一片。他谦虚好学,是业务上的行家里手,而他更是干一行爱一行,工作队的同事无不交口称赞。

驻村初期,许甲甲接手的扶贫资料缺失严重,归档混乱,他将过往年度的各类资料进行梳理,编写扶贫流程手册,扶贫干部思路清晰了,工作效率显著提升。许甲甲这一番创新,使亢田村扶贫工作成为模板,在全镇推广借鉴。精益求精是许甲甲一以贯之的工作态度,而这份认真钻研的精神,是他早在军营就已练就的。如今虽然脱下军装,他的军人本色却丝毫不减。

17岁入伍,他驻守在广西百色的中越边境线上,特殊的环境,艰苦的训练,那个尚带稚气的大男孩,很快成长为一个不畏艰险的钢铁男儿。边境不清静,但他心中没有畏惧,手握钢枪,他有的只是身为军人的自豪,和守土卫边的责任感。勤奋好学的许甲甲考入了军校,2008年毕业后分配到北京,随即参加了奥运会的安保工作。

提起在北京的那些年,许甲甲最难忘的还是国庆60周年大阅兵。当他走在国徽方阵的队列里,在《红旗颂》的歌声中,他激情澎湃,之前100天每天训练15小时的辛苦算得了什么？鞋踢破,脚磨烂,又算得了什么？那是在为荣誉而战！2011年8月,中国第一艘航母"辽宁号"下水,作为安保人员的许甲甲,胸中再次涌起强烈的民族自豪感！

滴水无澜,足以润泽一苗;烛光虽微,却可照亮一室。有人说,许甲甲就是一颗螺丝钉,把他拧在哪里,他就在哪里凝聚力量。在脱贫攻坚战中,许甲甲发扬了军人特别能吃苦、特别能奉献的优良传统,努力把贫困群众的美好期盼变成现实,让军人本色在脱贫攻坚一线熠熠生辉。

行走在村中的一支笔

周　恒

那是2018年的春天,乡下老家我中学的同窗好友陈守双来医院找我给他小侄孙接骨时告诉我:"刘万广这会儿上去了,最近被省里评为安徽省'最美基层文化人'喽。"

我听了,心里很高兴,激动地说:"是吗?"

"这还能有假?刘万广和你我,在晏路中学上学那会儿,咱们三个最要好的。"陈守双说着,便将收藏在他手机微信里的一段文字打开递给我看:

> 2018年2月,中共安徽省委宣传部、安徽省文明办下发皖宣通字[2018]14号文件,《关于安徽省"最美基层文化人"评选结果的通报》,经过层层推荐、公示,网络投票和专家评选投票、评委会领导审定,宿州市灵璧县黄湾镇政府通讯员刘万广被评为安徽省"最美基层文化人"。这是对他长期在基层从事宣传报道工作,特别是在扶贫攻坚中做出的突出成绩,给予的高度认可和表彰。

我一遍遍看着,仿佛看见:刘万广从村庄的农户家里向我走来,刘万广从田埂地头向我走来,刘万广从春暖的大地上向我走来,愈来愈近,愈来愈近……娃娃脸,大额头,火红的面容上绽放着笑容,胖乎乎的身体散发着正能量,被他拎了几十年的那只黑色旧采访包,至今依旧在他手里拎着,一股基层文化人的气息扑面而来。刘万广在基层从事宣传报道工作45年了,在改革开放40年的火红年代,能够在一个镇上不忘初心地坚守当通讯员,我敢说,在全安徽省的乡镇只有刘万广一个。别看刘万广土头土脑的模样,他其实一肚子文墨,是基层通讯员队伍中有名的"笔杆子"。此刻,刘万广当年描绘的农村在改革开放以来变化的蓝图,放电影一般一幕幕涌现在我的脑海中……

1978年党的十一届三中全会决定实行改革开放后,一股春风暖进亿万农民心里。当时灵璧县黄湾区的农民沸腾了,一些生产队像凤阳县小岗村一样开始实行大包干。1978年末,砂坝公社庙李大队薛桥东队的20多户农民在一夜之间,悄悄地决定了分田单干,这是全宿县地区第一个推行大包干的生产队。由于到户精管精收,1979年夏,家家小麦都获得大增收,群众生活由吃黑面馍(山芋干面的)变成吃白面馍(小麦面的)。1980年实现"四超":国家定购粮、农业税、集体提留款、归还集体欠的贷款,都是提前超额完成任务,在全公社全区全县都名列第一,农户卖粮第一次实现有钱赚。

1981年,该队平均小麦亩产超过500斤,迎来了有史以来的最高产,家种30多亩小麦的都收粮超过15000斤,种40亩以上的可超20000斤。其中,朱守成、朱守忠、吴建国三户农民收粮皆在16000至18000斤之间。他们丰收后第一个想到的就是国家,积极向黄湾区领导报名要向国家卖余粮超10000斤,在全区引起强烈反响,区领导派车并亲自到户帮忙卖粮。6月20日,这三户农民在粮站卖粮均超过10000斤,刘万广小黑包一拎,骑着永久牌自行车,现场采访,连夜写出《三户农民喜卖万斤粮》通讯稿件,首都十多家媒体进行转载,多省报纸也转发,在全国引起强烈反响,这三户农民成为改革开放推行后全宿县地区农村改革的一面旗。组织部门按照刘万广写的文章深入考察,将吴建国推荐为县政协委员和地、县优秀青年,朱守忠由生产队长提拔为大队书记,并被评为优秀共产党员,朱守成被评为地区、县优秀党员,省政府颁发售粮模范奖状。

1987年,黄湾镇井王村共产党员井学荣大胆进行土地流转,承包别人不敢包的原大队农科队废地70亩,经购买机械和投入劳力资金改造,当年夏秋两季收粮食达到12万斤,全都卖给国家。1988年产粮13.5万斤,帮助更多的农民完成定购粮任务。刘万广写出《灵璧粮王井学荣:向国家贡献粮食13万多斤》,被中央和省、市党报刊发和转载,商业部专刊转发。井学荣的事迹被宣传后,引起省、地、县领导关注,他本人被评为全国售粮模范,出席国务院召开的表彰大会,受国家领导人亲切接见,并应邀出席多场省政府、农业部召开的农业会议介绍经验。

从1997年以来,农村改革向提效增优和创建小康村方向发展,井王村和红星村走在全县前列,在大修水利、农机推广、调整种植业结构、推广规模连片经营方面,都做到了有场面、有特色。刘万广先后为井王村写出多篇典型报道,在各级产生较好的影响,引起地、县领导的关注。时任副总理朱镕基和省委主要领导卢荣景等到井王村考察后,刘万广又写出多篇报道和调研信息,不仅在众多媒体上发表,还被党政信息部门推荐报送到国家"两办"和省委办公厅,被国家和省里媒体转发,有多篇得到国家领导人和省领导批示。1998年,红星村推行账务公开,干部花钱群众审批,刘万广调研写出《农民二次"掌大印"让家家看到阳光村务》,被中办采用。井王村和红星村等村党支部集体和村支部书记多次被评优评先,多次受到省委、市委等部门表彰。其中,红星村党支部书记张朝龙被录用为公务员。

那天上午,我把陈守双侄孙子的右小腿以手法正骨复位后,敷上中药,用小夹板外固定,摄复查片一看:骨折对位齐齐整整。

陈守双喜得嘴巴咧多大:"本来首诊医院,那个戴近视眼镜的瘦高个子骨科医生,让小侄孙住院手术接骨,没想到,老同学你没费吹灰之力,就给接好喽。"

我笑了笑,啥也没说,只是接过陈守双递来的一根香烟,点着吸了一下说:"你别回去了,中午我请客!让刘万广也来。我这就打他手机。"

可是刘万广手机响了十多秒,却没有接。我再打,又是响了十多秒,那边接了。我一听就是刘万广跟打雷样的声音:"是周恒吗?"我说:"是我。"

"找我什么事,赶紧说,我陪着省、市、县、镇四级扶贫工作组领导,正在国家级贫困村砂坝村检查。"我把请他喝酒的事情简单一说,他在手机里笑笑说:"谢谢老同学,你告诉陈守双,我去不了喽,中午我得赶紧写材料。"

我告诉陈守双,刘万广正在陪着上级领导,在砂坝村检查扶贫工作,他中午不来了。陈守双扑哧笑着,说:"刘万广,我都给他庆祝过喽。你是知道的,黄湾镇政府离俺小陈庄不足两里地,刘万广被评为安徽省'最美基层文化人',第一时间就骑着电动车来我家宣布喽。乖,那天晚上,我家里养了几年的一只老公鸡都杀给他下酒喽。"

时间不久,我在安徽日报网和安徽省政府网读到了刘万广采访的一篇四千来字的纪实通讯:《高效扶贫有可为——合工大驻村扶贫纪实》。接着,我在《安徽日报》读到了刘万广发表的短篇小说《瘸嫂脱贫记》,并且刘万广创作的中篇小说《扶贫队长》被《拂晓报》连载发表,影响较好,推动了全市脱贫攻坚工作。

2020年5月的一天,刘万广欻然来到骨伤科找我给他瞧腰。他两手捂着腰,一脸痛苦的表情,说他昨天下午去双桥村采访党支部书记陈勇,晚上骑电动车回来,拐弯时没在意摔进路边小沟里了。我扶着他让他俯卧在诊疗床上,认真做了检查,就告诉他腰椎骨没有跌伤,是腰椎滑膜嵌顿了导致腰部疼痛。我说:"给你用指头点点腰椎和合谷穴、太仓穴,把嵌入的滑膜解除。"

几分钟后,刘万广从诊疗床上下来,便咧嘴笑着,大声地说:"老同学真不愧为国医大师丁锷教授的大弟子,手到病除!嗨,我真的一点也不痛喽。"

我见刘万广都六十好几岁了,却还是一张永远不变的娃娃脸,而且精力十分旺盛,就说:"都这把年纪了,再说,名气也够大的啦,该马放南山了呀。"

"不管呢。"刘万广语重心长地说,"47年,全省为什么只有我刘万广一个人能够坚持干这么多年通讯员？因为党和政府离不了我，群众离不了我。写了一篇稿子，能教育一片人，带动一片人，镇领导说，在这脱贫攻坚的关键时刻，不能缺了刘万广你这支铁笔杆子。我每次在大街上走，广大群众遇见我，都争着递香烟给我，说我写稿子登报纸，他们看了，心里亮堂。"

刘万广说，特别是2014年以来，他按照扶贫先扶志的总体目标要求，坚持下户采访和写稿，不分昼夜，不分上下班，从不过周末和节假日，从不被暑热高温和冰雪严寒所阻隔，天天走进农户中，踏进田埂泥土中，为脱贫攻坚采写出大量不同题材的文章，提升了基层干部的精气神，鼓动起广大贫困群众脱贫致富的干劲。刘万广认为，对贫困群众面对面做好入心入脑的宣教，是脱贫攻坚中的第一场硬仗。

刘万广还告诉我一件事，从疫情防控阻击战以来，他放弃在家过春节与家人团聚，拎起包，拿起笔，天天和镇里领导一起坚持到村户一线贯彻落实各级党委政府部署的抗击疫情任务。今年2月1日，《人民日报》发表他写的《灵璧县黄湾镇：千余名党员干部齐上阵全力打好防疫战》文章，是宿州市第一篇上国家重量级大报的抗疫稿件，在全市产生轰动的影响，强力推动阻击战向纵深开展。

刘万广是名退役老兵，他1970年1月入伍，当年12月从南京军区选拔到中国人民解放军军事博物馆当讲解员，因通讯报道写得好，被《解放军报》吸收为通讯员。1971年8月1日周恩来总理到博物馆参观时，听他讲解得好，亲切接见了他。后因家庭有事，刘万广遗憾退役。而黄湾镇的大地上，从此有了一支行走的笔。

真心祝福"最美基层文化人"刘万广这支"铁笔杆子"，希望他继续为"脱贫攻坚奔小康"奋力书写，他像一盏明亮的灯，照耀着黄湾人民前进的道路。

脱贫路上军号嘹亮

李 健

"黎明/你像母亲的呼喊/把我从梦中叫醒/哦！我是兵/我要起床，去守卫祖国的安宁……"

这是万方入伍后发表在《前卫》报上的第一首诗——《号声》。讲起当年写诗的故事，眼前这个壮硕的汉子欢悦得像个孩子。我静静地坐在他的面前分享他心底抑制不住的快乐，我想询问得太多又不忍打断他的话，索性就由他引领着我走进他的梦想与现实。

万方曾用名"万里浪"，1980年11月13日入伍，1985年转业回地方文化站任职，安徽省灵璧县高楼镇人。入伍前他立志要到大风大浪里锻炼自己，于是就给自己取了这个豪迈又充满诗意的名字。无论是从照片上看还是站在他本人面前，你都很难把他与"诗人"联想到一起。但就是眼前的这个粗犷、壮硕的北方汉子，用军人特有的钢铁意志和对家乡深厚的真挚感情谱写出了一首首热情洋溢的家乡赞歌。

万方说，在部队里因为个头偏矮他总被战友们挤对、打趣儿。于是他就一直想发挥自己的写作专长，要让战友们对他刮目相看。但现实是一封封退稿信一次次打击。连班长都当面嘲弄他说："你写诗要是能发表，我就地打滚儿给你看。"一般人也许就此打住了，偃旗息鼓了。但不巧，这个人是万方，那个专挑大风大浪，愈挫愈勇，宁折不弯的万方。

万方对我说："这么重的话，你接受不了吧?!但我把它当作是班长对我的一种鼓励，一种非同寻常的关爱。那是班长鞭策我要更加努力地去学习去写作。"

一天早操后，一个战友在操场上捧着一封信仰着脸高声朗读着他的诗句。他猜想是别人私拆了他的退稿信又想嘲弄他。他有些恼怒却装作无所谓地对战友们说："你们爱看我笑话，就笑话去吧，我会一直写下去的，直到发表。"战友们看他真的生气了就围拢过来抢着向他解释："你的诗发表啦，真的登报发表了！"万方将信将疑，猜测他们又在拿他耍笑，便说："随你们怎么笑话吧，我反正已经习惯了，我还是会写下去的。"

当战友们真的把报纸展在他面前时,万方读了一遍又一遍,眼含着泪水确认了是自己的诗句。他隐忍着走到一个僻静的墙角痛痛快快地哭起来,压抑许久的万方终于取得了成功得到了认可,他的作品终于发表了。他再也不用受各种冷嘲热讽了。他要给爸爸妈妈写信报告他在部队取得的学习成绩,他要拿着不多的稿费邀请战友们喝酒,庆祝他的第一首诗正式发表。

为了写出更多更好的作品,万方主动要求深入边防前线体验生活,这个粗犷勇猛的汉子像他身上的肌肉疙瘩一样实在,他一申请就直接加入了侦察连。在一次夜间执行任务时,万方潜伏在敌方阵地的最前沿。越南兵像是觉察了什么,对他们阵地前沿的茅草层进行了反侦察。凶残的越南兵摸着黑端着刺刀胡乱地往前沿阵地的草层里乱刺。万方的大腿不幸被刺中了一刀。多亏越南兵的行动仓促、草率,又是在漆黑的夜间,他们没有发现刺刀上的血。腿上的伤口汩汩地冒着热血,他痛得钻心,拳头攥得像铁钳一样紧,紧咬着的牙齿感觉快要被自己咬碎了,巨大的疼痛和愤怒让他全身的肌肉紧绷到发抖,他拼命地控制着自己趴在草层下一动不动一声不吭。关键时刻过硬的身体素质和强大的意志力不但保护了自己,也保护了与他一起潜伏的战友。今天提起那块刀疤,他自豪地、直率地解开裤子让我亲眼看了那道长长的刺刀伤。十几厘米又长又宽的刺刀疤让我不寒而栗。这该有多痛啊,为了保护战友和自己不被发现,这需要多么坚强的意志才能隐忍得了。

被万方压抑着的巨大伤痛也必将激发他身上强大的战斗力。

在部队期间,万方工作积极、努力上进,获得"营嘉奖"一次,"连嘉奖"三次,"三等功"一次。但这些他都不愿提及,总说"我是一个兵,没有什么可写的"。在他看来自己是普通的,而在我这个曾经特别想当兵却又没当过兵的人看来,这是多么让人敬佩和仰慕的光辉历程。

万方的故事让我想起了我的当过兵的同学给我说过的话:"当兵后悔一阵子,不当兵后悔一辈子""没有国哪有家,没有当兵的哪有咱老百姓的安宁与祥和"。

1985年万方从部队转业回到地方,他服从安排却不甘平庸。他没有像普通的转业军人那样躺在功劳簿上过着自己的小日子,而是暂时搁置了写诗的钢笔,拿起镢头、铁锹在他挚爱的家乡土地上谱写出了新的美丽篇章。

他不甘只做一个追求享乐的庸庸碌者。别人领到工资都是先给自己买房、买车,先满足自己的物质需求再考虑其他,而万方却在家乡的潼河边只给自己搭了个简易的窝棚,买了好多他喜欢的书报杂志。

"位卑未敢忘忧国",追求精神富足的万方一边保持着在部队养成的爱读书的好习惯,一边谋划着如何引领落后、封闭的家乡人民学习先进的农业生产技术,共同致富奔小康,携手走进富裕、文明、美丽、和谐的新时代。

"想到就要去做",这是他从部队学到的并一直保持的优良作风。他用他那不多的工资积蓄先后承包了20多亩地,并加入"美好乡村文化建设"的队伍中。他像是重新找到了归属感,找到了文化与"三农"的契合点,找到了转业后的人生坐标。他要引领家乡的父老乡亲积极投身脱贫攻坚。

他想发掘家乡的潼龙文化就建设了潼龙农业文化园,并为之创作了诗歌《龙的传人》,他在诗歌中这样写道:"有一个传说/爷爷信/奶奶信/我也信……"诗歌中充满了创业的激情和对家乡未来的美好憧憬。

万方对潼龙农业文化园的执着投入超出了家人的预想,他所追求的引领乡村文化建设的目标是妻子所不理解和难以接受的。每每如此,万方总是不厌其烦地跟妻子宣讲一番他的潼龙农业文化园的创业构想——新旧结合,动静结合,深挖传统文化把潼龙农业文化发扬光大。

"潼龙农业文化园"的牌子竖起来了,围墙也建起来了。园子里的体育器材和健身场地也都铺设好了,全都免费提供给乡亲们休闲健身使用。逢年过节他组织举办了多项运动比赛——篮球赛、乒乓球赛、广场舞比赛等等,既丰富了农民的业余生活又提高了村里青年的身心健康水平,摈除了往日一到节假日村里人就喝酒、赌博的陋习。

面对当前大龄单身青年未婚的问题,万方还计划着下一步要在潼龙农业文化园"天女散花园"里开展"花前月下青年联谊会"。妻子常常为此免不了要责怪他"只吃一家饭却爱管千家事"。

妻子虽然不理解也偶尔有怨言,但还是默默地支持他的公益事业。潼龙农业文化园的后期维护保养都是需要付出真金白银的。他的那点工资已经捉襟见肘力不从心了。为了潼龙农业文化园能长期服务家乡父老,万方又拓展了林下养殖,开发了十几亩花圃苗木。

"花香蝶自来",常常有朋友远程到访,他总要提上一箱草鸡蛋让朋友带回去给家人尝尝,生怕朋友不知道潼龙农业文化园追求的"绿色无公害"的健康生活理念。面对他简陋得四下漏风的窝棚和过度操劳的憔悴面容,谁肯忍心白吃他的土鸡蛋?毕竟这一片园子里的鸡鸭鹅、花草苗木还要靠他养着,潼龙农业文化园还要靠他来推动发展壮大,以便继续发挥潼龙农业文化园在基层乡村的引领示范作用。

万方不光建设好维护好自己的潼龙农业文化园,他还扶持帮助了一个刚起步的养牛场——架电线、开沟、铺设管道、提供基础技术的指导。他毫无怨言，甘心奉献。他憨厚地笑着说："光电费一项就垫付了几千块了。只要这个养牛场成功了，我们这里就又多了一个成功的创业者。榜样的力量是无穷的，传帮带的道理我是懂的。"

他不仅自己当兵，还亲自把儿子、侄子、外甥、邻居送进部队。他说："部队真的是个大熔炉，部队的千锤百炼能让一个无知莽撞的年轻人成为祖国需要的一块好钢。当兵是为国为民，奉献青春挥洒汗水最有意义的地方就是部队。"

我们的聊天正在兴头上，他的手机一边震动一边响起了军号声。半天的谈话让我感觉意犹未尽。他说他每天清晨习惯了被军号声叫醒，比床头设置好的闹钟还灵。

电话的那头是关于"秸秆禁烧""疫情防控"之类的工作安排。我不便继续打扰，相约下次能继续我们的促膝畅谈。

愿万方老师在推广潼龙农业文化，推动乡村脱贫攻坚的路上把军号吹得更嘹亮更久远，为家乡人民脱贫，为党和政府分忧。

军 休 赞 歌

赵金泉

美国的麦克阿瑟曾经不无感伤地说:"老兵不死,只是凋零(Old soldiers never die, they just fade away)。"话里话外透露着美国老兵退出历史舞台的悲凉和无可奈何。反观中国,一直以来,党和国家高度重视军队离退休干部工作,中央军委专门印发了《关于加强新时代军队离退休干部工作的意见》,全国各级军休管理服务机构深入贯彻习近平强军思想,突出尊崇优待,全面落实军休干部"政治待遇、生活待遇",不断满足离退休干部对美好晚年生活的向往,为强军兴军凝聚起了强大作用。军队离退休老干部虽从部队移交到地方,但"老当益壮,宁移白首之心""穷且益坚,不坠青云之志",回到地方颐养天年后,他们仍然始终铭记军人初心、保持人民子弟兵本色,恪守保家卫国使命,在我国决胜全面建成小康社会的征程上默默奉献着。他们感人的事迹虽不惊天地、泣鬼神,但足够鲜活生动,极其感人肺腑。

这是一首歌颂军休干部大美无言、大爱无疆的赞歌。2020年春节期间,面对突如其来的新冠肺炎疫情,在市军队离退休干部管理服务中心休养的戚效学同志看在眼里、急在心里。他主动担当奉献,积极为万里社区疫情防控捐款捐物。2月15日,一场大雪让疫情防控更加艰难。当看到在卡点值守的社区党员干部和志愿者在冷风中瑟瑟发抖时,戚效学第一时间送来了迷彩服、帽子、军靴、手套、垫被、茶杯等15000多元的物资。在他的带动下,他的妻子、儿子、儿媳都积极加入志愿者队伍中,为保一方安宁奔波。为积极响应中组部号召党员为疫情捐款,他组织所在辖区开展募捐活动捐款6370元,给红十字会捐款10000多元,在市军休中心捐款3000元。他心系家乡,得知老家濉溪急缺防疫物资时,他克服道路不通畅等困难,及时向家乡捐赠了20000多元的防疫物资。看到防控志愿者夜以继日地工作,时常忘记吃饭时,他联系爱心商家和社会爱心人士,带头向社区一线疫情防控人员捐赠了牛奶10箱、方便面10箱以及水果等物资。他在作为志愿者走访社区群众时,发现有4位孤寡老人,儿女不在身边,生活出现困难。他急忙带着家人,为他们采购米面油和水果、蔬菜等生活必需品,解决了老人的燃眉之急,老人连声夸赞共产党好、共产党员好。这样的事迹还有很多很多……

这是一首歌颂军休干部朴素和爱国爱党情怀的赞歌。一方有难,八方支援。在新冠肺炎疫情防控最吃劲的关头,中共中央组织部印发通知,号召党员自愿捐款。市军休中心军队离退休干部都是有着多年党龄的党员,他们在听到消息后,第一时间和军休支部联系,积极踊跃捐款,为全力支持疫情防控工作,助力防控一线,为斗争在一线的医务人员、基层干部群众、公安民警和社区工作者等人奉献一份微薄之力。已过耄耋之年但精神依然矍铄的军休老干部杨友山,戴了两层口罩,急匆匆赶来,对工作人员说:"知道你们大家一方面要正常上班工作,另一方面还要参与社区防疫,不给你们添麻烦,自己出来多活动活动,对身体好。"有着40多年党龄的军休老干部谢方红,由于不会操作智能手机,无法通过手机进行转账,他不顾自己行动不便,转了2路公交车,在下午2点10分把捐款交到了党支部,并连声对军休中心工作人员说:"听到中组部号召党员捐款的消息后,就犯了难,子女不在身边,咱军休中心的联系方式因换了手机没存,思来想去还是来一趟,把捐款交给党组织,自己才能安心。"还有身患多种疾病、卧床在家的一位军休老干部(应他本人要求,不透露姓名)让子女汇来200元钱,并专门打电话给军休中心支部,不好意思地说,自己身患疾病,老伴身体也不好,也一直吃药,子女在外地打工,家里开销比较大,捐款200元钱虽不能为国、为党、为人民做多大贡献,但也是自己作为一名老党员的应尽义务,一定要收下。这样的事迹还有很多很多……

这是一首歌颂军休干部彰显军人本色、实现铮铮誓言的赞歌。"亦余心之所善兮,虽九死其犹未悔"。一位军休老干部,在部队服役期间被下了4次病危通知书,移交安置到地方休养后,他每次都会动情地说:"我在鬼门关走了很多次了,共产党人死都不怕,还怕什么?!我要尽我所能,发挥余热,做更多有益的事。"他是这么说的也是这么做的,无论是汶川大地震还是疫情防控,无论是志愿服务还是捐资助学,都能看到他的身影;一位1935年出生的师级军休干部,历经革命战争、现代化建设、新时代征程,仍然保持军人艰苦朴素本色,平时穿戴多为一身黄军装、一双解放鞋,从不向组织提任何要求,"我是由党培养起来的,我的心永远属于党,自己已是风烛残年,不能为党、为国家做贡献了,怎么还能提要求呢?"已经80多岁的老人,言语虽不多,却掷地有声;一位主攻医术的退休士官,每次军休中心组织外出活动时,都会自觉背着一个又大又沉的包,里面除放着藿香正气水、速效救心丸、创可贴等用品外,还有一些我们叫不出来名字的药品和医用针,我们疑惑不解,问他:"咱们单位组织活动都备有急救箱,你怎么还专门备一个?"他赧然一笑,回答:"我是学医的,外出活动的这些军休老干部,可是咱们党和国家的宝贵财富,我备上这些药品和器械,也是有备无患,反正也不重。"这样的事迹还有很多很多……

"莫道桑榆晚,为霞尚满天"。为军魂永驻、永葆本色的军休干部点赞!为默默奉献、发挥余热的军休干部喝彩!

父母的爱情

李 斌

父亲在我的记忆中永远是和蔼的,甚至有些懦弱,因为他在家里从来都是听母亲的,可以说是百依百顺。小时候我从来都不害怕父亲,反而是妈妈在家里更威严。但是妈妈的性格并不是彪悍的,很温柔,她只有在对爸爸的时候才会发火。我以前不懂是为什么,长大后听奶奶跟我们讲过去的事,才有一些了解。

我的爷爷很早就去世了,奶奶一个人把四个孩子拉扯大。奶奶的性格很强势,对内对外都是说一不二,唯独对待她三个儿媳妇反而要柔顺一些,因为家里穷得一清二白,所以对这三个儿媳妇心里是有亏欠吧!

一个女人拉扯大四个孩子是多么不容易啊!那时候家里经常是吃不上饭的,所以父亲高中没毕业就去参军了。父亲是在北京当的铁道兵,那个时候特别艰苦,部队缺少大型机械,很多时候都要靠人力用锄头锤子来修建铁路。

父亲在部队干了几年,被提拔做了班长。回家探亲的时候,有人给父亲安排相亲。可是连续相了几个都因为自己家里实在太穷苦了,所以都没有谈成,直到介绍了我的母亲。母亲在家是小女儿,从小身体又不太好,所以一直很受宠。母亲体弱,干不了重活,这在农村是不好找对象的。外公又不想委屈母亲,让母亲凑合,直到介绍了父亲。长大后我听母亲说过,父亲在和她相亲的时候说:"你放心,虽然现在家里穷,但是我能干。肯定不让你吃苦受累,以后家里什么都听你的,你说往东我不往西。你说撵狗,我不追鸡。"母亲回忆的时候脸上洋溢着幸福的笑容。

父亲结婚没多久就回部队了,因为修建铁路的任务紧急,这一走就是三年没有回家。其间母亲去部队探望过两次,据说每次都会引得全连围观,羡慕父亲有一个漂亮又体贴的媳妇。我也只能在他们当时拍摄的结婚照片上一睹风采,父母虽然穿着朴素,却是一对璧人,脸上幸福阳光的笑容更是添彩。我啧啧称赞时,父亲在一旁明显有些得意。我看看大腹便便还有些秃顶的神气老头,不禁感叹:时间真是把杀猪刀啊!

1984年铁道兵部队全体兵转工,并入铁道部工程局。父亲脱下了军装,没有了部队的家属随军制度的限制,父亲想把母亲接到身边,可那时我才不到一岁,哪受得了车马劳顿?父亲把思念化作一封封书信如鸿雁飞来,母亲是有些腼腆的,虽不甚回复,但把父亲的信都按时间顺序整齐地收藏着。我在熊孩子的年纪偶然翻出来,大声宣读"爱妻兰,见字如面……"时,当即被脸红的小两口"混合双打",此后再未见过那些"机密档案"。

母亲拿着父亲的积蓄和外公的帮衬又借了外债,终于盖起了房子,虽然只是三间瓦房,因为钱不够连院墙都没有,母亲却很骄傲。父亲却内疚于这么大的事只能由母亲一个人操劳。从那之后父亲在部队里当班长练就的威严的吼声,在母亲面前变成了春风般的绕指柔。

当我再大一点,父亲就带着母亲和我开始了"流浪",从北京到河北又转到江西,每个地方待两三年,一个地方的工程建完就去下一个地方。这几年是父母最开心的日子,父亲白天在工地工作,母亲有时会做一些零工补贴家用,哪怕工作再辛苦,他们回到家也是有说有笑,憧憬着未来美好的生活。幸福的日子总是过得很快,转眼我已经上四年级了,这些年兜兜转转换过四五个学校,各地的教材、课程都不一样,我的成绩不是很好,再加上中学只有在户籍地才能上,所以母亲要带我回家了。

回到阔别已久的老家,整理好有些破旧的三间瓦房,父亲就要走了。我沉浸在老家的新鲜中,体会不到父母面对那么久的分别是怎样的心情,只依稀记得晚上从梦中醒来,他们坐在床边互相擦拭眼泪的画面。这定格的画面我越大在脑海中就越清晰,我想知道他们当时说了些什么,却从来都没敢问过,那会是他们一辈子的痛吧。

在我高三毕业的暑假,父亲回来了,他往年只有春节才能回家,这次是为了庆祝我毕业吗?我想是的,因为我要离开家去外地上学了,可是他们庆祝的却是母亲终于可以甩掉"拖油瓶",和父亲双宿双飞了。父亲的原话当然好听很多,可我提炼总结之后就是这个意思。所以儿子啊,不要总是抱怨爸爸妈妈给你"撒狗粮",这是咱家的传统啊!

父亲的工程队在青海,悠悠的草原、灿烂的油菜花、连绵的雪山、湛蓝的天空,这一切都太得母亲心喜了。父亲忙的时候,母亲就在宿舍区附近跟新结识的朋友学做藏族、回族的传统美食,跳藏族特色的广场舞;父亲不忙的时候,就会带着母亲到周边的景点游玩。我偶尔会收到他们发来的照片,在秀丽如画的风景中,老两口笑得阳光般灿烂。

时光潺潺流淌,就在不经意间悄悄地流走了。我已经结婚生子,每天为了生活忙碌奔波。父亲退休后和母亲生活在老家,操持着田里的几亩庄稼和房前屋后的小花园和菜地,日子过得平淡而悠闲。

这样的日子我本以为还有很久,可是父亲的一个电话,就轻易地打碎了它。

母亲感觉身体不舒服,父亲带她去市里检查,结果母亲的病情急速恶化,当天就住进了ICU(重症监护室)。当我赶到医院,父亲就坐在ICU门口的地上,看到我就抓住我的手,诉说母亲的情况。父亲粗糙有力的大手微微颤抖,说着说着,眼泪就涌出了眼眶。

母亲的病是治不好的,辗转了多家医院,想尽了一切办法,三年后她还是遗憾地走了。在这期间,父亲一直无微不至地照顾着,擦洗、喂饭、按摩从不让别人插手。在最后的日子里,母亲好像有说不完的话,握着父亲的手不停地叮嘱着:"我要先走了,不能照顾你老了,你以后要找个贴心的老伴照顾你。"父亲都会笑着答应,等母亲睡了,才会流眼泪。

母亲走了,握着父亲的手,很安详。父亲却一下老了好几岁,我想接父亲跟我一起生活,但是父亲不同意,说老房子里到处都是母亲的痕迹,在这里就好像母亲还在陪着他一样。

母亲去世已经四年了,父亲好像已经抚平了伤痛。现在有很多人给父亲介绍老伴,父亲也都会去见面,有的对象也会经常见面聊天,但是都不长久。父亲说他要听母亲的话,找一个贴心的老伴,我的内心却是"呵呵",家里挂着重新冲洗放大的结婚照,床头上、柜子上到处放着母亲的照片,你是真心想找老伴吗?不会是怕不听话,以后见到母亲挨收拾而故意敷衍吧?

军人背后的那个"她"

朱二男

异乡的午夜静静的,我躺在帐篷里的行军床上,透过顶棚,夏天的午夜繁星点点,只剩下思念飘荡在我的心田。思念,似婉约曲折的小桥流水,那么曲曲弯弯;似草原上天高云淡的广阔草场,那么无边无际;似小溪里奔流不息的清泉,那样细水悠长。细细回味着这道相思,又是那么动人。在梦里,你抱着女儿坐在我身边,口中低唱着《摇篮曲》,歌声是那么委婉动听。听到的歌声中,我似乎闻到了飘散着稻麦的芳香和泥土的气息;听到歌声,我仿佛尝到了家乡的新米饭和自酿的甜米酒。歌声飘起,我凝神静听,动人的旋律变成一道道绚丽的晚霞,欢快的音符幻成一只白鸽,飞向远方的家,然后又飞回来,栖息在我的心巢之中,带给我你的讯息。伴着歌声我安然睡去,月凉如水,思念无边。

梦里又回到我们相识的那个秋天的午后,我俩相对而坐,一壶新泡的绿茶汤色碧绿,柔和纯净,散发氤氲之气,入口清新甘甜。你安静地坐在我的对面,倾听我讲部队生活训练的故事,望着我的眼睛不掺丝毫的杂质,清澈而透明。那天聊了什么我已忘记,只记得最后我认真地问你:"嫁给军人就要忍受长时间的两地分居,就要独自面对生活的磨难,你在最需要我的时候,只能通过电话倾诉你的艰辛,这一切你想好了吗?"你只坚定地给我三个字:"我愿意!"我梦见穿上洁白婚纱的你,手捧鲜花缓缓向我走来,笑容幸福而甜蜜,宛如仙子一般美丽。我把你搂在怀里,暗暗发誓要用尽余生来守护你。可婚后的第三天,部队的突发任务就打断了我们的蜜月旅行计划,部队紧急召我回去。放下电话,看着满是憧憬为旅行收拾行李而忙碌的你,我实在不知道如何把这个消息告诉你。我只能苦笑着对你说句对不起,你失望的神情一闪而逝,微笑着说工作重要,下次再去,可转过头泪水早已模糊你的眼睛。

送别的那天清晨,我记得下起蒙蒙细雨,你轻抚我的脸庞,深情的双眼充满不舍,装睡的我感到有冰凉的水珠滴落在我嘴里,苦涩而甜蜜。去往车站的路上,我紧紧握住你纤细的手,你指尖的冰冷直透我的心底。而我却只能强颜欢笑,不敢在你面前流露一丁点脆弱,千叮咛万嘱咐要你好好照顾自己,可我感到语言竟是那么苍白无力。透过缓缓启动的火车车窗,你瘦弱的身影越来越小,我把脸埋进手心里,任凭汹涌的泪水从指缝里无声地滑落。

相聚的日子总是那么短暂而甜蜜。每一次休假总感觉时间快得飞起,我多想时间慢一点,再慢一点,因为我错过了太多春节团聚、你的生日、结婚纪念日这些重要的日子,我好想在短短一个月的时间里把对你的亏欠好好补偿。深夜我久久凝视你熟睡的脸庞不敢睡去,因为我怕再睁开眼一天又要过去。后来我们有了可爱的女儿,对家的思念变成了双份。每天最幸福的事就是在电话里问你家里的点点滴滴,问你越大越淘气的女儿是否又惹你生气。你总说家里一切都好,无须挂念。可我知道你怕我担心,从不流露一个人带孩子忍受的孤独和艰辛。每次女儿总要抢过电话,奶声奶气地问我何时回去。我总说快了快了,承诺要给女儿买好多好多好吃的零食和漂亮的玩具。你说我太溺爱女儿,容易惯出坏毛病。可这么短的团聚,爱都爱不过来,哪舍得责备她半句?每次休假结束返回部队,我都是趁女儿睡着后悄悄离去,因为实在不忍分别时女儿哭着紧紧抱着我,不肯让我离去。

你说人有悲欢离合,月有阴晴圆缺,此事古难全。你说两情若是久长时,又岂在朝朝暮暮。可我知道你抱着高烧的女儿站在深夜的街头,焦急地四处打车是那么无助。我知道母亲生病住院,你整天在家和医院来回奔波,忍着扭伤的脚踝钻心的疼痛。我知道万家灯火的团圆夜,别人家传来团聚的欢声笑语,你独自忍受家的冷清和内心的孤寂。而你在电话里永远只有一句:"家里一切都好,你安心服役。"你说嫁给了军人,就要忍住孤独,因为爱你,我变得坚强无比,爱不仅爱你伟岸的身躯,也爱你坚持的位置,和你脚下的土地。

是啊,作为军人,在雪域高原卧雪爬冰,在寂寞边关风餐露宿,征茫茫苍穹穿云破雾,在浩浩碧海踏波耕浪。作为军人,举钢枪为不倒的旗帜,擎昆仑为不屈的信念,不能忘记握手为拳、面对军旗的铮铮誓言。作为军人,只要一声令下,时刻准备冲向地震过后的废墟、熊熊燃烧的火海和洪水肆虐的大堤,他们可以用同一色彩去形容,可以用同一面旗帜来召唤,可以用共同的信念铸就如钢的意志,前仆后继,生死与共。无言、无怨、无悔在猎猎迎风的八一旗下,用青春和热血谱写着和平的颂歌。因为我知道既然选择了这份职业,就要不忘初心,牢记使命,就要甘愿付出,牺牲奉献。就像一首歌里唱的:不需要你认识我,不需要你知道我,我把青春融进,融进祖国的江河。山知道我,江河知道我,祖国不会忘记,不会忘记我。

我把青春奉献部队,你用余生守护爱情。爱情从来没有距离可言,真正的爱情是"我住长江头,君住长江尾。日日思君不见君,共饮长江水"的日夜思念;真正的爱情是"但愿人长久,千里共婵娟"的千里相思;真正的爱情更是"衣带渐宽终不悔,为伊消得人憔悴"的痴心不改,苦苦坚持。亲爱的,待我卸甲归田,躬耕十里桃花。大女卧剥莲蓬,小儿扑蝶赶鸭。白日诗酒书画,入梦金戈铁马。从此布衣清平,不惹尘世繁杂。茅屋草舍为家,山涧清泉煮茶。掌心平添薄茧,眉间老却芳华。漫天桃花飞舞,娇靥蛾眉重画。如此良辰美景,余生陪你共话。

我当军嫂的这些年

闵连娟

我是一名普通的军嫂,军嫂看起来自带光环的字眼,听起来自带回响的称谓,在我看来,包含了太多,有甜蜜也有辛酸,有荣誉也有无奈。回味做军嫂的这些年,真是有说不完的感触。

都说军队是钢铁长城,军人是最可爱的人,军嫂也被赋予了崇高的荣誉,在这崇高的荣誉背后是什么?是比常人更多的付出;是和他人不同的期盼;是时间磨炼出来的坚强;是特殊的甜蜜与幸福。当初因为那一身英姿飒爽的绿色军装,因为那透露出的踏实感与责任感,我毅然选择嫁给了他。2012年我和他步入了婚姻的殿堂,我也正式成为名副其实的军嫂。在做了军嫂之后,真正走进了现实生活,我才切身体会到了一名军嫂的不容易。从此以后,我除了本职工作,肩上多了一份家庭的责任。后来,我们有了可爱的儿子,孩子出生一个月,他就回到部队,公婆平时农活比较多,孩子基本都是我自己带,为了能专心地照顾家庭,我做了全职妈妈。两年里,家庭和谐美满,孩子健康地成长,他在部队也屡次受奖。看着他不断地进步,家里一切都好,我也开始行动了。要强的我,利用闲暇时间复习功课,并通过层层考试,成为一名光荣的人民教师。从教三年来,我扎根农村,勤勤恳恳,教书育人。教孩子们读书识字,教他们做人做事的道理……站在三尺讲台上,就要对得起学生,对得起家长的信任。

精准扶贫是国家的一项重要举措,是实现全面小康路上的先锋保障。作为一名普通的人民教师,我认为自己有责任,有使命担当,在全民共奔小康路上,责无旁贷。在教育战线上,脱贫攻坚,不让一个学生掉队,不让一个学子失学,是自己神圣而光荣的使命。在学校具体部署下,我入户贫困生家庭,宣讲教育扶贫政策,利用电话、班级微信群以及家访等形式与家长沟通,了解孩子的情况和家长的想法,对帮扶的学生给予生活和学习上的帮助。看到自己帮扶的学生成绩在一点点地进步,脸上的笑容一天天地多起来,我感到由衷地快乐。

由于工作关系,我没有随军到部队,于是我们过着千里相隔的生活。当别人在下班后与爱人共进晚餐,其乐融融地聊天散步时,我却只能踽踽独行;当别人可以和丈夫一起带病中的孩子求医问药的时候,我却只能默默承受一切,用并不宽阔的身躯为孩子遮挡所有风雨。因为千里迢迢的距离,因为一年不到两个月的假期,每一次的相聚都显得那么弥足珍贵,每一次的分别之后就是那么漫长的期盼,多么希望他在身边。

没有哪个女人是天生做军嫂的料。记得父亲以前常常说我太过脆弱,不够坚强,可是在做了军嫂之后,我却成了亲朋眼中"坚强"的榜样,我告诉他们这是时间磨炼出来的。记得刚结婚那会儿,因为他不在家,家里大小事情都得自己一个人包揽,我常常在电话这头大发脾气,在被子里默默哭泣,甚至在他返回部队后独自面对空空的房间时,都会黯然落泪。别的军嫂说时间长了就不会了,如今的我再也不像以前那样了,不会再独自流泪了,会继续自己正常的生活。几年的军嫂生活,几年的时间磨炼,我变得能"扛"了。相聚的日子里,他都会包揽家中大小事务,他都会陪我上街购物;分开的日子里,距离反而把我们拉近了,我们在电话里一起分享生活与工作中的喜怒哀乐。也许这些就是我作为一名军嫂得到的特殊的幸福与甜蜜吧!

我们结婚至今,三千来个日子,而我们真正在一起生活的天数少之又少,我们分居生活了八年,每年里丈夫在正常情况下只能回家两次,加在一起的时间都没有一年。对一个憧憬美好幸福生活的女人来讲,八年是一个怎样的孤苦岁月?这八年间,想着爱人的青春容颜在一点点逝去,作为妻子,我是何等难受和痛苦?但我必须选择坚守,因为我当初选择军人,就已经做好了吃苦的准备。军人的责任和义务决定了夫妻的聚少离多,作为军人的妻子,我要习惯于对着星空看月亮,对着冷清操持家。还有什么不如意?他对部队、对工作都始终怀有那么特殊的热爱,那么对我和孩子,对我们这个家还会有什么责任不能承担?我为选择这样的丈夫感到骄傲!

"军人以服从命令为天职,那么军嫂就以默默奉献为快乐"。军嫂的奉献和忠诚,就是当别人花前月下时,你只能盯着手机中爱人的照片自言自语。女人都爱美,都喜欢上街逛商场。我也多么希望能挽着爱人的手臂,有丈夫牵手陪伴在左右。但是,与他结婚八年来,我很少享受过这样的待遇,我的这种"虚荣心"也很少得到过满足。偶尔他答应陪我好好逛逛街,可还没有逛一会儿,他就有些惴惴不安,精力不集中。看着他左一个电话右一个电话往部队打,我知道,他人虽然在我身边,但心思仍然在牵挂着工作,牵挂着他的那个大"家"。此时,我能说什么?我只能揣着心里的委屈和不满,让他赶紧回到他那个心中的"家"。看着他火急火燎离去的背影,积压在我心中的愤怒和不满让我的泪水夺眶而出,真想跟他大干一仗！如今,我们的孩子已经七岁了,孩子的所有衣服都是我自己去买,他至今也不知道儿子穿多大码的衣服和鞋子。但是,作为军嫂,我又必须理解他,理解他的责任,否则,就愧对了军嫂的称号。作为一个军嫂,我深深地体会到,选择了军人,你就选择了奉献,选择了军人,就要承担牺牲。这种牺牲奉献体现在独自承担家庭的重担。

作为女人、作为军嫂,丈夫的肩膀似乎与我无关,我只能感受到他半个肩膀的宽度、厚度和温度。"怀胎十月"、独自带娃的最艰难时期已经过去了,我于2017年参加了现在的工作,成为一名光荣的人民教师。责任更大了,孩子没能带在身边,我只能周末的时候回家见见可爱的儿子,辅导孩子写作业,吃完饭后洗碗、打扫卫生、给孩子洗澡洗衣服、哄孩子入睡后我才有时间坐到电脑前完成各项工作,经常要忙到很晚才睡觉。日子过得忙碌而充实,这一切都源自领导和同事们对我的关怀和帮助,源自家人对我的支持,同时也源自"军嫂"这个称谓赋予我的使命。

做了八年的军嫂,我一点点地理解了军人;军嫂,让我慢慢学会了坚强！作为军嫂,就是要将自己的生命融入军营中;就是要勇于面对各种困难,忍受生活的各种艰难;就是要与军人丈夫同呼吸、共命运、心连心;就是要做一个时刻支持、理解和激励丈夫的坚强后盾！我虽苦犹荣,无怨无悔。

现在国家的目标之一就是脱贫致富奔小康,我作为一名普通的人民教师,想用最大的热忱在教育上从娃娃抓起,培养他们的能力,丰富他们的知识,让他们的精神富足,让他们拥有更好的发展机会……

新时期的军嫂要自立、自强,展现新时代风貌,也展现新时期军嫂爱祖国、爱家庭、爱事业、爱亲人的高贵品质。我必将继续努力,用实际行动拿回属于我们自己的那一半军功章,我们要无悔于"军嫂"这一光荣的称号。虽然我没有什么豪言壮语,也没有多少感天动地的故事,我却懂得"一家不圆万家圆,一人辛苦换来万人幸福"的道理。我相信在我的军嫂生活画上完美的句号之后,等待我的是更加幸福美满的生活,嫁给军人,我不后悔！

老　兵

朱西岭

父亲是一名老兵，20世纪70年代退伍。也许是因为当年在部队练就的一副好身体，他现在走起路来依然精神抖擞步伐矫健。在我的印象中，他几乎没怎么得过病。

小时候最喜欢听父亲讲部队里的故事：操练站岗、打靶扔手榴弹……百听不厌，但听得最多的是打钻眼、放雷管、修坑道。他是工程兵，负责挖隧道，酒泉卫星发射中心的建设就有他所在部队的功劳。父亲在部队表现很积极，不到两年就入了党，如果不是学历太低，说不定还能提干呢。当年在他们连队，有个陕西的兵，因为是高中毕业，在部队上了大学，最后好像当上了团长。父亲每每说到这事的时候，总会羡慕一番。因此，他对我们兄妹三人上学的事特别关心，只有我们在学习上偷奸耍滑、不思进取的时候才会生气。小时候的我们，不懂得父亲的苦心，常常以写作业为借口，逃避干农活、做家务。

转业回家后，父亲依然保持着在部队里养成的好习惯，乐于助人。和左邻右舍相比，父亲算得上心灵手巧，他会修自行车，用芦苇打席，用苹果树、梨树枝条编筐等，因此找他帮忙的人特别多。有人要编筐的、打席的、修车的、帮忙干活的，父亲只要有空闲，几乎是有求必应，有时还会放下自家的活去帮忙，成了乡邻们眼里的"老好人"，用母亲的话说，就是"家活松，外活勤，人家的活不累人"。

说归说，但母亲从来不去阻拦，其中是有原因的。20世纪70年代的乡村非常贫穷，收入全靠田地和喂养的家禽、牲畜。我们家本来穷得叮当响，再加上我们兄妹三人三个小孩子，吃饭都成问题。一天，刚做好饭，家里忽然来了一位病恹恹的讨饭老人，父亲见他可怜，自己饿着肚子把饭给了他，又帮老人在村卫生室赊了两天的药。老人在我们家住了两天，病好了，教会了父亲一门手艺——染布和线。那个时候，农村人穿的衣服差不多都是纺棉、织布后做成的，被单也是用棉线织成的。染布、染线算是一门小生意。有了这门生意，我家的生活得到了很大改善。小时候印象非常深刻的是：父亲走乡串户去接单，三五天就要染一次。染布那天，母亲把所有接收的布和线全部浸湿，并用木棍全部反复敲打，直到布和线柔软为止，这样染色效果才会好。布和线出了锅后，还要再捶打一次。虽然他们天天从早忙到晚，但笑容经常挂在脸上。童年里最幸福的时刻就是交书钱，每次我都能排名前三，回回得到老师的表扬。

挖沟放水、补路的事父亲最喜欢挑头，我们村南边有二百多亩肥沃的田地，夹在两条河沟中间，因此得名"夹河湾"。夹河湾地势比较低，中间地段更低，夏天下暴雨特别容易被淹。田地与道路之间本来有条水沟，但被沟边田地的主人给填平了。田地被淹，必须得挖沟放水，不然庄稼就会减产或者绝产。

挖沟放水说着容易做起来难，因为沟被填平后种上了庄稼，而庄稼的主人是村里的一霸，四个儿子如狼似虎，还有一个练过功夫坐过牢，连村干部都让他们三分，挖他们家的庄稼放水，门都没有。那时候，大家的法律意识十分淡薄，没人想起来求助律师和警察。平时和和气气的父亲不知哪来的勇气，竟然去他家做思想工作。父亲说了很多好话，可他们一句话也听不进，并撂下狠话："谁敢挖我家的庄稼，打断谁的腿！"

我家在村里单门独户，母亲怕父亲吃亏，劝父亲不要多管闲事，说挖沟放水属于村干部管。父亲去村委，但村干部互相推诿，谁也不出头。父亲急了，吼道："老子当过兵扛过枪，虽然没上过战场，但谁也不怕！"然后组织邻居去挖沟，邻居们谁也不想惹事，都推托不去。父亲一脱褂子，一个人扛着铁锹去放水。

父亲太岁头上动土，自然惹恼了村霸，他带着四个儿子去找父亲，后面还跟着很多乡邻。父亲与他们据理力争。他们理屈词穷，想仗势行凶，怎奈村干部也闻讯赶来，况且乡邻们都站在了父亲这边，村霸再凶，也不敢犯众怒。于是大家都加入了放水行列，庄稼保住了。

以前，村里还没有水泥路，质量差的石子路经常出现洼坑，雨水多，路基被冲毁也时有发生。雨后不能进田地劳作，父亲不喜欢与人一起打扑克、拉家常，便带着铁锹去补路。这样的事因为没报酬，他从来不邀人，都是一个人默默去做。

每年春节前，村委会都会有人送我家一张画，说是退伍军人的慰问品。每次接到画，父亲都会把它们端端正正地用图钉钉在墙上，现在老家屋里的墙上全都是。父亲在部队里拍的为数不多的几张照片，全部放在老式镜框里挂在堂屋当门的墙上，常常是干干净净，一尘不染。当年父亲班里的战友，家离我们村有十几里路，逢年过节，不是我们去，就是他们来，现在都成亲戚了。

儿子今年就要大学毕业，工作的事成了家里的头等大事。考公务员还是去私企上班？儿子自己也拿不准，我建议他考公务员，虽然工资不高，但稳定，工作相对轻松。父亲却说："让他去当兵吧，部队是个锻炼人的好地方，男子汉，就应该去军营长长见识!"

"家里就这么一个孩子,怎能让他去当兵?"我从来没想过送儿子去当兵,委婉地拒绝了父亲的提议。

"一个孩子就不能当兵了?要是这样的话,谁来保家卫国?现在国家强大了,谁还敢欺负咱们?别说没有战争,就是有战争,我也一样让孙子去当兵!如果战争真的来了,别看我这把老骨头,照样能扛起枪上战场!咱家的孩子,不能做孬种!"父亲一改往日的随和,表情十分严肃。

我怕父亲生气,急忙改口说:"只要孩子同意,我没意见。"

几天后,儿子高高兴兴来找我,说要去当兵。我知道父亲肯定给他做了思想工作,便问他爷爷说了啥。儿子说:"爷爷给我讲了他当兵时班长救人的故事。"

这个故事我知道,当年父亲修坑道负责引爆雷管,有一个没响。父亲去查看,班长陪他一起。结果刚到地点,雷管响了。班长把父亲扑倒,自己却被石块砸中头部,在医院昏迷了两天才醒过来。父亲常说,是班长救了他的命。

望着一脸神往的儿子,我点点头。

男人背后的女人

陈冉冉

我的妻子叫小芳,如同歌曲《小芳》所描绘的一样,长得好看又善良。我与她于2004年相识相爱,至今十六个年头。伴随着我的人生转变,她也从学生成为军嫂,后又成为"警嫂"。十六年来,我与她风雨同舟、携手相伴,她为了我的事业大力支持着我,为了家庭安康默默坚守着。她既是我的贤内助,又是家庭的主心骨,她是一个通情达理、敢作敢为、甘于奉献的好贤妻。

2004年夏,我与小芳经朋友介绍认识,那时她是大三的学生,我是部队基层连队的一名排长。或许是因为她崇拜军人和向往军营,也或许因为我当年的英姿飒爽吸引着她,我们发展成为恋人,后来结了婚,她从此成为一名军嫂。当过兵的人都知道,成为军嫂意味着什么,意味着付出与奉献,意味着与常人不一样的人生。

2006年春,妻子怀孕有几个月了,因为我是连长,要带着连队去外地完成驻训演习任务,一去就是大半年,我只好叫年迈的母亲来照顾她。临走的时候,妻子怕我担心,便安慰我说:"老公,家有妈妈在,再说还有邻居,你就放心地去吧!"因为无法照顾她,我惭愧地说:"对不起,老婆,我有时间就回来看你,等任务完成后,我一定会好好照顾你。"于是,我离开了她,投身到紧张的驻训中。我本来许诺她,要回来看看她,由于工作繁忙,没有抽出一次时间来看她!

2006年夏,紧张的实兵对抗演习终于开始了。我带着连队,随大部队从山西大同千里奔赴内蒙古朱日和沙场,日夜进行着激烈的"战斗"。演习这几天,也是妻子临盆的日子。妻子难产,她想念我,害怕临盆发生意外,疼痛难忍时给我打电话,可惜演习场信号塔关闭,无论她多么担心害怕,一次次的呼叫都被无情地拒绝着。而我正投入在紧张的演习中,带领侦察连深入"敌后"进行着侦察和突袭任务,浑然不知她所受的苦与累!

6月29日凌晨,儿子出生了,母子平安。一周后,演习结束了,我安顿好连队便回了家。当我推开家门的一刹,我惊呆了,儿子出生了!妻子看到我,委屈的泪水瞬间流了下来。我快走了两步,坐在妻子的身边,搂着她的肩膀,用手擦去她眼角的泪水,安慰说:"老婆,你辛苦了。"我轻轻地抚摸着儿子,抬头望了望妻子,而后竖起了大拇指,称赞说:"老婆,你好样的,给你点赞!"妻子被我瞬间逗乐了,没好气地说:"去你的,就会说好话!"我深深地拥抱着妻子,再次承诺要请假好好照顾她。为此,我专门请了一个月的年假,准备在家好好陪陪她。但事与愿违,假期只休了一个礼拜,我终因执行新的任务被紧急召回了部队,答应在家好好照顾她的承诺,不得不就此搁浅了。事后,在那年的演习总结表彰大会上,妻子因为支持国防事业,表现突出,被评为了"优秀军嫂"。

儿子出生后,由于体弱经常生病,作为母亲的她可是操碎了心。因为连队事务繁忙,我每天要忙于工作,带孩子一事就几乎落在了妻子一人身上。每次孩子生病时,我忙于工作回不来,妻子就只好带着儿子往医院跑。那几年,记不清她有多少个日夜难眠,也记不清有多少次带孩子看病,只知道她始终奔跑在家与医院之间!

2007年春,我带着连队再一次赴河北平山驻训,妻子只好一个人带着孩子在家,而我一两个月难能回去看他们一次。记得那是6月30日晚上,是儿子生日后的第二天,儿子发高烧,媳妇就抱着儿子去院内的诊所看病,可惜医生不在,她只好急急忙忙地又抱着儿子回来。她抱着儿子快回到家的时候,儿子浑身抽搐了,眼睛翻白,口吐白沫,她吓得两腿发软,瘫坐在路上,撕心裂肺地呼喊救命!同栋楼的邻居听到了哭喊声,第一时间把儿子送医院抢救。那是一个多么难熬的夜啊!她知道远在千里之外的我,知道后着急也回不来,就没有给我打电话,而是独自一个人流泪到天亮,在医院整整煎熬了一夜。

第二天一大早,她便给我打来了电话,怕我途中着急不安全,安慰我说儿子已经脱离了危险。当我事后回到医院的时候,妻子抱着我放声大哭,她也是被吓坏了。妻子告诉我,儿子很想念我,紧紧抱着我的被子睡了一夜,他最喜欢盖我的被子和闻上面的味道。是呀,儿子想念我,妻子又何尝不想念我呢?毕竟我几个月没有回来了。真是惭愧!平时陪不了妻子和孩子,当妻子和孩子最需要我的时候,我每次都不能及时地出现在他们身边。

2012年,我从部队转业了,告别了十五年的军旅生涯,回到了熟悉而又陌生的宿州老家。2013年1月我被分配到市公安局工作,从一名军人成了一名警察,妻子也从一名军嫂成了一名"警嫂"。

新的起点新的征程,一切都要从零开始。因为我在部队待的时间较长,进入警察队伍后,无论是待人、处事,还是工作、生活都与地方格格不入,也因业务能力欠缺而不能适应工作岗位。妻子就经常鼓励我,说我在部队是个好兵,相信我在警察行列里也会是个好警察,让我永葆军人本色,敢于拼搏进取。她让我多接触人和事，多与人学习交流，多培养良好的兴趣爱好，努力提高自己的业务能力，尽快适应工作岗位的需要，做一名优秀的人民警察。妻子无论面临什么困难险阻，尽管身体柔软，内心都强大得像个钢铁战士。为了生计，她一边要挑起家庭重担，忙于家庭琐事，一边还要东奔西跑，想方设法做生意、摆地摊、卖早点、卖衣服、开商店……她用实际行动支持着我的公安事业，用默默的付出诠释着责任与担当，用无私的奉献续写着爱的篇章。

2015年夏，在经过多少次的失败尝试后，妻子开了个店面，做起了超市生意。一天中午，我在单位上班没有回来，到了孩子上学的时间，妻子便锁上了店门送孩子上学。约二十分钟后，妻子送完孩子回来了。当她走近店门的时候，看见有两个人在店里，她以为是家里来了亲戚，可缓过神来，看到满地狼藉，才意识到是两个盗贼进了店。两个盗贼想夺门逃窜，被妻子死死抓住了一个，另一个盗贼蹿了出去发动了摩托车。妻子死死抓住他不放，被扯拽到门外。盗贼企图摆脱她逃跑，但妻子就是不松手，她连忙喊人，可是大中午的，没有什么人路过，只能单打独斗。盗贼急了，怕时间长了跑不掉，便从腰间掏出了刀，威胁着让妻子松手，妻子这才松了手。瞬间，两名盗贼上了摩托车，一溜烟地飞奔而去。妻子赶忙回到屋，清点钱物，痛心的是，抽屉里五六千块钱被卷走了，香烟也被打个包，由于及时赶到，上万元的香烟幸好没有被抢走。

事后，妻子给我打了电话，我叫她立即报警，我马上赶到。当我看到她时，她早已因心疼钱而伤心得泪流满面。是呀，挣钱多不易呀，每天起早贪黑地挣点钱，就这样被盗贼抢走了，放在谁身上谁不心疼呢？于是，我安慰她说："老婆，别哭了，钱丢了咱们可以再挣。""这么辛苦挣点钱，都被这两个王八蛋给抢走了！"老婆哭着说。"你放心，天网恢恢、疏而不漏，他们迟早会得到应有的惩罚。"我说。妻子听了我的话，宽慰了许多。看到她的情绪有所缓解，我趁热打铁，竖起了大拇指，继续安慰说："老婆，你真棒，竟敢和穷凶极恶的歹徒搏斗，是女人中的男人，不愧是'警嫂'，为你点赞！"老婆白了我一眼。我话锋一转又说："不过老婆，咱们能不能不要钱要命，万一被捅伤了咋办呀？"我接着说，"今后再碰见这样的事，勇斗歹徒是精神可嘉，但要掂量自己的分量和能力，更要运用智慧和方法。"妻子听了我的话，感觉说得有道理，也就不再纠结了。事后，在我的参与和配合下，办案民警通过调取监控、调查走访、摸排信息等方法，很快就确定了盗贼的藏身所在，并将其抓捕归案。

从这件事上，我在痛恨盗贼猖狂之余，意识到了一名警察应有的使命担当。妻子也触动很大，她深深地意识到，良好的治安环境是老百姓安居乐业的重要保障,作为一名"警嫂",她要有"警嫂"的担当和责任,为了人民的幸福安宁,她誓要更加支持警察丈夫的工作。

2016年,由于二胎政策放开了,我想再要个孩子,但考虑到经济条件,也不想妻子更加劳累,我只好打消了念想。妻子知道了我的心思,不想让我遗憾,表示再苦再累也愿意承担,反复地做我的思想工作。为了说服我,妻子可谓是良苦用心!妻子说:"作为党员,你要积极响应国家的生育政策。"又说,"作为警察,你有义务为公安事业多培养接班人。"还说,"作为父亲,你没有权力剥夺儿子当哥哥的权利……"我是服了她了,她竟有这么高的觉悟和认知!她说得不无道理,我说也说不过她,既然她这么坚持,我也就不固执己见了。

2017年,我的二儿子出生了。正如我所料,妻子的担子更重了。为了更好地照顾孩子和家庭,不让丈夫工作分心,妻子无奈之下只好关闭了店门,暂时搁置了自己的事业,全身心地做起了家庭主妇。她既要看护好大儿子的学习和成长,又要照看好二儿子的吃喝拉撒,还要照顾好家里的老人,每天晚上要忙到很晚很晚才能休息。尽管如此,她无怨无悔,为了家庭和丈夫的事业时刻坚守着,她用实际行动默默地支持着自己的丈夫,用辛勤的付出换取家庭的幸福安康。

转业这八年里,在妻子的鼓励和支持下,我不忘初心,继续保持着军人那股干劲和作风,奋勇争先,努力提高自己的能力和水平,立志在本职岗位上再立新功再创佳绩。通过几年的努力,我出色地完成了上级交给的一项又一项任务,成为专业岗位上的行家里手,荣立个人三等功两次、优秀共产党员两次、优秀公务员两次、优秀人民警察一次、优秀岗位标兵四次,也养成了爱好写作和练习书法的好习惯。正如妻子所希望的那样,我在生活和工作中从未退缩,始终做到挑战自我、顽强拼搏。

俗话说得好,一个成功的男人背后,一定有一个默默支持他的女人,而妻子就是我背后的女人。妻子,你辛苦了,军功章里有我的一半,也有你的一半。过去你是个好军嫂,相信现在和将来你永远是个好"警嫂"!

平凡岗位中的不平凡

孟八六

每一年的八月对于我来说都有特殊的意义,之所以特殊是因为我是一名退伍的老兵,曾经身穿军装的挺拔身影依然傲立于我的脑海之中,我依然为之魂牵梦萦。今生能有幸成为一名武警战士,保卫人民,保卫国家,这使我感觉到无比骄傲和自豪。

2015年,17岁的我带着朝气和稚嫩,怀揣着梦想和希望,光荣应征入伍,来到了向往已久的部队。这里有一群来自五湖四海,同样朝气蓬勃的热血青年,我们一起听着军歌成长,共同度过人生最美好的年华。部队的训练,强健了我们的体魄,坚定了我们的意志,提升了我们的工作协调能力,教会了我们为人处世的道理,收获了弥足珍贵的战友情,给予了我们一段美好而又深刻的回忆,这些回忆,这些情怀,没有经历过的人是不能体会的。把最美好的年华奉献给部队,我想说,我从未后悔!

军旅生涯以苦著称,明知军中苦,偏往军中行。我知道,沙砾要变成珍珠,石头要化作金子需要不断地磨砺自己。天将降大任于斯人也,必先苦其心志,劳其筋骨,在部队一系列的磨炼中,我更加坚定自己内心的信念,树立了正确的人生观、价值观。我加强对党政国法的学习,通过学习强化了自身的军魂意识、宗旨意识和使命意识,使自己对党的理论创新成果在认识上有了新的提高,在感情上有了新的升华,在践行中有了新的标准。对革命前辈们英勇事迹的学习了解,让我更加懂得勇于奉献,才会使自己的人生更有价值,才能得到他人的尊敬。只因有他们前仆后继无私奉献的大义担当,才有如今国富民强的盛世局面。人世间,最美的情怀莫过于军旅,保护人民生命财产安全是我们义不容辞的责任,没有一种使命比捍卫国家主权更为神圣。人生之美在于它追求的意义,而军旅人生的美,在于一个个绿色情怀凝聚成绿色方阵,无怨无悔地守卫着神圣的国土,抗洪抢险冲锋在前,捐款赈灾身先士卒。宝剑锋从磨砺出,梅花香自苦寒来,军队将士神圣使命记心怀,只要祖国一声呼唤,面向未来为实战。和平年代,虽然军人远离了金戈铁马,没有了枪林弹雨的洗礼,但人生最美的地方还是军旅。

忆往昔峥嵘岁月,流逝的是岁月,留下的是真情。两年的军旅生涯虽然只是人生长河中的一点浪花,但是值得我们一生去珍惜去怀念。多少个日日夜夜,绿色的军营,曾经的战友和激情的军歌魂牵梦萦在耳边,曾经的兵已近而立之年,人生是一个过程,欣慰的是我曾经当过兵。

2017年,我光荣退伍。脱下军装告别部队和战友的前夕,一群铁骨铮铮的汉子留下了不舍的泪水,曾经朝夕相处共同战斗生活过的战友,即将奔赴祖国的四面八方,在不同的岗位上为祖国的繁荣富强继续贡献着自己的力量。

2018年3月,我由一名退伍军人转变为一名交通辅警,进队不久就赶上"创建文明城市"的任务,创建工作开展以来,遇到了很多困难,比如市民的不理解、不配合等。在时间紧、任务重的情况下,我始终坚持"效率、亲切、严格"的工作理念和"人本、专业、安全"的服务理念,不断增强服务意识,保持礼节礼貌,坚持从细节做起,严格要求自己,始终坚持用规范、亲切的语言,热情、真诚的微笑,迎接每一位前来办事的群众;认真对待每一起交通事故,对事故做出正确的勘查和处理,重视人民群众的利益,端正工作态度,为当事人做出认真合理的解释,让当事人放心、安心;切实杜绝"冷、硬、横、推",从最基本的环节入手,从说好每一句话抓起,从细微处着眼,点滴处做起,工作中一律规范用语,始终坚持微笑服务,热情接待,任何情况下都不与群众发生争执;树立每人都是一面"镜子"的观念,持之以恒地擦亮"窗口",在工作亮点、看点上狠下功夫。

作为一名辅警我感到很荣幸,我的岗位和工作很普通,并不是小时候所想象的那样,也不像某些影视剧中所演的那样总是每时每刻都在过着英雄式的生活,更多的是平淡和平凡。从事交通辅警工作两年来,我热衷于本职工作,严格要求自己,摆正工作位置,在领导的关心栽培和同事们的帮助支持下,始终勤奋学习积极进取,努力提高自我;始终勤奋工作,认真完成任务,履行好岗位职责,在平凡的工作岗位上做出力所能及的贡献。除了这些,我还深刻认识到所肩负的责任与重担,领会到作为一名交通警察,要时刻将自己的工作实践跟人民群众的具体利益联系在一起,做事要谦虚谨慎、严于律己、廉洁奉公。位卑未敢忘忧国,牢记在部队里接受的党政廉政建设教育以及思想政治教育,认真执行好党的路线、方针、政策,严格遵守各项规章制度,绝不能有任何偏离和疏忽大意,坚决遵守国家法律法规,自觉地做到一切以单位的利益为重,以人民的利益为重。

一切为了群众,为了群众的一切,这是公安战线所有工作的出发点和落脚点。不论是曾经身着军装还是如今身着警服,我都必须牢记党的教诲,始终践行"全心全意为人民服务"的宗旨,将实现人民群众的根本利益作为一切工作的出发点和落脚点。身为一名退伍军人,我更应该以身作则,以曾经的军旅经历不断地鞭策自己,以实际行动去更好地服务人民、服务社会,要牢记人民警察的光荣职责,坚定不移地走群众路线,用实际行动塑造忠诚卫士的良好形象。

于平凡中铸就浩然正气

陈伟伟

年少读书时,我很难理解孟子所说的"我善养吾浩然之气"的含义,尽管讲课的老师声情并茂,慷慨激昂,古往今来多少英雄人物从老师口中轻易滑出,我被带进一种热烈的氛围,内心却仍然有些空落,我以为如此高尚的精神和普通人都是有距离的。另外,我心底有无法释怀的疑惑——浩然正气竟是可以培养的?

直到许多年后,认识了营警官,感受到一种特别的气质,我忽然开始稍微理解"浩然正义"的意思。

站在人群里,营警官傲然挺立,不怒自威,爽朗的笑声又给人以亲切之感。

营伍是一名退役军人,来沱河派出所工作两年了。做警察的日子匆匆忙忙,他却始终激情澎湃,棘手的案件激发着他的战斗力,破案过程中的酸甜苦辣激励着他钻研业务。他于实打实干中另辟蹊径,常常拨云见日,柳暗花明,凭借智慧和勇敢为百姓伸张正义。

营伍认为自己做得远远不够,工作中的他重视学习也善于学习,他经常向有经验的民警请教,从别人的经验与教训中提取养分,尤其在遇到难以破解的案件时,营伍都会在参考同事意见的基础上形成自己的判断。他说,要应对狡猾的犯罪分子,合力的作用是巨大的,大家的智慧和经验拧成了一股绳,有了缜密的布局,定会有出奇制胜的效果。

因为热爱,所以坚持。营伍不怕挑战,勇啃"硬骨头",同事们亲切地称他为"办案达人"。但是虚心的他不骄不躁,一直严格要求自己,把这份特别的职业看作是对信念最起码的忠诚。

我决定要采访营警官的时候,他正在东北追捕犯人。得知他回来的消息,我经过多次预约,才在他对犯人进行了审讯之后,得以跟他进行短暂的交流。

"我们正在侦查一起伪造、变造、买卖国家公文印章或证件的网络信息案件。他们这些人,为了获取金钱,伪造假证,并通过计算机使得拿到假证的人误以为能在国家正规网站上查询。"

营伍说起这个案子满面激愤,忧心忡忡:"不具备具体专业资格的人从事任何行业都有可能给人们带来伤害,甚至伤及人们的性命!案情恶劣,必须追本溯源,把罪犯连锅端起,为民除害!"他的声音浑厚清晰,斩钉截铁,铿锵有力。

"可是,眼前的这个案子刚刚了结,绷紧的弦还来不及松一松?"我说道。

"对警察来说,一件事情的结束也是另一件事情的开始。事实上,很多时候,我们总被好几件事情揪住。但是,无论大小案件,如果不能把犯人捉拿归案绳之以法,自己都没法放过自己!"营警官仰头望向远处,院内的几株松树青翠挺拔,在微风中轻轻摇曳。

在军营服役多年的他雷厉风行,机敏勇敢,威严又澄澈的眼神传递着坚定和淳朴。

营伍的名字跟军营有缘分,也寄寓着长辈们的期望。小时候,"抓坏人"是他最大的梦想,当兵参军是他最渴望的,他觉得穿军装的人最酷。

随着年龄的增长和自己的努力,年少的梦想终于变成了现实。1998年,营伍参军,成为陆军第47集团军工兵团的一名战士。

到了军营才明白军纪如山,不论多么辛苦的训练都必须坚持。营伍却轻松扛过了那段艰苦的日子,因为入营前他就做好了"流血流汗不流泪,掉皮掉肉不掉队"的准备。只要有毅力,没有过不去的坎儿,他有意识地锻炼自己的意志,永不言弃。

营伍深知新时代文化知识的重要性,经过一番努力,他顺利进入中国人民解放军西安陆军学院学习,毕业后,分配到陆军第47集团军后勤部。

身在军营,营伍时刻谨记军人的职责,他心系军营,心系国家,常常忘记了小我,军人特有的凛然正气在内心逐渐汇聚。

2010年,身为连长的他带领士兵参加全军组织的"和平使命"行动。这是一次全程演习,从宁夏青铜峡外训场全程机动到四川瓦吉木,一路上困难重重,疲累难耐。向前挺进的过程中,营伍不断地鼓励大家,相信坚持到底就是胜利!

当演习结束,有士兵问他是什么促使他如此坚韧和坚持时,他毫不犹豫地说,倘若演习都不能做好,真到需要的时候,军人的用武之地在哪里呢?又有谁可以保卫国家和百姓?大丈夫行事顶天立地,唯有行动才不会辜负自己的一颗红心。

营伍是这么说的,也是这么做的,任何时候,以国家的利益为重,百姓的安危为重。

2008年,带给人惨痛记忆的汶川地震发生时,营伍的儿子刚出生四天,为了照顾家属而刚刚休假的他看到新闻的那一刻,泪水在眼眶里几经打转,最终滑落脸颊,他为在地震中丧生的生命感到惋惜和悲痛,铮铮铁骨的男儿内心深处全是悲悯。

这时候,正好接到领导下达的工作任务,营伍以最快的速度安顿好了妻儿。当然,他的心中有太多不舍和愧疚,毕竟,身在军营的他深知亏欠妻子太多,可是,他知道此时是国家最需要他的时候。

作为一名军人,纵有千般不舍,他还是义无反顾地离开了家人,奔赴距离震中很近的陕西汉中市宁强县,以指导员的身份负责运送生活用品,在时刻都会有余震的情况下,他先后往返了两次。

处在危险中的营伍反而成了家人放不下的牵挂,他的正直正义默默影响着家人,早已获得了家人的理解和支持。

2017年转业时,营伍对于未来进行了深入的思考:人这一辈子,该做些什么事才是自己热爱且有意义的?

保卫国家,保护人民是营伍不变的理想。处在和平年代,他最钟情的还是惩恶扬善,保一方平安。于是,营伍毅然决然地主动申请进入公安系统,成为沱和派出所的一名警察。

对于警察来说,管理治安是烦琐且难以见成效的工作。营伍从最基层的工作抓起,经过一段时间的努力,所辖区域内的不良现象得到极大改善,沱河人逐渐凝心聚力,共同打造沱河新面貌。

两年来,营伍一心扑在工作上,他不仅不知疲惫,反而自得其乐。

"每攻破一个案子,都是极有成就感的事情。"营伍说着,脸上绽开笑容,那笑容如攀岩在峭壁的格桑花,灿烂耀眼,暖意融融。

"我很平凡,军营生活塑造了我的信念,我应该用满身热血滋养它,与正气相守,换我一生坦荡!"

随着时间的推移,营伍的公安工作经验在丰富,他却丝毫不敢懈怠。与我交谈过后的第二天,他又奔赴另外的地方,为了抓捕犯人,他辗转多地,终于在河南、湖南、辽宁以及安徽等地共抓捕八名主要犯罪嫌疑人,目前,案件还在进一步审理中。

"办案不能流于表面,只有找到案件源头,不给潜在犯罪分子机会,才能保证社会安定。我们希望那些有了犯罪想法的人能悬崖勒马,重走正道,让更多的人懂得珍惜今天的幸福生活,自食其力,体会劳动的快乐,实现真正意义上的国泰民安。"略带疲惫的营伍神情豪迈,说话掷地有声。

在营伍身上,我看到了一种充斥于天地之间的浩然正气,豪迈坚定,宽广无惧。

老郭的三轮车

窦永贺

2020年是决胜脱贫攻坚之年。在看不见硝烟的脱贫攻坚战场，一直活跃着退役军人的身影。当祖国和人民需要的时候，他们闻令而动，自觉为党分忧、为国奉献、为民服务的军人本色没有变，以退役军人特有的责任担当和勇往直前、敢打硬仗的顽强作风，吹响了决胜脱贫攻坚的"冲锋号"。

老郭，名字叫郭金启，是砀山县曹庄镇张庄村李庄的扶贫小组长，今年72岁，是一名退役老兵，自脱贫攻坚战全面打响以来，老郭开始忙碌了起来，早上出门忙到很晚才回家，挨家挨户走访登记，时间长了身体有些吃不消，女儿心疼地对他说，一大把年纪了，腿脚又不好，还是别干了。老郭听得出来女儿是在关心他，语重心长地对老伴和女儿说："脱贫攻坚，全国上下一盘棋，我是当过兵的，又是共产党员，这个时候更应该靠前站，为打赢脱贫攻坚尽一份自己的心意、出一份自己的力气。"身体是革命的本钱，为能更好地完成脱贫攻坚任务，老郭买了一辆"双鹿牌"电动三轮车用来代步，开会、走访方便了很多。一朝入伍，便军魂入骨，脱下的是军装，脱不下的是向前冲锋的精神记忆，是全心全意为人民服务的最高宗旨。

村民郭大破是出了名的贫穷户，快五十了也没个对象，郭大破索性破罐子破摔，一个人吃饱全家不饿，只是靠着打零工一年2000块钱的收入艰难度日。面对家徒四壁、懒散单身的儿子，郭大破的母亲郭李氏老泪纵横，苦不能言，老郭决心把郭大破当第一个要帮助的贫困对象，骑着电动三轮车多次到他家以长辈的身份对他进行思想教育，转变其生活态度，幸福的生活是自己奋斗出来的，并为其争取了一个村保洁员的公益岗位，一个月工资800元，加上垃圾桶里的瓶瓶罐罐由他处理，还能多一两百块。长辈的教诲让郭大破决心痛改前非，靠自己的双手吃饭挣钱，从那时起，村里东西长两公里的主干道每天都是干干净净的，每天早晨都能看见郭大破挥舞着扫把认真地清理路面，后来村民发现郭大破变了，变得勤快了，也爱和人打招呼说话了，有了想过好日子的奔头了，老母亲脸上也有了笑容了。村民李二社在工地被砸断了腿，一直在家养伤，没有了经济来源，整天唉声叹气的，家里的生活也显得不和睦，有了想外出务工的打算，可是腿使不上劲谁愿意要呢？

有人要。老郭在了解到李二社的想法后就一直在为他找工作,骑着三轮车镇上大大小小的工厂、作坊跑了好几趟。功夫不负有心人,镇上一家塑料颗粒加工厂同意他来厂上班,坐着整理塑料制品,一个月工资3500元中午管饭。就这样,二社上下班老郭用他的代步三轮车车接车送不辞辛苦,一个月后李二社发了工资买了一辆电动三轮车,这样就能自己上下班,不用再麻烦老郭了,毕竟人家七十多岁了还为自己操那么多心。每每说到这,李二社心里满是感激。老郭说做好农村扶贫工作要带着感情、带着温暖,只有扎根基层,沉下心来,进家入户钻进田间地头才能和百姓打成一片,想群众所想,急群众所急,切切实实做到把贫困户放在心上,把使命放在肩上。披星戴月、山高路远,一分耕耘、一分收获。这特殊的战场,正是检验初心使命的考卷,古稀之年的老兵,用脚步丈量了对党和人民的热爱,敬仰这道车轮划过的风景线,我们看到了闪耀着忠诚的光芒。

  村里的事忙不过来,家里的事自然就顾不上。老伴埋怨老郭一听村里开会了、贫困户家里有事了,他三轮车骑起来就走,骑得还挺快,都快忘记自己是七十多岁的人了。家里用车给羊打点草料不得闲、拉着老伴去卫生所看病不得空,还得自己走着去,车子都快成了公家的了。三轮车买了才两年半都换了一组新电瓶了,老郭听完也是满脸愧疚,村民将这一切看在眼里、记在心里。不驰于空想,不骛于虚声,老郭用自己的真心赢得了村民的理解和支持。不论戎装在身与否,他早已将个人梦想融入国家事业,将人生意义定位于谋求人民福祉,正如纪录片《本色》中所说的,这本色是军人的品格,更是中华民族伟大复兴的无穷力量。

  戎装虽脱,军魂犹在;岁月流逝,初心不改。"向老兵致敬!你们都是照亮社会的一盏明灯。"诚如网友所言,这些老兵服役时是军队栋梁,退役后是中国脊梁,在部队是国家战斗力的主力军,到地方是国家建设的中坚力量。他们身上忠诚果敢的担当精神、执着苦干的奋斗精神、朴实无华的奉献精神,既熔铸在惊天动地的事业上,又融入平凡的工作生活中。军人的使命责任始终装在他们的心坎上,衷心为民的本色总是体现在他们的行动上,这昭示着一个朴素的道理:伟大出自平凡,平凡造就伟大。正是赓续了人民军队的优良传统,才会产生催人奋进的社会正能量。

  征程万里,初心如磐。翻开军绿色的记忆,听着进行曲的节拍,退役军人在部队里积淀的本色、升华的境界、铸就的刚强,已然融入血液。退役军人身上的珍贵品质,是能凝聚起万众一心奋进新时代的磅礴力量。这不,老郭又骑着他的三轮车载着温暖、载着幸福、载着党的好政策出发了!

岁 月 静 好

潘广兰

我和我的爱人的相识纯属偶然,又好像是必然。那时候,我刚刚走上工作岗位不久,在老家的一所农村小学任教,每天带着一群天真无邪的孩子学习、玩耍,有时候周末和节假日要到市里来参加一些新教师的培训。那天,刚刚结婚不久的老同学玲要请我吃饭。玲的老公在一家乡镇卫生院上班,席间,他还带着几个同事,我的爱人老王便是其中之一。同事老公介绍他的时候说他是一名退伍军人,在医院的公卫办工作。知道他是一名退伍军人后,我对他的印象顿时深刻了,他谈吐不俗,坐姿端正,军人的气质写在了脸上。他好像对我印象很好,时刻提醒我吃菜,就这样,我们自然而然地恋爱了,后来到了谈婚论嫁的时候。2005年的7月7日,我成为一名退伍军人的妻子。这一身份,足以让我骄傲一生。

2006年,我们的儿子出生了。还在休产假的我听说学校还有一个班的孩子没有语文老师。当副校长找到我,希望我能提前上班的时候,我和爱人商量了一下,他很支持。于是我们把年迈的婆婆从老家接来照顾孩子,而我不但接下了语文老师的任务,把班主任也接下了。当学校同事们知道我这一举动的时候,无不竖起大拇指。

农村小学班主任这一工作很特殊,因为班级里的孩子大都是留守儿童,我深知留守儿童的教育是如今中小学教育的重点,也是难点,做好这项工作必须以心换心,走进孩子们的内心。我经常与留守儿童谈心,处处关心、鼓励他们,放学后还经常辅导他们做完作业,和他们一块儿去公园讲故事给他们听。在孩子有烦恼的时候,我就像妈妈一样爱抚他们,让他们把心中的苦闷倾诉出来。我经常与孩子们的父母取得联系,让他们与孩子经常保持联系,让孩子多听到来自父母温情的声音,明白父母是挂念他们的。我鼓励班级里的其他孩子与"留守孩子"做朋友,给他们送礼物,让他们被班级里的浓浓的友情包围着。我还经常利用工作日的中午、周末等时间对留守儿童进行家访、心理咨询,保证孩子的心理健康。

2015年,我所带班级一向活泼开朗的曾子怡同学闷闷不乐,我主动找她聊天,得知几天前她父亲突发脑出血,虽然经过抢救保住了性命,但是再也不能下地走路了。祸不单行,几个月前,她嫂子因为跟哥哥闹矛盾,自杀身亡。如今家里负债累累,母亲整日以泪洗面。得知这一情况后,我联系公益书屋负责人程明老师,联系了南京蜗牛助学基金,给曾子怡申请了一对一"助学资助"。并经常找曾子怡聊天,开导她走出阴影,好好学习,如今,那个活泼可爱的女孩又回到了同学们中间。2017年3月,我听说二年级马鑫媛同学父亲因车祸身亡,爷爷奶奶身体不好,母亲独自带着她和哥哥在学校旁边租房居住,生活得十分拮据。我再次与宿州公益书屋的创始人程明老师联系,帮忙找资助人,并全程陪着考察,完成了"结对工作"。因为我的努力和坚持,连续三年,我先后被评为区、市、省三级"最美教师"。

在做好自己的本职工作的同时,我还积极做好爱人的后盾支持工作。2017年,埇桥区委组织部打算从爱人所在医院抽出一名行政人员下派到村子里参与扶贫工作。其他同事都因为家庭原因、身体原因走不开。而他,第一个站出来报名。医院领导考虑我们家庭原因——我身体不好,孩子正在上小学需要接送,父母常年生病,问他需不需要再考虑一下。他说:"我是一名老党员,又是一名退伍军人,在党和国家需要我的时候,我怎么能退缩呢?"当他回到家把他的决定告诉我的时候,我很为他骄傲,我对他说:"家里的事情你就放心地交给我,扶贫工作是我们全国的大事,你既然去了就要做好,做到让党和国家满意,让贫困户满意。"

参与扶贫工作后,他吃住都在村子里,当他听说贫困户谁家有了困难时,第一个冲上去帮忙。78岁的刘大爷有个儿子是残疾,行走不便,有一天,刘大爷半夜呼吸困难,打电话找到了他,他二话没说,驱车把刘大爷送到了皖北总院,挂号、做检查、拿药,一个人怎么能忙得过来呢?他打电话给正在家里备课的我,我也是二话没说,骑车赶到医院帮忙。当检查结果出来时,刘大爷没事,他笑着对我说:"这是哪辈子修来的福分,娶了你这么一个懂事的媳妇?"刘大爷在医院住院的那几天,我也是每天送饭,医生和护士都以为我们是刘大爷的儿子和儿媳,都夸我们孝顺。他说:"作为一名基层扶贫工作者,能让贫困户满意就是最大的骄傲了。"

2020年,我的爱人所在的桃园卫生院作为埇桥区唯一一家医学观察点接收疑似病例。一线人员必须在一天内到位,作为一名退伍军人和一名老党员,他第一个在请愿书上签了字。他在一线工作,我和孩子在家里,我每天要给学生上网课,在班级群答疑解惑,儿子也每天在家上课,除了必要的购物,我们很少外出,积极配合做好防护工作。56天后,他从一线回来了,而我和孩子也开始疫情复学后的各种忙碌。日子如流水般从指缝中缓缓流过……

嫁给一名军人,是我年轻时候的梦想。当梦想成真后才知道,他一日是军人,一生都会用军人的标准要求自己,这是一种情怀。而我作为一个军人的妻子,要比一般的妻子忙一点、累一点,要理解他的付出,自己也要付出。有了我的付出,他的信念才得以坚固。

结婚15年来,我真正理解了那句:"哪有什么岁月静好,不过是有人替我们负重前行。"

小张庄的一盏灯

刘玲梅

职高毕业,张扬不愿意继续读书了。父亲张峰又自责又发愁,都怪自己一场大病拖累了家庭,连累了儿子。可年纪轻轻的,没有一技之长,不读书他能干什么呢?哪知张扬早有了主意,他说:"爸您别发愁,我想去当兵,我早就想好了,要像俺谋爷爷那样,当军人。在部队我会努力学习,争取入党,说不定以后还能考军校。"张扬的脸上闪着兴奋的光芒。

张峰知道,儿子口中的"谋爷爷"是有着八年军旅生涯的张焕谋老人。在灵璧县虞姬乡朱桥村小张庄,张焕谋是位名望颇高的退伍老兵。老人家今年71岁,1969年入伍南京军区某部,1977年退伍,从驾驶员到车队教练,他不知摸过多少方向盘,不知行过多少路,不知运送过多少物资,不知激荡起多少豪情。当兵八载,他光荣入党,获得荣誉无数,而如今他更感激的是,军营给了他铁打的体魄和奉献的热情,让他虽已年老仍有发挥不尽的光和热。

张焕谋老人平时提起军营生活就容光焕发,他那烙在身上的军人气概早已经深刻影响了张扬。张峰很欣慰。可还有现实的问题摆在面前呢,他提醒儿子,入伍名额有限,全村那么多大好青年盼着呢,未必能轮到他啊。张扬眉头紧蹙,神色不由得黯淡了下来。

爷俩正相对无言,一个身影出现在门口,笑呵呵地同他们打招呼。张扬一看,高兴地喊了声谋爷爷,蹦起来把老人让进屋。来人正是张焕谋,此番来是看望张峰,更是为张扬的出路。待张扬把当兵的想法一说,张焕谋老人随即发出了爽朗的笑声:"真是英雄所见略同啊,好男儿就该投身军营,报效国家。只要孩子你争气,其他问题就交给我吧。"

军人的雷厉风行,此刻尽显。只跑了一趟,张焕谋就从村部带回了好消息。村里对张峰家的情况了如指掌,对张扬印象也不错,听了张焕谋的推荐分析,遂一致通过。张扬顺利通过政审和体检,张峰抓着张焕谋的手,激动得语不成调,哆嗦了半天,才说出了一句:"叔,您可真是咱家的大恩人……"

张峰称张焕谋为恩人,一点都不夸张。十年前,张峰不幸患上尿毒症,来势汹汹的病情,高昂的治疗费,一下子把这个还不到四十岁的男人击垮了。家早已被掏空,债台高筑,前面还有漫无尽头的透析长路,生活的希望在哪里,他看不到。生有何意,还不如一了百了,省得再拖累家人。一旦断了求生的念头,无异于给病魔让路。这哪行,张焕谋老人平时就特别关心同村这个不幸的晚辈,现在更是一天要去看他好几次,陪他说话,耐心地开导他。日子一天天过去,老人的达观和热情渐渐温暖了张峰的心,他心中的阴霾一点点散去。

生活是摆在眼前的现实,张峰心底的火苗需要及时添薪加柴。张焕谋开始频繁往村部乡里跑,向多方寻求帮助,想为张峰要来政策帮扶。可喜的是,没过多久,张峰果然迎来了好政策——2014年他被确定为建档立卡贫困户,享受到了国家诸多帮扶政策。享受低保的同时,又有健康扶贫为依托,治病不用愁了,读初中的儿子享受教育扶贫的雨露计划,另有产业扶贫资金入股日月明种植合作社,还有光伏受益等等。蜗居的老房被鉴定为危房,取而代之的是政府给盖的两间新平房。从旧房拆除到新房落成,张焕谋老人始终忙前忙后,俨然成了家长,连新屋布置也面面俱到,一点都不让张峰夫妇操心。多年穷困的生活得到大大改善,张峰一直紧锁的眉头终于舒展开来,对生活重新燃起了希望。

久病的张峰不能干力气活,此时被乡里聘为扶贫小组长的张焕谋动起了脑筋,因户施策,他要为张峰找一份不累的活才行,有事做能挣钱,人也充实。他跑遍了附近的工厂和店铺,最后把张峰带进了一家小窖酿酒的手工作坊。张峰有了工作,人也自信起来。张焕谋发现,张峰的妻子颇有经商头脑,他又跑前跑后,为张峰家申请了五万元金融扶贫小额贷款,助张峰妻子经营起了日化用品。2018年底,张峰顺利实现脱贫。由于仍须长年透析,脱贫未脱政策,他依然享受着各项扶贫保障。

草木葳蕤,禾苗葱茏,盛夏的村庄绿意盎然,一朵朵橘红色的花在村间移动,煞是醒目,这是朱桥村小张庄的一支保洁队。八名保洁队员全部来自贫困户,皆已年逾六旬,不过与队长张焕谋相比,他们还算年轻的。没错,刚卸下了扶贫小组长一职的张焕谋现在又成了保洁队的队长。这位共和国的同龄人,腰板挺直,步伐轻便,丝毫没有古稀之态。每天,他带着保洁队穿村过户,扫道路,清垃圾,连蔓延到路上的杂草也不放过。在保洁队精心打理下,小张庄如同正值芳华的邻家女孩,清爽整洁,卫生状况在乡里始终名列前茅。打扫卫生之余,他们还给五保户和孤寡老人做家务。日月明种植合作社里忙的时候,张焕谋带着保洁队随时补上去。在张队长的带领下,村里卫生无死角,各个公益岗都干得有模有样。

张焕谋是个闲不住的人,遇到什么事都想伸把手,贫困户家有什么困难,他总是第一时间赶到。夏秋两季禁烧,自然也少不了他的身影,他在田间地头没白天黑夜地奔忙,脸上闪着黑红的光,却仿佛年轻了十来岁。抗击疫情伊始,张焕谋就冲在了村里抗疫第一线。他威望高,村里人都愿意听他的,各项防疫措施很快落实。忙碌之余,张焕谋没忘了给在县城工作的儿子打电话,叫他回来捐款。儿子说:"还用得着你提醒啊,我在单位第一个就捐了。"张焕谋说:"那我不管,村里你也得捐。"儿子二话没说,赶回村里又捐了一次。疫情期间,张焕谋坚守在执勤岗,一天不落,被乡里评为优秀共产党员。前不久,他刚被县里表彰为先进党员。

魏芝华算是保洁队里最年轻的一位了,两年前丈夫病逝,身边是一个残障的次子还有一身的债。偏巧大儿子离婚,两个孩子都丢给了她。长子再婚后又生两子,前妻生的孩子他便彻底不管了。一个人要养活四张嘴,魏芝华瘦弱的肩头哪能挑得起这份重担啊?所以在保洁队,张队长尤其照顾她。有人给魏芝华介绍了别村的对象,大家帮她综合分析,一致认为前景不乐观,劝她慎重。她不顾众人的挽留,义无反顾地嫁了过去。不出所料,没过多久,魏芝华又回来了。她放不下这边三个孩子,人家哪能乐意?可是保洁队的工作已经有人顶上了,魏芝华愁得直抹泪,没别的法子,还是得请张队长帮忙想办法。张焕谋跟村里商量,最后为她争取来打扫公共厕所的活。

安顿好了魏芝华,张队长并未就此撒手,又在产业园为她找了份农作物管理的活计,一天五六十块钱的收入。平时别的公益岗有缺,也让她顶上去,魏芝华的生活总算稳定了。两不愁,三保障,做到这些,张焕谋才彻底放了心。

在小张庄,德高望重的张焕谋工作一直顺风顺水,前几天,他却碰到了一件棘手的事情。

夏春林儿子媳妇外出打工,他独自带孙子在村里生活。他闲不住,背着个蛇皮口袋串村捡破烂,什么破铜烂铁、纸板、饮料瓶,捡回来直接堆在屋里。不仅如此,夏春林还养了一只羊,就拴在床腿上,一屋子奇怪的气味。这哪还像人住的地方?时间长了不生病才怪。张焕谋劝他把废品清理出来,夏春林不依,张焕谋说:"你不替自己考虑,还不想想孙子?"不容分说,他大手一挥,搬!保洁队员一齐动手,把废品全都搬到门外,分类整理一一码放好,羊牵出来在房前墙角打桩拴上,房间打扫干净才离开。

第二天,张焕谋路过夏春林家时发现,这个倔老头不知何时又把破烂都搬回了屋。张焕谋又好气又好笑,拉个板凳坐下来跟夏春林讲道理,可任他说了半天,夏春林也不搭腔。张焕谋沉不住气了,噌地站起来说:"你以为堆一屋子破烂是你自己的事啊,这可是关乎咱们村美丽乡村的荣誉。"他和队员再次把废品搬出屋,这一次直接搬上车拉走了。等张焕谋回来时,他把几张钞票递给了夏春林,说:"我亲自过秤的,保证一分钱没少卖。以后你再捡破烂及时卖到收购站去,你不方便送,我帮你!"夏春林看着钞票,低下了头,一抹愧色爬上他皱纹交错的脸庞。

解决了这个难题,张焕谋驾驶着他的"专车"继续行走在村路上。宽阔平直的水泥路,延伸在浓绿的树荫里,风从耳际滑过,他的心情格外舒畅,不由得哼起他当兵时就爱唱的那首《我们走在大路上》:"我们走在大路上,意气风发斗志昂扬,共产党领导革命队伍,披荆斩棘奔向前方。革命红旗迎风飘扬,中华儿女奋发图强,勤恳建设锦绣河山,誓把祖国变成天堂……"依稀间,他仿佛又回到了当年那个铁打的营盘。

晚风轻拂,玉米苗宽厚的叶片时而曼舞,时而静默,似是沉醉在朦胧的月色里。张焕谋照例陪老伴在饭后散步,老伴打趣他:"从当年村里的青年书记、村主任、支部书记,到前几年的扶贫小组长,再到如今的保洁队长,你这'官'越做越小,瘾却是越来越大了啊。"

"嘿,你就会挖苦我。我是老党员,又是一名退伍军人,就是要为国家为集体做贡献啊。年纪大了,多做点事,自己也有乐趣了不是。"

"我就想知道你这保洁队长啥时候卸任,好陪我多去几个孩子家走动走动。"

"卸任?"张焕谋笑着摇摇头,"能动一天,我就干一天,哪天不能动了再说。"老人顺着灰白的道路望向前方,明亮的路灯下,老两口的影子越来越长。

而他,又何尝不是这小张庄的一盏灯?!

我的超能量母亲

胡 杰

前天上午,同事们在一起聊天,大家忽然讨论起"什么样的人生才是最值得的"这个话题。大家议论纷纷,各有各的看法。

下班回到家,我在饭桌上把这个话题抛了出来,四岁的儿子兴冲冲地说:"喝老酸奶是最幸福的事!"

一家人都笑,末了,母亲接过了我的话题,很认真地说了起来:"现在的孩子赶上了好时候,寻常日子也幸福啊!但是别忘了,你们可是军人的后代,任何时候,都要踏踏实实,不辜负家庭,不辜负国家,这样的一生才幸福,才有价值,也不会有多大的遗憾了!"

这些话语,我从小听到大,年少时还有过不耐烦,但是现在听来竟全是亲切。我抬头看看正认真吃饭的母亲,她已经两鬓斑白,皱纹也早已爬满了脸庞,不得不感叹,我眼里的那个超能量妈妈真的是上了年纪了!

可不是吗,我这个做儿子的都已经在奔四的路上了呢!幸运的是,三十多年来,母亲给予我的是一生都受用不尽的超能量和爱。

母亲今年六十五岁,她历经岁月的风霜,却对生活一直都充满着热情。这么多年来,大概就是这样的信念,支撑着母亲克服一个又一个困难,迈过一道又一道的坎!

我的母亲是一个普通的人,和她那个时代的很多农村女子一样,没有读过几天书,也没有去过太远的地方,连年少时的理想都是设了限的。

但是因为嫁给了做军人的父亲,母亲的人生有了另外的样子,作为一名军嫂,她努力挖掘着自己的潜力,不断产生着超能量。

我出生的时候,父亲因在辽宁义县的服役而不能回来,母亲一个人撑起家里的一片天。

我的名字是一个单字"杰",这是父亲老早起下的,"如果是女孩,就叫'纯洁'的'洁',如果是男孩,则叫'杰出'的'杰','洁'代表了我们对国家对人民的赤子之心,而'杰'则是希望自己的孩子能够成为一名优秀的人才,将来能够为国家效力!"

母亲对父亲的军人身份充满崇拜,她谨记父亲的叮嘱,我刚出生,身体虚弱的她便毫不犹豫地为我定下了学名,每当跟人说起我名字的由来,她总是一脸的骄傲。

我出生四十多天的时候,母亲一个人带着我去部队跟父亲团聚,"你爸爸见到你的时候,咧开嘴巴只会笑,竟激动得说不出一句话来!那个兴奋劲儿,我一辈子也忘不了!"

每当说起这些,母亲总是嘴角含笑,一脸的慈爱和满足,却从不说一个人照顾襁褓中的婴儿有多辛苦,也没有抱怨过一个怀抱着婴儿的女人背着大包小包转车四五次,历时两三天的艰辛。

"工作上,咱帮不上忙,只求不给他添乱!"这是母亲最爱说的话。

都说做军嫂不易,在成长的过程中,我在母亲身上切切实实感受到了这一点。小时候条件差,家里的瓦房开了缝,每到遇着恶劣天气,漏风又漏雨的屋子让我们娘俩苦不堪言。当又经历了一场风雨之后,母亲请邻居搭把手,自己爬到了屋顶,仔仔细细地做起泥瓦匠来。经过这一番修补,房子再也没有漏过雨,不论天气如何变化,我们都可以安心地待在房间里了。

那时候,我和母亲最期盼的,是爸爸的来信,为了能够跟爸爸进行书信交流,母亲特意买了一本字典,忙碌了一天的她和我一起挑灯学字,慢慢地,她也能通过书信自如地跟父亲交流了。

"无论身处什么样的环境,都要做一个勤奋和节俭的人!"母亲经常这么说。

这是她从父亲的来信中捕捉到的意思,然后她向我传递父亲的教导。事实上,她一直都是身体力行,在生活中对我言传身教。

父亲是一名优秀的士兵,服役期间,他多次立功,做了很多激励人的事情。1990年,任组织部长的他率先通过马车载人载物方便交通的方式取得盈利,为士兵改善了伙食,使士兵的待遇实现了从高粱饭到四菜一汤的改变,父亲因此被授予了荣誉,他却不骄不躁,仍然用心做事,生活节俭。

父亲在部队里一点一滴的进步,都是母亲热爱生活的动力,任何时候出现在别人面前,她都是笑眯眯的。

20世纪90年代,父亲以营长的身份转业,回到了家乡,在宿州学院人事处工作。那一年,宿州学院教师职称评定工作第一次从省里转交到学校,处里人手不够,父亲一人身兼数职,常常忙到深夜,母亲则默默地做好家庭后勤工作,专心打理家庭事务。

其间,母亲坚持学习,她说,学校的文化氛围浓重,如果不增强知识,自己将会成为校内的圈外人,她要跟父亲共同进步。

母亲一步一个脚印地往前走,功夫不负有心人,终于取得了大学文凭。

我十四岁那年,父亲不幸因病去世,母亲强忍悲痛,带着我坚强生活,在学校领导的帮助和自己的努力下,她进入宿州学院继续教育学院工作。

这时候的母亲更忙了,家里家外都靠她一个人,而读初中的我正处于青春叛逆期,学习成绩下滑,回到家里不想说话,母亲忍不住唠叨几句,我就浑身炸毛似的对她大吼,在这期间,母亲跟我争论过,对我苦口婆心过,可是,不论是争吵还是抹眼泪,母子温情都只能坚持三分钟,我很快又对她不耐烦了。

忽然有一天,我发现母亲变了,即便我没有认真完成作业,她也会对我和颜悦色,不再对我只提要求。我还发现,她订了英语杂志,买来文学读本,甚至深夜还在琢磨数学题,她不再总跟我提成绩,而是兴致勃勃地跟我交流我的班级、我的同学。慢慢地,我们的话题多了起来,我也渐渐理解了母亲的不容易,学习和生活都在靠向正轨。

我后来才知道,母亲为了走进我的世界,四处找初中的男孩子聊天,向学院里的心理学老师请教,她把如何做母亲当成最神圣的功课。

作为继续教育学院的教师,母亲特别理解已经走向社会的人重新回到校园的不易,尽自己的能力为学生提供方便。

母亲的学生里,有一对年轻的恋人,他们通过自学考试拿到了大学文凭,在学业上依然热情洋溢,希望能继续深造。假期里,母亲为他们申请便利条件,使他们可以在教室里继续学习,并鼓励他们不要怕困难,只要肯努力,总有见到彩虹的那一天,多年以后,已经在广东理工大学任教的他们提起母亲,还充满着感激。

在继续教育的班级里,女学生很多,但是已经成年的女生要面临的困难也最多,热心的母亲会给学生提供临时住宿,还曾帮学生看孩子,看着她们通过进修而有了更好的未来,母亲总会由衷地高兴。

二十多年来,母亲在平凡的岗位上做着有意义的事情,在她的教导下,我读大学,读研究生,后来回到自己的母校,也成为一名大学教师,我对母亲充满感谢和敬意。

"作为军人的家属,军人的后代,任何时候都不能忘本,要牢记你父亲的教导!"母亲不仅这么教育我,也用实际行动努力践行。

我想,母亲身上的超能量,源自她不变的信念,我愿意用自己的一生,来传承这份执着的爱与信念。

诗歌

本　色
——给萧县籍"全国模范退役军人"王於昌
（组诗）
李永立

人物介绍：王於昌，男，汉族，中共党员，现居住于安徽省萧县龙城镇。1936年2月出生，1954年入伍，先后在空军航空兵和地空导弹部队服役，曾两次击落美制U-2高空侦察机，1963年被中国人民解放军空军司令部授予提前晋衔奖励；1964年7月被中国人民解放军空军司令部授予一等功，受到了毛泽东主席的接见；1973年复员，被安徽省总工会授予"省劳动模范"光荣称号；2019年7月获评"全国模范退役军人"；2019年12月被评为"中国好人"；2020年1月9日被评为"安徽省十大新闻人物"。2019年7月26日，在北京召开的全国退役军人工作会议上，习近平总书记亲切会见了出席会议的英雄老兵代表，他第一个和85岁的王於昌握手并邀请其一同在第一排合影留念，这个画面出现在当天的《新闻联播》上并迅速传播到全国各地，更是令王於昌的家乡安徽省萧县沸腾了，认识王於昌的人只知道他是萧县百货公司的退休干部，是大家公认的老实人，却不知他曾是一位为共和国立过赫赫战功的功臣。于是，这位默默无闻、低调一生的老人的传奇故事慢慢地被传扬开来……

老兵与队伍

说起你不信，老兵王於昌
不是驾驶战机搏击长空
而是在地面用鹰一般的眼睛搜寻猎物

他是一个兵
走着走着，就成了空军地空导弹部队的一员
走着走着，就成为共和国的模范
走着走着，就成了红色的传奇

我没有追寻你的足迹
我是直接从电视新闻中知道
一个人会成为一支军队的索引
一支军队会成为共和国的一抹绿色

老兵王於昌
伴随着一支军队的强大而强大
伴随着祖国的昌盛而昌盛
他留下的脚印
升腾空中的一片云霞

他走过的路,是一条从地上到空中的路
也是一条国防的路
从不平坦,甚至是无极之路
导弹的弹头插入天空的图画

而弹头,顺着五星红旗的指向
命中目标
一个人成为共和国一尊雕像
一支军队成为《大风歌》中的剪影

打击入侵者
保卫和平
你和你的空军地空导弹部队
勾勒出祖国前线的风景

与主席握手

只有你能讲述五十六年前那场亲历:
毛主席握住你们每个指战员的手的体温,至今还在……
五十六年后,习主席伸出的手又很准确地握住了
你这位战功赫赫的老兵的手

两位主席的手,何等相似呵
那么伟大,那么温暖,那么宽厚,那么有力!

这一天,是中华人民共和国成立70周年的日子
是中国人民解放军建军92周年之际
你作为"全国模范退役军人"
手捧人们献给你的鲜花
接受着习主席的接见

空气很暖,红色天鹅绒般柔软
我知道,你的荣誉来自你自己
来自我们的繁荣昌盛的祖国

给你荣誉的理由
我仍能看到你曾三次参与防空作战打U-2
1963年和1964年的台湾U-2型敌机
入侵我国江西和福建上空
你奉命痛击
呼啸的导弹、飞机爆炸的声响

也给你奉献的岗位
退役之后,你从基层做起
初心不改,向着崇高和平实
把苦痛撕裂
把劳累泡茶喝下

与主席握手
我看到主席身躯前躬
那是向英模致敬
你的眼中泪珠滚动
那是对崛起的祖国、繁荣的祖国
挥洒的感恩啊

故事

有一个事件,在人们的心里
讲出来痛快淋漓
王於昌,一个和美 U-2 有关的人
他的名字充满挑战与绝杀

现在他所在的部队——空军地空导弹部队
是一个隐喻
是埋进岁月里的一支利箭
带着啸音,击穿苍穹

可是它一路走来的历程
充满荆棘、泥泞、血泪和死亡
姑且叫它磨难吧
九九八十一次磨难之后
把一段历史包扎在深处

黑白的回放把我们拉回到1964年3月
台湾当局购买美 U-2 型"飞贼"
不时骚扰大陆上空,偷拍军事经济情报
一支正义之师——我们的地空导弹部队
走上去南方某地伏击敌机的路上

神秘的部队,夜行昼伏
到达指定地点
航空兵王於昌在平日里练就的好技术
两次成功地让美 U-2 型灰飞烟灭
成就了一段提前晋升军衔的佳话

居无定所、吃不好、睡不好、挨冻、挨饿

什么样的苦都吃过
踩着局势紧绷的弦
王於昌和他的部队南征北战、上下颠簸
把自己炼成了一块好钢!

荣誉

有的荣誉
被贴在墙上
有的荣誉
被压在箱底
有的荣誉
已随风吹雨打去

想起你,就想起纯粹的事物
想起身边的老杨、老朱、老刘
想起早起的雄鸡、晚归的夕阳
星星点缀的夜晚
真实、匆忙、高大、深邃

因为纯粹,而结出硕果
因为硕果,又引领你为信仰而奋进
这么多荣誉与赫赫战功
全来自这近一米七十的身高
时代,也真够豪爽
七色彩笔涂抹着你的人生

"宿州好人""安徽好人""中国好人"
"省劳动模范""全国模范退役军人"
荣誉如春风扑面而来
阳光擦拭过的心灵更美

每一个荣誉里

微风一吹,便翻出了

一段佳话

在这时,人们停下脚步

开始丈量劳模和平凡人之间的距离

仰望他与太阳的

高度

鲜花与掌声

获得诸多殊荣的王於昌

放下退休后的休闲生活

让自己投入

"不忘初心、牢记使命"的主题教育中去

这是一支由宿州市委组织的主题教育先进事迹报告团

先后数次到全市各县区巡回演讲

先后十余次被县内外不同单位邀请

参加革命教育活动

你呀,给旁观者以主动

给怯懦者以勇敢

给勇敢者以豪壮、牛气

让数以万计的听众接受精神洗礼

每到一处,鲜花拥怀

盖过礼堂,盖过天空

经久不息的掌声

溅起人们眼睛里晶莹的水声

盯准方向,向前搏击

你教人们在荣誉面前,保持谦逊

在利益而前,不可乱了分寸

在鲜花在掌声中感受着
荣耀过后的冷静

人物素描

卜献华

这一幅幅人物素描犹如一尊尊雕像,从纸上站立起来,从文字和语言中站立起来,朴素大方,灼灼生辉。她们柔情似水,血肉和骨头却支撑起家和国的希望;她们有着不同的姓名,却又有着一个共同的称呼——军嫂。

——题记

第一幅:黑黑的嫂子

抓一把泥土
犹如你黝黑的脸庞
大野的风
吹裂了眼窝
黑黑的嫂子
你的哽咽,已无力将长逝的儿子唤醒
你的泪水,也不能泡软死神的铁石心肠
你日夜想念的儿子刚从部队回家
却因一场车祸
匆匆转身,诀别了亲人的目光

今天我来看你,握着的手像枯树
亲人离去,撕裂你不堪重负的心脏
你消瘦的身躯已被悲痛挤压得不成样子
众人面前,你却一再地挺直脊梁,
我知道
你既是英雄的母亲,又是军人的妻子

双重角色,铸就了你最硬的骨骼
你充满钙质的精神力量
影响着两代军人的崇高思想

曾几何时,你怀揣满腔喜悦
两次送走最亲最爱的人参军去边疆
是你,让他们放下牵挂
树立起保家卫国的信念
是你,为他们插上高飞的翅膀
让钢铁般的意志与祖国焊接得更紧,更强
从此,你独自扛起一个家
你把心,一次次累得喘不过气来

多少年的辛苦操持
多少年一个人顶着风风雨雨
当梦想刚刚变成现实,丈夫退伍回家
掌声和鲜花还没来得及响起、绽放
他又将自己投入文化扶贫的攻坚战场
在这个历史舞台,你没有优柔寡断
没有后顾和退场,毫不犹豫地站到丈夫身后
成为一堵最坚实的支撑墙

黑黑的嫂子,你是一个好人
你是一个心细如发的人,这么多年来
你默默撑起一个家,拉扯儿孙照顾爹娘
你没有怨言,只有担当
你说
丈夫是国家的人,儿子是国家的人
等孙子长大还要送去当兵,做国家栋梁
句句朴实,字字铿锵
你是一个平凡的人,却闪耀着金子般的光芒

注:胡居芳,高楼镇人。丈夫万方,曾参加对越自卫反击战,身体多处受伤,退伍后在镇文化站工作,多年来一心扑在文化事业上,胡居芳一个人操持着全家。儿子也是一名军人,却不幸在退伍第二年因车祸去世,胡居芳双肩挑起照顾老人、丈夫和孙子的多项重任。这位伟大的女性,平凡琐碎中却透射出闪光的精神。

第二幅:写"诗"的嫂子

采访时你什么话也不说
只顾低着头拾掇地上一大堆蔬菜
半晌,你不好意思地递过一把小青菜
让我带回家做汤

其实我知道
再经典的诗篇
你也不曾翻阅一卷
再大的字你也不识一筐
这一生,你从不懂得意象和韵脚
更不懂得语感和结构
你只知道要在繁杂时除草,荒芜时施肥
春分后播种,秋分前收仓
多少年来,你除了关心退伍回家
一心扑在扶贫工作上的丈夫、孩子和老人
其余时间你都用在了田间地头和围场
你种植的青菜、萝卜、辣椒和地瓜
比所有诗句的分行都要整齐有序
你收获的玉米、麦子、大豆和高粱
比所有的文字都要饱满圆润

丈夫做的是大家的事
你做的是小家的事,因为你知道
小家富裕了,大家自然也就更富裕了

沃沃良田,是你用尽一生也写不完的稿纸
你心中偶尔也有文人诗情画意般的情怀
有大鸿儒指点江山的激扬
可这些,你从不擅长用语言表达
只有一把锄头最了解诗心
只有一柄镰刀最通达诗情
你以掌心的茧、肩膀上的力
把土地上的每一缕春天的绿、秋天的黄
写成了粒粒生动的象形会意
起承转合的大片文章
全都在字里行间奔涌出波澜壮阔的诗意
那些种子破土的声音、麦苗拔节的声音
稻子灌浆的声音、豆荚熟透时爆裂的声音
还有田野的风声、雨声、虫鸣声
以及家前院后牛马牲畜,鸡鸣狗吠
一起押最动听的韵

这就是军嫂,你不是诗人
却用手中的锄把,在大地的稿纸上
写出来一个时代最美、最真、最优秀的诗章

注:写"诗"的嫂子王艳,系灵璧县杨疃镇邱庙乡一位普通农村军嫂,她凭着勤劳的双手种植粮食蔬菜,步入小康。爱人倪玉才,退伍军人,多年来义务帮助贫困农民修理农机,为福利院免费维修水电、电器等,受到人们称赞。2014年,夫妻俩资助山李村一低保户儿子上大学,连续四年资助共12万,使学子顺利完成学业。

第三幅:沉默的嫂子

你的沉默源于你的工作
在灵璧县国土资源局档案室,每天
都有一摞摞档案需要整理
一沓沓表格需要填写,归档

军徽荣耀

你要亲手触摸土地的厚重,仔细倾听
大地心脏的跳动
泥土脉管里血液的潺潺流淌

……

你曾是一个充满幻想的女孩
自从爱上军人,便在一穹匀净的橄榄绿里
献出你最热的一滴泪水
你的信仰、至诚和爱的力量
不仅支撑着爱人坚毅的身躯,还要为自己的事业
每天从身体里掏出努力、责任、忠诚和坚强

长期储存的感觉和经验
每当你拖着疲惫的身体回到家,总是
有那么多家务需要做,那么多人需要照顾
夜晚蜷在床上如同一口快要干涸的井
你必须让它重新把水蓄满,让它
沉淀和清澈,让它孜孜不倦地流淌
你知道这个家不能没有你
爱人不能没有你,孩子不能没有你
你,没有人可以替代
你必须让家像家,老人有依靠孩子有温暖
连金属也会疲劳啊,但当你成为军嫂
成为工作的一部分,军人的一部分
家庭的一部分,亲人的一部分时,是不允许疲劳的
你必须把新鲜的血液随时注入需要的地方

你说,家是由亲人们组成的
重任,是每个人肩上挑着的担子
你必须让家庭幸福,快乐,有爱
你还说,祖国是我们每个人的,必须有人保卫

只有每个人都工作,劳动,奉献,家国才能富强

注:被评为"宿州好军嫂"的刘芫,1982年出生,党员,在灵璧县国土资源局档案室工作,兢兢业业。爱人张建服役于某部队司令部。

第四幅:花样的嫂子

请让我说出你的名字
高尚的高,桂花的桂,君子兰的兰
请让我一瓣一瓣地捧出你的美
请让我一缕一缕地牵出你灵魂的芬芳
内心的冰清玉洁和卓尔不凡

一位普通的小学教师
一位花一样美丽的军嫂,多少年
你从家到学校讲台,又到每一个孩子家家访
仿佛一颗在草叶上赶路的露珠
那么长的路也没有熄灭内心的火焰
你把香气给了无数孩子
把梦想献给每一个心怀梦想的人
你帮助贫困的学生结对子,一对一地帮扶
让上不起学的人家看到了未来和希望
你对学习成绩差的学生,鼓劲加油
就像对待田地里的庄稼,绝不让一棵苗子失收
你的爱,清澈得像树梢上的鸟鸣,一粒粒
从一个孩子婉转到无数个孩子
一声就是一场雨露滋润
一声就是一次心灵日出

你不仅给了孩子们荡气回肠的梦想
你不仅给了孩子们热情似火的希望
你还让孩子们用作文,把一种崇高的精神

接续到未来的天空

让每一天都欢快成温暖的时光

当看到稚嫩的笑脸一天天长大

当看到孩子们的学习成绩节节攀高

你就像回到久违的庄稼地

看到长势最好的稻谷、小麦和高粱

花样的嫂子,对你我有平静而陡峭的爱

是不是我可以这样说

有一座美丽的校园叫禅堂小学

那里有一位最美的老师,闪光的军嫂

她的名字叫高桂兰

注:花样军嫂高桂兰,系灵璧县禅堂小学教师,曾被授予"师德先进个人""十佳最美乡村教师",多次荣获省、市、县信息化大赛课例奖。丈夫谷明,退役军人,现在灵璧县城市管理局工作。

第五幅:传奇的嫂子

这是虞姬乡,在这里

1999年成立全县第一家养鸡协会

退役军人张良林毛遂自荐挑起大梁

赵光华,你是一位了不起的女性

丈夫当上了"鸡王"

你就是丈夫手下最出色的精兵强将

说你传奇,是因为你的梦想不寻常

早年丈夫下岗,生计无着落

无奈之下你在废弃的场院办起养鸡场

从最初的几十只,一年年

发展到几百只、几千只、几万只

你的目光总是向更远的地方打量

敏锐地捕捉养殖业成功的信息
把身边每个人都锻造成一块好钢
在你的影响下,养鸡户从19户
壮大到上千农户
形成了产、供、销一条龙联合体
一步步,协会+公司+基地+农户
打造出农业产业化示范联合体新气象

说你传奇,是因为你的朴素让人敬仰
工作中你把轻松和微笑留给别人
把巨大压力留给自己不堪重负的心脏
最难忘你走千家、进万户
手把手教他们孵化、防疫、养殖
给小鸡打疫苗时的眷眷情愫
为了脱贫致富,让乡亲们早一天富裕
你办了52期养鸡培训
又将两千本技术手册免费向人们发放
赠送鸡苗,跟踪服务,技术指导
点对点扶贫,义务为634位贫困户立卡建档
如今,你与军人本色的爱人强强联手
打造出一支钢铁般的团队
在攻坚克难中,磨砺出宝剑耀眼的光芒
你们的协会被评为
"全国科普惠农兴农先进协会"
一篇《协会之上党旗飘》的论文
在中国科学技术协会,作为
经验交流广为颂扬
成绩和荣誉面前你总是害羞地躲在最后
因为你心里知道
还有更大的挑战舞台等待着你的登场

嫂子,在这里

我无法将你的事迹一件件叙述

但我可以说出你一颗心的晶莹,梦的火焰

你把爱交给乡亲,在时光中流转

成为人们灵魂中的温暖,一直源远流长

养殖,不仅仅是一种行为

更是军嫂的传奇,一个女子的梦想

注:传奇军嫂赵光华,是退役军人张良林的妻子。张良林,原丝绸厂职工,下岗后与爱人赵光华一起创办养鸡场,后壮大成立养鸡协会。赵光华因为梦想的绽放,在灵璧成为一位众所周知的传奇军嫂。

第六幅:亲亲的嫂子

这是你土生土长的地方

大学毕业又回到高楼镇钱梁庄

2018 年,你与现役军人王卫星结为伉俪

退去青涩,双肩撑起家的大梁

当"精准扶贫"的巨笔挥洒成豪迈

未来的憧憬在老百姓心中荡漾

作为一位基层扶贫干部

你安排好亲眷,率先走进千家万户

体察民情,扶贫济困

认真体会老百姓在你心中的分量

你肩负着祖国和人们的重托

向贫困宣战,怀揣不忘初心的梦想

带领乡亲们脱贫致富奔小康

亲亲的嫂子,这里的人

都把你当作亲人,因为

你最熟悉那些晶莹剔透的心灵

知道他们最需要什么

知道他们最憧憬什么,于是

你放下内心的尘埃,把自己清澈成
晶莹的一滴,融到他们中间
你选择了他们,他们也选择了你
这是蓝天和大地共同的自豪
也是你书写人生答卷的最好考场

亲亲的嫂子,这里的人
都把你当作亲人,那么多的人
跟着你,他们是有着勤劳双手的人
他们是期盼日子越过越好的人,那么多的人
他们是一个村的人,一片古老土地上的人
他们是善良的父亲、丈夫、儿子
母亲、妻子、女儿。他们就像爱自己一样
深爱着这片土地,这座家乡
他们渴望早一天脱贫,让国家早一天富强
那么多的人啊,他们从小生长在这里
他们是背井离乡在外打工的人
他们是戍边的人、守海的人、求知的人
他们都把贫困的家乡放在心尖上
他们只想家乡富裕,生活幸福

亲亲的嫂子,现在你就是甲板
一艘大船上的跑道
你要平坦,你要辽阔,有党和政府
强国富民大政方略作指引
你放飞的理想,有着勇敢的,灵巧的
像鸟一样生长着穿云破雾的翅膀
脱贫致富,绝不是一句轻飘飘的空话
要用汗水、奋斗和无数牺牲才能实现,此刻
你的心揪得比攥紧的拳头更紧
"我们的任务是政治任务
与国家命运息息相关",这样的信念

像一股热流,在你血管里流淌
你要承受雷霆,承受风暴
你要大道朝天,勇敢地带领家乡亲人
去实现明天最美好的愿望

注:亲亲的嫂子徐玉灵,灵璧高楼镇钱梁村人。2014年大学毕业回村考上扶贫干部,2018年与现役军人王卫星结婚,婚后一边照顾娘家、婆家,一边还要独自带着孩子。扶贫工作中,徐玉灵将几个角色结合,完美地塑造出了一位当代军嫂在脱贫攻坚战中的光辉形象。

第七幅:爱笑的嫂子

我要说,这是一种本能,一种习惯
一种深入感官世界的条件反射
当你走进大街小巷,当你走近每一位路人
你的脸上总带着早晨阳光一样的微笑,灿烂

你着城管蓝色工装,辽远中透着澄澈
神圣中彰显着平凡,你把城市当作家一样
每天与它为伴,用正义捍卫正义
用热情维护着每个角落的卫生、整洁和规范

你的微笑,是一种武器
面对占道经营,你苦口婆心不厌其烦
你的微笑,是一种力量
面对无理纠缠,劝说像雨点打在身上烟消云散

哦,不用说我也知道
你用微笑掩饰太多的误解和委屈
你用微笑抵御无数次恐吓和威胁,因为
你肩负着120万灵璧人民的殷切希望和期盼

每天,人们都期盼着城市干净,秩序井然
当然也有一些捕风捉影的人,他们
妒忌、嘲笑、酸溜溜地解说和评论
最终都被你的坚韧和耐心打碎,破败不堪

在"隅顶口"、四关大街、步行街、桥头、公园
到处有你孱弱的身影,你忘记饥饿和疲惫
你用柔和的目光,贴心询问,与人耐心交谈
你就像守护精神圣地一样守护着这片家园

没有抱怨,你一个人承受家和工作的双重压力
没有怨言,军嫂的本色铸就你一双铮铮铁肩
你以满腔的赤诚,无私的奉献
只为把灵璧擦得更亮点,管理得更美点

注:被评为"宿州好军嫂"的姚红,1976年出生,党员,在灵璧县城市管理行政执法局执法大队工作,先后被评为市"十佳先进个人""三八红旗手"等。爱人尹传东服役于河南陆军预备役某师任后勤部战勤科长。

后 记

当这一幅幅人物素描被徐徐展开时,花朵绽放了。这不是大自然中的花朵,不需要等到春天。只要人民需要、国家需要,这些花朵就会随时随地地开,不顾一切地开。开放,就是热爱,就是奉献,就是把内心的阳光和香气一点点掏出来。正是因为这些花一样军嫂的默默付出,大地才被装扮得万紫千红,祖国才会辉煌灿烂!

褪下军装后军魂仍在一个劲地生长

——宿州绿色家居产业园党工委书记、主任胡学中侧记

李坤龙

绿色的军装压在箱底,已被洗涤得有些泛白
不需提当年的英武
硬朗的身板还在,豪迈的气概还在
手持的钢枪已几经传承
不需提当年守家卫国的豪情
满腔的热血还在,为幸福奋斗的理想还在

2018 年,你从熟悉的交通岗位
来到陌生的园区
适值梅雨季节,大雨如凶恶的敌人,顷刻而至
你还没来得及扎下营盘就即刻前往阵地
此刻的园区已被"敌人"侵占——道路和厂房水已没膝
每一个浪头打过,就是一次凶猛的冲击
你只有一句"灾情就是命令,灾区就是战场"
卷起裤腿就冲入前线
排查管网、溯清水源,沿途十数里

原来是一座年久失修的水闸,如一门大口径的火炮
不停地向园区发起攻击
你心急如焚,此时也不分公私
将一切可以投入战斗的力量统统聚拢起来——
工作人员、村民、朋友、亲人,挖掘机、推土机——
当拔去这个火力点的时候天已经亮了
你看着大水从大腿落至膝盖、再到脚脖
露出了朝阳般的笑容

这一刻,你站在园区上,就如站在高地上
挥舞红旗的勇士

但是你没有将这短暂的胜利看得太重
转眼间,你又将投入新的战场
灾后有序恢复生产才是关键
你一天之内就将园区的每一处厂房巡查一遍
查看灾情、询问困难、给出对策
当机器的轰鸣声逐渐响起的时候
你紧皱的眉头才舒展一分
而后,帮办各种手续的时候你在前线
修路搭桥的时候你在前线
宣传招工的时候你在前线……
你如同一名不知疲惫的卫兵
将身形放大,将园区庇护在身后

如今,一座绿色家居产业园
在春风中发芽、茁壮
遒劲的枝条挥手招来繁荣富强
绿色,涌动的蓬勃生机,将一片荒凉的土地
勾勒成欣欣向荣的恢宏景观
TATA 木门、皇友家具
辉乐豪铜门、龙鼎木门……
鳞次栉比的工厂,让打工
不再是充满咸湿味的遥远词汇
园区机器的轰鸣都是花开的声音
绿色的春风在绿色的土地上
结着幸福的果实
你褪得下的是军装,褪不掉的是军魂
你说为人民谋幸福的哨音仍常常萦绕于耳畔
你绿色的军魂仍在一个劲地生长

麦 子
（外一首）

彭流萍

在孤独的沃土上顽强生长
月亮,夜雨,抖动的晨露
镶嵌蛋黄的黄昏从四季打马飞过
麦子:我不知究竟该怎么称呼你
你以钢铁般的坚韧用岁月的流沙洗脸
颤动的叶片将月光划伤
我在边关的皓月下凝望淮北平原
像颗燃烧的子弹
你使我在长满愧疚、自责、亏欠的野花战地痛苦,重生
对于你我,浪漫,仿佛是奢侈的词语
而你麦芒柔软永远向着天
等待岁月冠冕……

4月8日,一张车票再次刷新了我与故土的距离
萧县北站,疾驰而来的"刺刀"啊
比战场上的寒光更闪耀
进站口,疑似有强大的磁场感应——
麦地翠绿,将我吸附在命运的薄纸上
你的目光将我送进笙箫的隧道
此刻,多么痛的抉择！犹如置身于时光的刀口
等待现实分——割——

麦子啊,今夜
让风展开我漫天黄沙击打的日记:
"你的光芒插入生活的缝隙,叶片斑驳

宛如生命写给岁月的诗句
读懂你的是一棵碧玉做的幼麦
今夜,涟漪泛泛,搅乱湖水的心绪
此刻,平原的麦香覆盖了忧愁
泥土表面的脚印是我留给大地的吻痕
故乡啊,秋风阵阵,我的麦子
宛若一位风情万种的女人
今生只为此而流连
黄昏时分,我在想必定又是太阳复制了昨天
落日染红半边海
思念如水,淮河燃起朵朵跳浪
逝水多像玫瑰,芬芳是我孤独的止痛药
亲爱的麦子哟,如果命运不曾将我推往理想的渡口
或许,现在
我的手指正像飞鸟滑过柳条一样
划过麦穗金色发辫
全然不顾沉沦于泥沼……"

麦子,你眸子般的尖叶为什么总是蓄满泪水
黎明湿透,野花露出可爱的笑脸
村庄里自由穿梭的喇叭反复上演市井生活
你却在卑微中攥紧日益流失的沃土
母亲的脸上花朵盛开,取代了怒放的忧愁
北方的十月加重了我的病情
啜饮夜色,醉的人在月亮的窥视下呕吐
花环,勋章
掌声,炉膛里的微笑
军嫂啊,有你的一半——
麦子,长城砖墙镶嵌着闻名遐迩的名字——

今夜，水蛇从她眼中的湖泊怆然跃下

执笔薄纸，明月如霜
无法绘制诡媚色彩，只因这个春天锁住了人间烟火

离开萧县那天，仿佛被按下暂停键
我在行军路上反复掂量麦地的重量
并以虔诚的方式祈求闪烁的千纸鹤
早日带着光明
飞向落英缤纷的梨园

唯浪漫与灿烂永恒
大片大片倒地的油菜花
海浪坍塌……
重新触摸余生的长度，答案清晰可见

亲爱的，尽管离别的歌声，仿佛
失去了绕梁的温度
或许，离别的眸光早已失明
但命中注定记忆只是春风的镌刻
它伴着疼痛的年轮逐渐蔓延，放大
以致我张开双臂无法拥抱此生唯一的亏欠

登上北归列车
解开暗藏狂野和悲伤的包袱
思念隔离，携带阳光的箭镞
走吧！离别的钟声如滔滔江水
此起彼伏，夜半的客船早已在唐诗的客栈停泊
千年不变的词句，不是饱含深情的肃穆献唱
无关颂词与慷慨悲歌

"军令如山"！简约,大气
千百年来只是戍边将士头顶悬挂的一柄剑

今夜,水蛇
从她眼中的湖泊怆然跃下
钻入我无限温情而又冰冷的决绝,像没有颜色的墨汁
我在夜色催更、清晨收露之时独自舞剑
孰可抚摸山河的嶙峋
轻可阅读,重若千钧……

日记
庚子年,像张白纸
三月十五,妻子过生日那天
她吞下了一枚红色药片
夜色缓慢蔓延,星星为我埋下伏笔
六岁的儿子说:"妈妈,明天爸爸就要回东北'打鬼子'……"
其实,我没有在意。童言无忌嘛
我不怪没有文化的丈母娘是如何教育孩子的
也许这是最见成效的爱国主义教育

三月十六,一张车票再次刷新了我与故土的距离
萧县北站,疾驰而来的"刺刀"
比战场上的寒光更闪耀
进站口,疑似有强大的磁场感应——
麦地翠绿,将我吸附在命运的薄纸上
你的目光将我送进笙箫的隧道
此刻,多么痛的抉择！犹如置身于时光的刀口,等待现实分——割——

三月十七,我像风一样从部队的操场走过
隔离的窗户贴着封条
月亮的光线在我的皮肤上弹跳
那晚,我像风暴中的沙粒

辗转反侧，我想到了妻子肚子里的另一个我
我担心孕妇，担心她去徐州产检的路上遇到新冠肺炎患者
我担心六月，麦田的黄金是否需要请人去收割
我又担心老丈母娘的高血压
担心小舅子在工地上会不会和他人发生口角
担心大舅哥会不会又被包工头骗掉工钱
总之，那一夜我很纠结
像粒躁动的沙粒

三月十八
回到部队的第二天
妻子打来电话说，家里的电费、水费、燃气费要交了
她说九月份，儿子上学报名需要收据
我听了之后，心中的大山在一望无际的草原拔地而起
唉，为什么女人在家什么事都难办？
我在部队服役，还要为这些家庭琐事埋单
真累。回头想想
我是这个家的脊梁

三月十九
办好家里的事。我又开始怀疑人生
想到老丈母娘和妻子还有儿子在萧县乡下相依为命
我又开始担心孩子上学路上的安全问题
实在无奈，假装睡觉
睁眼失眠。
风展开漫天黄沙击打我的日记
我给妻子写道：
"你的光芒插入生活的缝隙，叶片斑驳
宛如生命写给岁月的诗句
读懂你的是一棵碧玉做的幼麦
今夜，涟漪泛泛，搅乱湖水的心绪
此刻，平原的麦香覆盖了忧愁

泥土表面的脚印是我留给大地的吻痕
故乡啊,秋风阵阵,我的麦子
宛若一位风情万种的女人
今生只为此而流连
黄昏时分,我在想必定又是太阳复制了昨天
落日染红半边海
思念如水,淮河燃起朵朵跳浪
逝水多像玫瑰,芬芳是我孤独的止痛药
亲爱的麦子哟,如果命运不曾将我推往理想的渡口
或许,现在
我的手指正像飞鸟滑过柳条一样
划过麦穗金色发辫
全然不顾沉沦于泥沼……"

……
六月十八
妻子的肚子越来越大
我又在担心产检,担心十月份的分娩
总之,我回部队之后
它就像柄剑,形影不离地悬于头顶
常常在月黑风高的夜朝向我
我那天又在日记本上写下苍白无力的文字:
"你眸子般的尖叶为什么总是蓄满泪水
黎明湿透,野花露出可爱的笑脸
村庄里自由穿梭的喇叭反复上演市井生活
你却在卑微中攥紧日益流失的沃土
母亲的脸上花朵盛开,取代了怒放的忧愁
北方的十月加重了我的病情
啜饮夜色,醉的人在月亮的窥视下呕吐
花环,勋章
掌声,炉膛里的微笑
军嫂啊,有你的一半——"

我的日记
多么像一首繁星点点的诗歌
没有浪漫
只有凄凉
因为,她的名字叫"军嫂"

多彩的霞
——致老兵于德水
李录峰

1

那时这片土地是黑暗的
那时黄河故道已失去两岸
为了家人和乡亲
十二岁的少年背起长枪
从此不管狂风暴雨
坚定的心必将赶路
你要在黑夜之前赶到黎明
何惧几声枪鸣震动流水
热血在你身上奔涌
无数的炮火洗礼
让你成为一名真正的战士

除夕前的雪很厚
斗虎店的风开始怒吼
一个木偶似的脑袋露出来
弹无虚发
房顶一排排开了花弹
如无底的火山
敌人和枪炮纠缠在一起
咆哮　呐喊　哭声
满目的疮痍和毫无生机的哀号
映红军帽下永不低头的脸

2

兖州城外消失了宁静
城墙被雾托着动而非动
敌人在那里　在那里
子弹送入枪膛
让他找不到归路
云梯之上　炮声呼啸
拔刀而刺　横尸累累
嗡嗡嗡　嗒嗒嗒　嗖嗖嗖

夜色升起的黑
覆盖烧焦的土地
大大小小的山顶
触摸不到植被
你手握军旗踏着战火
使许久死沉的空气抽出巨刃
砍掉敌人的狂野

3

出征的号角响起
淮海大地枪声震撼
你带领突击队
猫腰而进大喊一声
"同志们跟我冲——"
杀气晃动仇恨的沉默
裸露的胸膛喷发骇人的连响
敌军惊恐的眼神在枪尖颤抖

战士紧握战刀

不再使精灵变成人间血肉

那就打进最后一枚钉子

把战船捆牢

子弹还给敌人

跟我去渡江

4

硝烟退去

你毅然脱下戎装

那些日子脚步并未走远

你一旦发现

肥堆的热抱住流失的种子

双手的余温

便会使每一个人揭开秋天的隐私

田野开花了

果树结果了

一排排通明的窗子

照着新场上的麦垛

木杈举起的麦穗

你左右开弓　东推西拨

像架着风浪里的船

掠过沾满灰尘的白发

在这些果树、麦田、池塘以及村庄

经常出现饱满的、沉甸甸的、踢踢踏踏的碰响

黄河故道静静地绕着村庄

零碎的脚印淡远

夏季伸出触须摘下雨滴

使河堤两旁的绿色有时也会招手

让你回头看看

越来越美的生活

时光已经衰老
悠闲的老树坐看夕阳
总有一种淡淡的清爽
如傍晚的线条扯弹音调
伴奏无怨无悔的脚步讲起你的故事
当年的战场已是东方神话
由此而诞生的和平盛世
在金色的霞光里抚摸你的名字

凌晨,军号依然在心头萦绕

牛士中

人物介绍:凌晨,男,1975年生于安徽省宿州市灵璧县,1993年应征入伍,1993年、1994年,连续被部队嘉奖,1996年被评为优秀士兵。1996年11月光荣加入中国共产党。1996年12月退伍,被安排到灵璧县公安局灵城分局,任片区治安员。1998年调入灵璧县质量技术监督管理局(现为灵璧县市场监督管理局),任稽查大队中队长。1999年被评为先进个人,2016年被评为优秀共产党员。中共宿州市委党校大专学历。2017年经灵璧县组织部考核评比下派三村村担任扶贫专职干部,被评为优秀扶贫专干。2018年,宿州市组织部评比考核,他所在的驻村扶贫工作队被评为宿州市先进驻村工作队。

凌晨,
一个夜深寂静的时刻,
这里,
有缤纷的梦乡,
有幽深辽远的神秘,
有夜不成寐的思绪。

凌晨,
一个诗意朦胧的符号,
他是一个人,
一个曾经无数次出征,
刺破黑暗迎来晨曦的卫士,
他自豪那朦胧的诗意。

也许,
生命中注定,

军徽荣耀

时光的轴线与人生的历程，
融合交织浑然一体，
让你每一个时刻，
满溢充实神秘。

那是一个平凡而特殊的夜晚，
你诞生在一座千年古城，
古汴河的悠远水汽，
轻轻蒸腾着护城河怀抱里的城池，
龙车山上嘹亮的军号，
让你第一声啼哭格外铿锵清新。

军号伴随着你成长的每一个岁月，
你的血脉里，
流淌着英雄主义。
你一天天明白，
激越的号角，
是你魂牵梦萦的原动力。

军号声中，
改革的春风拂过神州每一寸土地。
你聆听着春天的故事，
夜不能寐，
因为你穿上军装，
即将融进祖国心脏的绿色军营里。

你如愿以偿，
军号声从此萦绕在你的所有时光，
你的世界里，
汗水透露着甘甜，
激昂前行的伤痛
也成为你难得的人生享受。

训练场上,
回荡着你倔强的喊声,
奔袭路上,
你的身影在群山中格外醒目。
凌晨,号角响起,
你一跃而起……

你,立了功,
一次又一次,
你成了优秀士兵,
你成了一名光荣的共产党员。
三个春秋,
你在军号声中成熟顽强富有担当。

你回到了小城,
从此,
军号回荡在你的心头。
不管已是便装身在何处,
你出现在人们眼前,
氤氲着浓烈的军人风骨。

公安战线,
军号响起,
你冲在最前。
城市管理,
军号声中,
你始终站在第一线。

你成了先进个人,
你成了优秀党员,
军号照常响起,

你心潮澎湃,
你将奔赴新的战场,
开辟一方脱贫攻坚的感人天地。

那儿有一条悲壮的河流,
曾经刀光剑影,
潍河为之不流。
那儿涌动着一个白龙探母的传奇,
血光恐怖中,
一个少女完成她隽永的有关孝的叙事。

一个平常得不能再平常的日子,
你深深记得,
那延续了两千年的公粮从此隐入历史,
睡梦中军号在潍河两岸响起。
你来到了潍河岸边一个叫三村的村子,
稽查大队中队长从此成了扶贫干部。

你搬来铺盖,
你吃住在村里,
你把三村当成你的家园,
离城八十里。
谁能想到,
这个乡村还这么贫穷偏僻?

你一头扎进村子,
你用坚定的脚,
丈量着这片偏僻贫穷的土地。
你丈量着一个个数字,
户数、人口、耕地,
还有那帮扶手册里看不到的家庭琐事。

军号声在村道上回环,
那142户贫困户,那1115户乡民,
都成了你的亲戚。
你记得每一家贫困户的名字,
每一个家庭信息,
你都如数家珍。

你在军号声中,
三下浙江,
请回本地乡贤返乡投资办厂。
你五出亳州,
将三村230亩土地
变成金蛋滚动的中草药种植基地。

三村村脱贫了,
三村村的父老乡亲们,
踏上了幸福新征程。
军号声中,
你和灉河一同见证,
三村美好乡村那崭新图景。

谁能想到,
你八十多岁的父母,
需要你的照顾。
谁能想到,
你正临盆的妻子,
焦急等待着你的慰藉。

你是铁打的汉子,
你也有亲情柔情,
你的挂念似灉河流水默默流动。
军号声中,

你在小家大家间奔波,
你把小爱萦绕成大爱。

三村记住了你的名字,
潍河映照着你的身影。
你很平凡,
就是潍河两岸,
大江南北,
千千万万扶贫专干中的一员。

凌晨这特别的时光,
军号声起,
依然萦绕着凌晨这位老兵担当的初心。
三村一个乡村致富梦升起,
千千万万缤纷的梦汇聚,
一个盛世时代的大国梦奔放盛开。

军嫂一家人

王爱荷

一

生活源于爱情的开始
韩晓燕,一位普通的河南女孩
用一种真挚温暖着三代人的幸福
一位本科毕业生,放弃诸多机会
在宿州的农村,让家人因病魔而清苦的面容
呈现出如水酒窝
从大学生到军嫂,到地地道道的农民
到婆婆把她叫作女儿,到家人和邻居
都叫她"燕子",如春风拂柳
让多少人的心里长满春天

二

远在西藏的丈夫说
理解是一个极具感染力的词
想着燕子,就会把西藏边陲的雪山
看成一池婷婷摇曳的白莲
她的一句"你放心吧,家里有我……"
听着,听着
听见了病重父母甜甜的笑声
听见了三岁还不太会说话的儿子,清楚地叫着"爸爸"
蹒跚着向我跑过来

在思念的图画里,静谧的荷塘
有笛声悠扬着每一处神经
轻轻的旋律,变成文字
我拾起一串,捧在胸口
不舍得松开

三

女儿读二年级了,她说:
妈妈每天陪我做完作业
妈妈说:学习就是充电
女儿说:手机充满电就能和爸爸说好长好长时间的话
妈妈说:充电就是增强能量
能量的大小决定人生的高度
女儿似乎明白点什么
伸手抚摸妈妈没来得及打理的头发
有白的了,轻轻地拔,一根,两根,三根……
女儿疑惑地问妈妈:您怎么老了……

四

父亲脑梗,只有母亲喋喋不休
地里有除不尽的草
家里有忙不完的活
孩子们都还小
老二是个残疾
俺老两口都有病
可怜了俺家燕子
一个人没日没夜
儿子远在边陲,都忘了多少时间没有见他了
俺家燕子是大学生
本来能考公务员

也能在城里找个好工作
可是,为了俺们,她选择了农村
不提辛苦,不提啥
是她用单薄的身体撑起俺这个家

五

燕子漂亮,挺腼腆
没有矫情的语言,她说:
爱得真切是接受对方
接受他的一切
不需要海誓山盟
不需要如胶似漆
默默相守
在需要的时候
就是义无反顾

军 嫂

李长坤

怀着对军人的尊崇,你嫁给了军人。
自此你被大家称为军嫂。
不管离军人驻地近或远,
每年相见总是太短。
你懂得军人是为国为民做奉献,
你懂得军人顾大家就会忽略小家,
你懂得军人生活、训练、学习的苦累,
但生活的重担有时压得你喘不过气来,
你却只能独自默默承担。
身在军营的他深知军嫂的不易,
但心有余而力不足。
难免有时会烦恼,
难免有时会争吵,
但无非是想排解内心的压抑罢了。
你过着已婚女人的单身日子,
不管有无固定工作,
每天都离不开油盐酱醋茶,
与军人一样,
过着单调重复的日子,
但这一切你都欣然接受,
因为你懂得军人的不易。
当他拿着军功章挂在你的胸前时,
你喜极而泣,
因为你知道所有的付出都是值得的。
军人为国做奉献,

军嫂又何尝不是为国做奉献?
有她们的付出,
军人才没有后顾之忧,
有她们的付出,
军人才会一往无前。
军嫂是平凡的,
军嫂又是伟大的,
她们受尽生活负累却无怨无悔,
她们受到误解和委屈总是默默承受,
因为她们与军人有着同样的爱国心、为民情。
军嫂也姓军,
她们是军人的骄傲,
她们是军人幸福的港湾,
她们是军人坚强的后盾。
军嫂啊军嫂,
你们的平凡和伟大,
你们的付出和辛劳,
祖国和人民不会忘记,
你的那个他更不会忘记。
愿天下军嫂都幸福快乐。

热 血 情 歌
——记驰援江西九江、安徽阜南王家坝灾区的
萧县退伍军人突击队

杜文瑜

鄱阳湖2020年第一号洪水形成
长江九江段超警戒水位
长江2020年第2号洪水形成
九江危机,江西危机,长江中下游危机……
天降大雨,江河仿佛受到感染……千里淮河也肆意汪洋

擦一擦眼睛里连月不开的阴云
我的家乡这群退伍回乡的"老兵"
被文字里的雷电叫醒了
被叫醒了的还有心中的两个词:英雄和担当
还有热血一样的语言:
"一声到,一生到"
召唤着一切共赴危难的足音

归队!若有战,召必回!
此刻,我们的老乡、我们的战友正奔赴在驰援九江
驰援王家坝的越野车上
以奔涌不息的意象
以宽阔而坚实的躯体
以一根根坚强的骨骼
锻造出一支利箭的队伍
锻造出一支钢铁的突击队

如命令!他们的热血激荡着皖赣人民的心声
在散发着军人铁血的九江段长江河畔

一面党员突击队红旗深插入大地
让我们读出了铁板钉钉的决心
又像楔进大地的壮硕的躯体
凝成了阻挡洪流的铜墙铁壁

而在阜南王家坝
橙色的救生衣,迷彩的军帽、军裤
所有陌生与熟悉的身影
和狂风暴雨一道降临
织出了这个夏天里最美的立体图
他们像雄鹰一样欢快
张开渴望的灵魂
高高举起,比生命更贵重的誓言

党旗飘扬,军歌嘹亮
哪里有危险,哪里就有他们的身影
孤岛不孤!
他们的步履一天比一天疲惫
巡堤——用脚掌击打大地,登然校准自己的心跳
用肉体搭桥——赋予肉体岩石般的秉性
他们的身影也在一天天地坚定

此时,家破的人山河在
被淹的人在洪水中活着
希望和新生,在他们渴望安居时来临
谁在洪涝中跳起了广场舞?
热血,是一个名词。当死亡来临时
唯有抗洪!
唯有抢险!
唯有人民!
壮美的呐喊,让天空矮了下去

在家的日子就是退伍不褪色的日子
我们的萧县退伍军人
我们的驰援远方的党员突击队
危难之时,往前一步
你们!党旗下,形象鲜活
却时常在不朽的功劳中隐去名姓
我的那么多握手相抱的兄弟啊
为什么我的泪水总打湿了手机屏幕
大雨滂沱,你们的爱不分远近
白浪滔滔,你们的黑夜是谁的黎明

闪光的军魂
——致驰援江西抗洪第一线的萧县退役军人
李 梅

绿色葱茏大地
红色照耀心田
那一个个忠诚与信仰的灵魂呀
频频撒向祖国
每一寸艰难的土地

脱下军装
脱不下颜色
当瘟疫吞噬光明
当洪涝上演地狱
是你们
以冲锋的姿态
用大爱和担当
高举血染的旗帜
践行着铮铮誓言

千里驰援啊
他乡就是家乡
他乡的家人就是家乡的亲人哪
那流淌的眼泪
就是心中泛滥的江河
祈祷飞速的车轮呀
再快些吧
时间紧急地
抽打着距离的遥远

这个火红的季节
多雨
这个多雨的季节
让人性的光芒
如雨后彩虹更鲜亮

铲沙石,扛沙袋,固堤坝
管它管涌,管它漫堤
风雨不侵,雷电不屈
铁骨的脊梁
成为一座座移动的高山
在人民群众心目中
永垂不朽

聚是一团火
散是满天星
我双手合十
泪洒河山
祖国啊,感谢您给了我们一个
英雄的国度
感谢您
让我们在麦穗和高粱的拥抱中
幸福、快乐、平安地生活

守 墓 人
——致伤残退伍老兵赵贤君

芡凤玲

387 座坟茔
一只鸟扑棱着
"打碗碗花与野艾在路边默默地爬行
或向天空,或向远处
麦地金黄
将这黑夜一饮而尽
伤残的腿撑得住坍塌的时间
和一个又一个春天。"

赵贤君,泗县大杨乡赵集的烈士陵园里
唯一一个一直醒着的人
体内的金属站立成 51 年的义务守护
"一定要为这些烈士做点什么!"
1966 年,在国防通讯施工中不幸严重骨折
被认定为一级伤残军人的他
退伍返乡后偶然得知
他家屋后的乱土堆里葬着
387 位无名烈士,淮海战役中的牺牲者
他心痛了
除草,铲土,修路
1970 年,墓园里
他竖起了第一块木碑
手写的"烈士纪念碑"刻着他抹不去的心愿
1973 年,第二块碑竖起来
其实也是一截木桩

简陋,像被驱赶到一起的黑褐色
丢失了春天的皮肤
然而,坚定
第三块,第四块
石头粗糙,却支撑着一个又一个将要摔倒的下午
"一定要给烈士们一个永久的'家'!"
筹资金,选石材,买树苗
他走南闯北
拐杖敲击的土地,铿锵而刚毅
为了手中所剩不多的几张钱
他事事亲为
切割刀的刀尖刺进石碑时
"淮海战役"几个字也一次次划破他的手指
鲜血顺着手指一直流到石碑上
又染红了"淮海战役"
2008年,淮海战役胜利60周年
一块正式的纪念碑终于立了起来
英灵纪念亭、石碑坊也完工了
陵园是陵园
墓道旁,松柏挺拔梧桐高大
宝塔松、龙柏荫庇着387位英魂
"明天五点起床,俺要尽心收拾得干干净净的
这里是烈士们的家。"
树会想念天空吗?
泥土里会有浪花和麦子吗?
镰刀锤子相信自己的声音和站立的拐杖
光以正方形的形状落在石碑的名字上
"有生之年,我会一直陪伴着烈士的英灵
宣传,擦拭墓碑。"
一份坚守沉沉甸甸,51年了
唯一醒着的伤残退伍老兵给了烈士们一个家
一个永久的家

此文,致赵贤君,致自己,致未来
致坚毅、鲜亮的绿色、初心
致人类

军嫂的肩膀

万 方

有一首诗让我们去写
有一支歌让我们去唱
有一个故事让我们去传
有一段美好让我们去扬
这是什么
这就是一双肩膀
这双肩膀很广袤,广袤得能开满各种花香
这双肩膀很肥沃,肥沃得能收获五谷和杂粮
这双肩膀很柔弱,柔弱得能把长夜的思念和孤寂泛到脸上
就是这双肩膀哦,她扛起了一个军人家庭所有幸福和希望

在集贸市场拥挤的人群里
有你忙碌的身影
柴米油盐酱醋茶
还有公婆的衣帽和药物
还有三岁女儿所喜欢的布娃娃棒棒糖

地里的草满了
午秋二季收获了
只有你孤单的身影在晃
只有您任凭汗水浸透了衣裳
你是多么想他能请假回来啊
回来和你一起除草施肥
然后再把收获的喜悦和幸福分享
可你却默默地把疲劳收藏

从没给哨所的他说过累与忙

自从初恋见面到喜庆的唢呐把你变成了新娘
自从那良宵的红烛照羞你花样的脸庞
你就暗暗下定了决心,嫁给了军人就是嫁给了分居、孤守和凄凉
甚至是战场传来的噩耗
甚至是为他守寡到雪染鬓霜
雪夜里,公公哮喘病的呻吟惊醒你的梦乡
你不顾女儿的哭泣一个人把他送到医院的病床
熬药喂药和洗洗浆浆
你用孝心滋养他的身体他的健康
是谁在唱《十五的月亮》
竟让你泪目两行
是谁又用琵琶把《望星空》弹响
让你如此地丢魂如此地彷徨
从你那愁怨的目光里
流露出您内心那掩盖不了的心痛和凄凉

有一支旋律叫激昂
有一个符号叫音强
有一面旗帜叫八一
有一种力量叫铁壁铜墙
如果说军人是祖国的长城
你就是那屹立垛墙

你是军人血液里奔腾的源泉
你是军人无虑的后勤和大后方
你更是军人无限的力量

你的肩膀是温暖的港湾
正在等待舰队归航
你的肩膀是战鹰的铁翅

能把战火和硝烟阻挡
军嫂哦军嫂,我们中国的军嫂
你用东方女人特有的气质和柔情
筑起中国军人牢不可摧的铮铮铁骨和脊梁!

热血军魂,脱贫尖兵
——灵璧县浍沟镇李宅村党支部书记、退伍军人李传席小记

高 晗

十八岁的你

一腔热血,从军卫国

铁打的营盘流水的兵

功成身退,回到那生你养你的小小村庄

一个名叫李宅的小小村庄

你,退伍不褪色

转业不换志

虽卸下军装

却情怀依旧,梦想长在

热血军魂,化为脱贫尖兵

要用共产党人的责任与担当

接受新时代的考验与挑战

书写人生新篇章

于是,你站到了脱贫致富的前列

成为乡亲们眼中的"能人"

2016年的那个夏天

正是脱贫攻坚战的关键阶段

你,接受组织挑选

挑起带领乡亲们致富奔小康的重担

军人,脚踏实地是你的作风

明知山有虎

偏向虎山行

脱贫攻坚"五步走"——

一是改造村庄电网

二是建设美丽乡村

三是发展种植养殖

四是集约资源，搞好生态

五是建章立制，持续发展

四年了，小小的李宅村

起了大大的变化

群众心中的你

踏实肯干，风行雷厉，大公无私

你

无论是一个部队上的"兵"

还是地方上的一个"民"

始终保持一个共产党员的本色

2016年，你整修电网

新建道路 治理汪塘

2017年，你竭尽全力

拆除旱厕，改造危房

2018年，村民李传章、李瑞种植大蒜

他们的田间地头

你出现在无数个黎明和傍晚

2019年，村民李华、李传美、刘胜开始养羊

你说：有困难就找我，我一定帮忙

2020年7月，大水肆虐

你站在了防洪第一线

岁月不居，时光如流

但你为人民服务的信念

不变

你

以一颗真诚的心

带领群众

脱贫致富

以实际行动

证明：

我从未忘记

我是一个兵
来自老百姓
革命工作考验了我
立场更坚定!

退役军人华兴苏　扶贫路上爱心驻

周宗谋

想当年，神州大地树丰碑
这就是县委书记的榜样焦裕禄
焦裕禄心中唯独没有他自己
牢记宗旨全心全意为人民服务
此后焦裕禄精神传中华
党群干群关系如鱼与水和谐相处真情露
干部们勤政为民做得好
力量源于焦裕禄
时间过去了六十多年
又涌现灵璧县禅堂乡退役军人华兴苏
华兴苏自幼受到党的教育
上中学勤奋学习思想进步
那一年他刚过了十八岁
为祖国应征入伍踏上人生新征途
四年里摸爬滚打受锤炼
熔炉里练就一身好功夫
八一年退役回乡换岗位
在家乡军人作风依旧
由于他忠厚老实人缘好
回乡不久就被推选当干部
自从他当上了村书记
时刻不忘勤政为民搞服务
二十多年已过去
他严于律己不走样
学党章心中常把高标树

他带领村班子学习党指示
不忘初心牢记使命奔征途
他发扬党的优良好传统
心里头常把党纪党规来记熟
自从参加脱贫攻坚战
带班子走访80多个建档立卡贫困户
在白天顶着烈日去走访
到夜晚繁星陪伴他访贫的路
单说八十多岁村民华井明
他本是华兴苏联系包保的贫困户
平日里他们有说不尽的知心话
老人生病住院也是兴苏来陪护
华井明前后住院半个多月
华兴苏探望护理不离半步
再说村民刘焕礼那年已经八十多
他也是个建档立卡贫困户
自从兴苏来包保
心贴心没少给刘家带去帮助
说政策、找项目、代缴农合、保健康
常去刘焕礼住处
刘焕礼生病住院半个多月
华兴苏联系医保报销跑里忙外也闲不住
老刘出院回了家
华兴苏天天床头来温馨话语来倾诉
村民们看了这样心里喜
齐说老刘家喜得党恩真幸福
华兴苏所在的李言村
有80多个建档立卡贫困户
村班子脱贫攻坚当大事
为脱贫班子团结劲使一处
党组织发挥作用当"桥头堡"
要脱贫关键要看党支部

华兴苏他这个班长做表率
带班子结合村情制定规划绘蓝图
他实行包保扶贫"网格化"
为脱贫"扶志""扶智"两条路
村班子人人心怀大目标
为脱贫个个落实在实处
经过齐心努力三年多
贫困户个个脱贫来致富
现如今党员干部状态好
村容村貌变化大村民都把拇指竖
脱贫攻坚村民富裕集体壮
都夸赞是华兴苏给咱带好了路

小帅,你是一个兵

张 静

你曾经是一位军人
2001年初冬接到那张入伍证
戴着大红花与亲人道别
与老家一道出来的二十五个弟兄
踏上了军旅生涯的征程
新兵连在张家口
那是你步入军营的第一个门
庄严又那么神圣

回想入伍的前夜
家境贫寒的老父亲
煮了一兜鸡蛋还有一席话
每个字都掷地有声
穷人家的娃啊
当兵不是混日子
遵守军纪敢拼敢冲
你是老叶家的英雄

两年的军营生活
狙击步枪手的千百次磨炼
你有着一股子憋不住的劲儿啊
每次任务你都是奋勇冲锋
捧着奖章你总是憨笑
千里外老爹的骄傲
如同那记忆里的一兜热鸡蛋

每颗都带着笑容

临近退伍的日子
恰逢共和国又一次大裁军
老家过来的二十五个兄弟
被你噙着眼泪挨个送行
好好干吧！我们的弟兄
时间刷去了许多记忆
那一幕在你的心里
一直沸腾

时光回到2004年那个初春
华北的天气乍暖还寒
清凉的大地积存一些冰封的冻
部队拉练不间断进行
你以班长的使命担当
在大山的脊梁里顽强冲锋
陡峭的山路你掩护着战友
最终左肩摔伤了
一地殷红

组织的关爱让你感动
"我还行！我要留下！"
你坚强的话语让领导动容
是的！你没有离开部队
汽车训练大队有了你的身影
虽然是一位驾驶员
但你还是一个兵！
扎实自己的业务能力
你的目标就是向前冲,向前冲！

2009年是共和国六十华诞的大庆

举国上下都在讨论着那场阅兵
天安门广场那个庄严华丽的舞台
是当时所有军人最向往的神圣
机会是给你这样有准备的人
你挺拔的军姿
你过往的殊荣
让家乡父老在三军阵容里
一眼就睹见你和战友们
神采奕奕昂首挺胸

2010年利比里亚出现了你的身影
维护世界和平是中国军人的天职
第十一批次、第十三批次
你以维和军人形象连续两次
代表国家在那个贫瘠战乱的国度
执行和平正义的使命
不负苍天厚土
不负国家和人民期望
你和战友们出色展现
一个个共和国合格的兵
看哦，那一抹橄榄颜色
完美了"UN"的表情

2017年的冬天并不寒冷
四级军士长的老兵和战友挥泪告别
你们把眼泪哭出了声
依依不舍离开了16载厮守的军营
你放弃了所有安置条件
老家灵璧是你最难舍的情怀
这里有父老乡亲们的厚爱
还有这片热土对自己的所有包容
你坚信回来是对的

你要用不懈努力来做一个证明

面对依旧贫寒的家境
简陋住宅里陈旧的家具
老父亲被压弯的脊梁显示出
负担的沉重
你二话没说
撸起袖子就加油干了
用最短的时间脱贫
一家人勤劳奋斗出了幸福
老父亲的嘴角眼角弯了
连佝偻的身板都充满振奋

是哦,你曾是很优秀的汽车兵
还有十五年党龄的品性
不忘初心,牢记使命!
经过考试和严格选拔
如你所愿——
灵璧公交的团队里
自此有了你坚挺的身影
由于在团队里的优良表现
你受到了领导和工友们一致好评

三年的地方工作经验累积
使你斩获了好多殊荣
面对已有的荣誉
你的心情依旧惦念——
2001年那个冬夜
老父亲煮的一兜热鸡蛋
还有一席话让你记着
你是一位军人

你是一个兵
是呀,你永远是个兵

乘风破浪的逆行者
——致敬抗洪一线最可爱的退役军人志愿者们

刘 丹

请战
万家灯火夜
暴雨倾盆电光激荡
洪水冲决泛滥
退役军人志愿者们主动请缨
英勇投入抗击洪水第一线
在抗洪抢险的惊涛骇浪里
在被水淹没的中华大地上
一个个挺拔的身影
诠释着什么叫民族大义
什么是铁骨担当

逆行
逆行的人群中
我们看到全国各地集结而来的神兵
你们身负嘱托临危受命
逆行的人群中
我们看到你们坚定的眼神
和被雨水打湿的衣裳
你们曾是勇往直前永不退缩的中国军人
脱掉那身橄榄绿
仍是为天地立心为生民立命的人民子弟兵

出征
还未等到告别等到天亮

你已匆匆背起行囊

不是去保卫祖国的边疆

更不是到如诗如画的远方

没有马革裹尸还的战场

但你们戍卫起的是民族的脊梁

国家的希望

来不及脱去的厚重雨衣

是你们身上最亮的钢枪

在大地上随意小憩的身姿

是你们此生永远最亮眼的模样

心疼

在驰援抗洪的前线

当记者问他的名字

他轻声道

别播名字,妈妈会担心的

我是党员,也曾是军人,名字就不说了吧

虽然我们不知道他的名字

但他身上的伤痕和手中的水泡

是受人尊敬的最好印记

更是他的勋章

堤坝前的坚守,洪水里的疯狂

他们的脸庞才是这个时代最好的模样

我亲爱的战友啊

在前线请千万千万保重身体

因为家里还有等着你们的热汤和爹娘

我亲爱的战友啊

在前线请一定注意安全

身边的家人也是你们要守护的芬芳

终胜

背着轻轻的行囊

肩膀却筑起了铁墙
最赤诚的退役军人志愿者们
无畏地望着那远方
没有连天的硝烟
却也是凌厉的战场
中华奇志好儿女
如风一般英姿飒爽
有召必行的勇士
彰显的是民族担当
灾区忙碌的身影
诉说满腔侠胆衷肠
抱薪的退役军人志愿者们
陀螺般在前线奔忙
灾情慢慢地消退
你们才是那道霞光！

我们是退役军人

祝晓光

我们是退役军人
都曾将热血和青春投入国防长城
民族解放,纵马守疆,捍卫和平
汶川地震、九八抗洪、大兴安岭火灾
危难时刻,到处都闪现着我们的身影
政治合格,作风优良,军事过硬
戎装一日,也铭刻上了无私的奉献和牺牲精神

我们是退役军人
都曾依依不舍挥泪告别军营
深藏功名,不改本色,坚守初心
张富清,朱再保,崔道植,王於昌,王成帮
坐在总书记身边的五位老兵
是新时代最美的退役军人

我们是退役军人
脱下军装,继续为梦想打拼
聚是一团火,散是满天星
扶贫攻坚,扎根基层
自主创业,开路先锋
领跑企业,红色引擎
大江东去,岁月无声
以跨越时空和生命的胸襟
书写着顶天立地的大我人生

我们是退役军人
冲锋来自军人本性
面对突如其来的新冠疫情
千万退役军人奋不顾身
坚守岗位,联防联控,冲锋逆行
伸出援手,共担风雨,大爱无声
以初心照耀初心,用生命守护生命

我们是退役军人
领袖关怀,擘画蓝图,念兹在兹
帮扶关爱,用心用情,满腔热忱
让制度与情感并行
推动退役军人政策落地生根
让尊崇军人在全社会蔚然成风

我们是退役军人
不忘是个兵,秉承军队光荣传统
传承红色革命基因
担当新使命,踏上新征程
以出色成绩回报伟大时代
回报领袖厚望深情
让党和人民放心

一个老兵的担当精神
——记泗县大季卫生室医生周茂发

杨 光

一场突如其来的疫情
从寒冬蔓延
透过疫情阴霾
我们清楚地看到一个个老兵的担当精神
周茂发就是其中一位普通的医务工作者

千禧年的冬天
刚刚从医学院毕业的少年
穿上向往已久的军装
踏上了开往四川攀枝花的军列
从此开始不一样的人生

武警官兵,部队卫生员
保卫祖国,守护和平
两年的军旅生涯
使一个少年迅速成长
即便离开也牢记使命

疫情严重的2020年的2月
从卫生室抽调到县城
开始疾控消杀工作
转战维也纳、希尔顿、夏洛特
三个隔离点

每天背着沉重的消杀工具

从一楼到十楼
从十楼到一楼
每个角落都不错过
五个月如一日

近距离的接触
昼夜无休的工作
对惊慌失措的隔离人员细心安慰
即便疲惫也不说累
用生命履行着自己的信仰

年迈多病的古稀老父
在门前的槐树下叨念着你的乳名
年幼无知的小儿女
在期待着爸爸的怀抱
贤惠的妻子默默地支持工作

舍小家为大家
哪里需要就到哪里去
不逃不避不弃不嫌
太多太多的事例数不胜数
太多太多的事迹未曾知晓

周茂发的坚持多么可贵
用"捐躯赴国难,视死忽如归"的厚植情怀
换来一天天的疫情好转
用"三过家门而不入"的高尚情操
换来一次次清零捷报

如今,远离繁华的隔离所里
你依旧忙忙碌碌,依旧认认真真
用一个老兵的担当将防线竖立

用一个老兵的铮铮铁骨铸就固若金汤的守卫之城
筑牢坚不可摧的生命堡垒

没有人生来就是英雄
一位老兵
一位医务工作者
以心为灯
用平凡成就伟大

老兵的家

张珂春

那是一个难忘的日子
老兵们说
他们又多了一个家
老兵们说
家的名字是退役军人事务局
他们心潮澎湃
他们泪如雨下
祖国告诉他们
你们可以迈开坚实的步伐
再次出发
回忆从军的路有长有短
有酸甜有苦辣
是青春的汗水挥洒军营
是嘹亮的号角回荡天空
梦里总有你参军时稚嫩的脸庞
还有亲人那被泪水沾湿的衣裳
妈妈说，你从小就喜欢军装
不舍的眼神送你去翱翔
你扎根于漠北、南疆
你守卫在东海、青藏
从此耳畔总有一支歌萦绕回响
那是英雄的歌
那是勇士的歌
退役的老兵
你是否念着故乡

你离开火热的军营和哨卡
回到黄淮大地
立功的喜报挂在了墙上
你卷着蓝海的浪花回来了
回到黄淮大地
敞开大门的是你日思夜想的家
你披着青藏的寒风回来了
回到黄淮大地
村口站着的是日渐长大的小娃
回来吧,退役的老兵
这里是将士们沙场点兵归来的营地
没有军人挥洒血汗的守护
哪有身后安康富足的家园
回来吧,故乡的勇士
这里是雄鹰续航的场站
没有军人无怨无悔的奉献
哪有祖国繁荣的脊梁
回来吧,宿州的好儿女
这里有退役军人事务局沏好的茶
总书记叮嘱
"爱我人民爱我军"
这是深情的表达
这是真挚的关爱
殷切的话语铭记心间
未来的路上
我们并肩前行
创造新的辉煌
来吧,退役的老兵
来吧　宿州的好儿女
您扬帆前进的路上我们护航
这里是您的家
这里是退役军人事务局